自轉星球

在自己的小宇宙裡　用眼睛　看見世界真實的樣子

空靈雞湯

從胯下界天后到勵志教主，
宅女小紅告訴你這一生不知道就算了啦的102個人生奧義

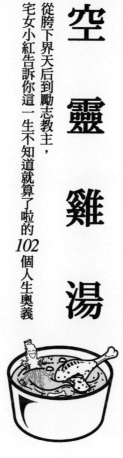

宅女小紅（羞昂）

內頁插畫——Cherng

目錄

愛情勵志

一試再試試不成，再試一下～

購物勵志

一無所有，就不會失去什麼！

人際勵志

勿灰心，勿失意，一山還有一山低。

日常勵志

廢材也有出頭天，人生沒有不可能！

前言

記得有次打開一個放雜物的櫃子門，看到我的書被草草的塞在裡面，就是沒好好的放著，一打開門它就會像土石流一樣流出來的狀態，我好奇的問了家母美雲幹嘛把書塞在裡面，那明明不是放書的地方；她說因為我姊的公公婆婆要來拜訪，她把家裡收拾得乾乾淨淨卻在人家按了門鈴要去開門的摸門*，看到我的書被擺在電視桌上嚇了一跳，慌亂之中打開櫃子門就丟進去，再若無其事的去迎接親家……「這麼丟人的東西可以讓親家看到嗎！萬一他們發現是妳寫的怎麼辦？」我的阿木*是這樣告訴我的。

有一次我去工程師家，他的爸爸也就是我未來的公公突然說：「我在電視上看到一個人好像妳哦！」工程師面色凝重然後我小聲的回：「不是吧……」連不可能都不敢說整個很心虛啊。孰料伯父接著說：「我有拍下來哦，我去拿給妳看！」就去拿相機了留下我和工程師無言相對。此時他用唇語說：「該不會真的是妳吧？」配上凌厲的眼神，我則委屈的想就算我上電視被你爸看到了也不是我的錯吧，怪要怪你爸自己在看無聊的節目啊！然後伯父拿著數位相機一張張的翻著照片，工程師在皺眉而我腋下溼透，終於翻到一張因為對著電視拍，中間還有一個反光大亮點的照片，我膽戰心驚的去指認（講得好似去認屍啊），發現伯父看到的是房思瑜我們倆才鬆了一口氣……

看到以上兩個故事，不難發現我的存在對朋友家人來說是多麼的困擾吧，可是在下是向上游的小魚懸崖上的花朵，越是在逆境中我就越不會低頭。什麼胯下什麼空虛都是世人對我的誤解，事實上我的人生就是一部勵志叢書，就算不被諒解還是努力朝著自己的目標力爭上游。

接下來請大家閱讀這本《空靈雞湯》，感受裡面強大的磁場及無語倫比的正面能量，如果覺得很激勵就放膽的叫出來吧。

羞昂人生 ｜ 從胯下界天后到勵志教主的故事

曾經……
我是辦公室裡的窩囊廢
（其實我現在還是）

是情場上的
常敗軍……

為什麼？WHY？
我究竟做錯了什麼？

看到小魚奮勇的逆流而上，
難道我這輩子就這樣了嗎？

不，我要化悲憤為力量，
讓靈感乘著垃圾的翅膀飛翔～

人生，可以活成一部勵志叢書！
只要你不放棄，垃圾也能變黃金！

※閱讀中如遇陌生詞彙（以＊標示）請參照附錄〈羞昂詞彙大全〉閱讀，勵志之外還可以長見聞喔。

身體勵志

山不轉人轉，
做自己的人生勝組

給胖子
的強心針

之前看到有個新聞研究標題是〈中年發福，失智機率增〉，告誡身上有多餘肥肉的人要小心，根據瑞典卡羅林斯卡學院研究人員研究近九千名雙胞胎後發現，中年以後身材肥胖的人，不管是游泳圈或啤酒肚，老年出現失智或癡呆現象的機率比較高。至於為何較肥胖者容易與失智有關，研究人員表示：「有可能是體內脂肪細胞會釋放一種賀爾蒙，因此影響腦部正常運作。」

不過他們特地提醒說這次研究結果不是單純要證明肥胖是導致失智的元兇，而是更確認有朝這個方向發展的意思。不知道大家看了有什麼想法？我個人是在看到大標後，覺得它的意思是指本來是個瘦子，過中年後不幸發福了的人容易失智安捏*然後深深慶幸自己是幼年發福不是中年發福，不然不免會成為新聞上說的那種高危險群，不枉費我處心積慮的胖了擠系郎*，辛苦終於得到回報柳*（撫肚肉）；啊嗯勾*看看內容後又覺得新聞是在說凡是胖子都容易失智跟何時發胖無關，但如果真的是這樣，那大標幹嘛不下「胖子失智機率增」，而是下「中年發福失智機率增」，可見跟中年後的發福有關，總之這新聞充滿了疑點好想打電話去瑞典問問，不搞清楚實在讓人很不安啊（轉手指）。

話說人到中年是不是普遍會有發胖的問題，就是你也維持原來生活並沒有大吃特吃，但就是會情不自禁的變胖擋都擋不住。

最近身邊有些體重管理很嚴苛，本來的人生一直以苗條聞名的朋友竟然都有點發福的跡象，都說老了代謝好差，年輕時的減肥方法現在再也沒有用，連得了腸胃炎水瀉三天拉到菊花潰爛體重都沒輕掉五百克，看來新陳代謝真是個不要臉的龜－取*，把大家害得這麼慘應該要被阿魯巴*七七四十九次，然後裝桶子灌水泥丟到太平洋才能洩恨哪。

實不相瞞，每次看到中年變胖的瘦子我都會偷偷的開心，之前看過十幾年前的名模

包翠英的訪問，她說年輕時怎麼吃都不會胖，而且以為這是體質的關係她本人就是個命中注定的瘦子來著，沒想到年過三十這一切都變了，也沒有吃更多卻一直肥起來，就算節食也未必瘦下去，這就是中年吧我想。

然後朋友也在靠夭*說她沒褲子穿了，就有天醒來發現以前的牛仔褲都塞不進去，只好走向寬鬆長裙的人生（踏馬的*拎北*一直在過寬裙子人生啊）；或是從緊緻顯腿細的那種牛仔褲改為愛穿鬆緊的，免得一蹲下來下半身都紫掉了因為實在太緊繃。當他們看著已經成為往事的小 size 衣物緬懷過去的風光，並且捨不得丟掉因為堅信自己有天會再穿下它，我都好慶幸自己沒有那段風光的過去，所以現在沒他們那麼惆悵。

鄙人應該是從國小四年級開始身形就跟現在一樣，之間有或胖或瘦一點點，但也都是跟自己比，如果用世人的標準來看，我在瘦時也比正常人來得胖，所以完全無法體會那種衣服都穿不下了的心情。身為胖子衣服本來就不會穿太緊（只有不緊的不小心被穿成很緊那樣），都是寬鬆款懷孕了也穿得下那種；我有認真想過會不會也因為這樣，導致胖了也沒警覺才會一路胖到底。

我想愛穿無彈性牛仔褲的人基本上就是比較自愛的人種（吧），因為只要胖一咪咪*馬上就能感受到自己無法被塞進那條褲子，然後就開始節食運動督促自己；而我曾經羞恥心大發的買過一條那種東西，在某天發現太緊穿了竟然跨不上公車後，就徹底的放棄它改跟寬鬆的衣服當好朋友了。

雖然難免羨慕瘦子穿什麼都好看，但只要想到我懷孕也不用買孕婦裝，產後就算發福了也是跟原來一樣，不會一直想說：「唉～好懷念生孩子前的苗條啊～」就覺得胖其實也有胖的好處，沒有苗條過就不會一直活在過去，未來的老公應該也不會說：「妳的身材怎會變成這樣？」而起了厭惡之心，因為他就是喜歡胖子才會跟我在一

起的吧。說到這，我還合理的懷疑胖子懷孕比較不會變胖，因為大部份的女孩這一生都在跟體重奮戰永遠處在節食狀態，這種人一懷了孕必定會像拿到放心吃的令牌一樣大吃特吃；反而我們這些胖人，懷了孕完全能保持平常心因為我們平常就在大吃啊，所以不會因妊娠而變胖是不是超棒！

結論是幼年發福的人人生真是太幸福，各位年輕的胖子不要再羨慕那些紙片人了呀～（但胖也要適可而止啦，太胖對身體很不好啊）

羞 昂 的
錦囊小語
一直胖的人瘦了會很開心不瘦也有平常心，可當過瘦子的人一旦胖了應該覺得天崩地裂人生都毀了吧，正所謂曾經滄海難為水，當他們在緬懷過去時我們可以背剪雙手眺望瑞士山上的白雪展望未來，這才是人生的勝利組啊。

養腿千日
用在一時

那天友人跟我講了一段捷運驚魂記，是說有天她搭捷運搭到睡著，睡到緊閉的雙腿鬆掉，朦朧間發現對面有個男生拿著手機在拍她裙底，一個人把手機放在自己膝蓋頭附近的高度在拍對面的小姐耶！！不知道捷運上有沒有其它人看到也不知他拍了多久，總之最後是我朋友自己發現的，發現後大聲「嘖」了一聲還惡狠狠的瞪了那個不速鬼*一眼，他才把手機收起來假裝沒事安捏*。

聽完我整個怒火中燒，想縮為什麼我朋友不大叫有色狼，讓人把他抓起來檢查他手機踩爛他雞雞呢（好像過份了點），可友人說她多少會擔心有沒有誤會人家，萬一就這樣發難查了人家手機結果他根本只是在玩寶石方塊，最後被他說：「憑妳這付德性看妳還髒了我的眼。」那可怎麼好（也太戲劇性了吧）。

這麼想想確實是這樣，女生遇到這類情況雖然生氣，但大多隱忍著也是怕會不會誤會了人家，像我有時被碰到屁股也會想縮不會是人家不小心，誰叫我屁股幅員遼闊揮到一下在所難免，就是這樣的心態無形之中縱容了那些不要臉的人，讓他們可以在公車捷運上犯案吧。

說到我朋友那天我才知道她的內褲命運很乖舛，約莫在十幾二十歲的少女時期，有天晚上回家都在家門口了被人持小刀搶劫，據她形容真的是小刀哦，差不多像小指頭那麼長的一把小刀對著她，叫她把身上的錢交出來，她把身上有的八百塊錢全數交出來後，對方說：「內褲呢，內褲裡有沒有藏錢，掀起來給我看！」她就害怕的掀起了內褲的蓋頭來，讓拍郎*看看它的臉（唱起來惹*），此時無良友人哇奔郎*還忍不住質疑她縮妳內褲是有多好看，她怯懦的回我彼當時的她約莫比現在輕二十公斤很好看啦我才放過她，我想我如果瘦個二十公斤內褲也一定很好看吧（遠目），就很風很大走在路上也不會壓著裙子，因為那是我的驕傲啊（離題）。回到看內褲打劫事件上（跳一下）掀起來後搶匪想伸手去搜她內褲的身，她太害怕了於是大叫搶匪才馬上走掉，想想其實她就在家門口了啊，一開始就大叫不就得了嗎，

呼籲常夜歸的女孩兒都要掛個哨子在身上比較好啊。

然後場景拉回捷運上（再跳一下）

我安慰朋友不要生氣，因為我們的大腿很粗，他拍進去會發現兩條腿像門神一樣守護著內褲，滴水不漏他根本什麼鳥都拍不到的。像現在為了證實這件事我拿了尺出來，老子兩個膝蓋就算相距二十公分那麼開，大腿肉都還是緊緊的黏在一起（它們感情好不行嗎，以後只羨鴛鴦不羨仙要改成只羨宅女小紅的大腿不羨仙了啊（也太長）），而且我可能瘦了，因為三年前我也做過這個實驗，那時是相距三十公分也看不到內褲的啊啊啊～～像什麼女明星常被拍到一坐下來就露底這種事在我身上是某摳零＊發生的，這個故事是不是很勵志，養腿千日就是用在這時啊！

羞昂的錦囊小語	腿就像孟嘗君的食客三千，平常沒事時總覺得它無所事事又很粗實在討厭，但危急時刻粗腿可以幫助妳阻擋色狼的鏡頭周全了內褲的清白，這就是腿的報恩哪～

國際肥胖雜誌
表示……

大家都知道鄙人有大屁股這個老症頭。

除了坐公車卡稱*老是會溢到隔壁位子影響別人的權益外，還常有買不到褲子的困擾，有時候甚至覺得屁股大這件事有可能會置我於死地，只因為有次和同事去兒童樂園玩（是的，我們三個加起來超過一百歲了但跑去跟兒童搶東西玩），坐到有個設施叫輻射飛椅，就是像一個巨大的盪鞦韆會盪到很高的那玩意兒。

我坐上去後覺得屁股卡很緊，就是緊到起身有可能會像彈珠汽水發出「啵」一聲那種緊度，然後因為屁股太大安全帶不夠長試了很久都扣不起來，眼看一起去的男同事都扣上了，如果我說扣不上有多羞恥這臉我丟不起啊，然後想縮反正椅子都緊成這樣了應該摔不出來吧（小朋友不要學），不如就不要聲張假裝已經綁好算了，也比承認自己扣不上來得好（是嗎）。

幸好最後一刻我用力的吐出肚子裡所有的空氣縮腹把它扣上，不然機器一轉極有可能會魂斷兒童樂園，然後新聞會說一名 OL 因為綁不上安全帶身亡，立委去質詢樂園的安全性時，業者表示這做過研究這符合標準是該名 OL 屁股太大，你看，卡稱大真的好危險哪。

以前多少會聽信謠言，覺得天生我屁必有用大的很會生小孩，這是老天爺給我們的天命叫我要燦爛的分娩勝負就在這一刻。不過在經歷過我姊生產，看到她屁股不小卸貨之路也沒有比較順遂後，我想它的最後一點利多都破滅了我養它幹什麼！

幸好網友很溫暖，約莫有兩萬人次爭相貼一個新聞給我，有的貼在部落格有的貼在粉絲團有的貼噗浪有的寄 mail，如果我沒回還會再留一個縮「小紅，我剛貼的連結妳有看到嗎」，讓我覺得我好像應該發表些什麼，因為這就是一則屬於我的新聞啊（顯示為自暴自棄）。

「屁股太大穿衣不好看是很多人的煩惱之一，但可不要嫌自己的屁股大，根據英國牛津大學的最新研究指出，臀部大的人其實更健康，因為臀部脂肪可降低人體壞膽固醇，增加好膽固醇，有效防止血管硬化，並降低罹患糖尿病的風險。

由於臀股脂肪分解速度比腹部脂肪慢，可降低人體內低密度的壞膽固醇，增加高密度的好膽固醇。此外，累積在臀部的臀股脂肪能有效降低對人體有害的『炎症細胞因子』，一般說來，炎症細胞因子與糖尿病、心臟病和肥胖症密切相關。目前研究已發表在《國際肥胖雜誌》上。」

世上竟然有國際肥胖雜誌這本刊物真是太傷人了，不知道都是些什麼人在訂閱，就像我至今無法坦然的走進大尺碼專賣店買衣服一樣，雖然拒絕進入並不會讓我變成瘦子一枚，但總覺得進去會被貼標籤嗯湯啊嗯湯*，所以到底誰要訂國際肥胖雜誌真是我心中之謎。

對了，最近我得知世上還有肥胖研究協會這個組織，好怕有一天走在路上被協會的人抓去做研究啊（抖）。

但這不是重點，重點是屁股大能增加好膽固醇，所以我可以像員外在門口發米一樣在家門口發好膽固醇了吧，看起來大還是有一點好處的。但我也沒開心多久，因為之後我收到一個要拍照的採訪邀約，內容是講辦公室的事對方希望我穿上正式褲裝拍照，聽到後我眉頭一緊因為老子不穿褲子的，屁股大的人應該明白穿褲子會非常顯胖啊，裙子才是人生道路上正確的選擇，我經紀人也知道褲子是我死穴，所以她應該會委婉的回絕吧我是這麼想的。

結果沒多久我看到她回覆對方一封信是這麼寫的：「Dear，小紅因為受限身材，無法穿褲裝。」

在背後這麼說就算了還 c.c. 給我，就是正面給我一槍，然後我心中的跑馬燈一直跑著「小紅因為受限身材小紅因為受限身材小紅因為受限身材小紅因為受限身材」，一整天我的屁股就這樣一下喜一下悲的是在上《小燕有約》嗎？

**羞昂的
錦囊小語**　有聽過國際苗條雜誌嗎？沒有嘛～肥胖者有自己的雜誌耶難道這不勵志嗎（其實還好），那大屁股能輕易擄獲任何一位男友的媽的歡心這有沒有很勵志？

要珍惜
呀……

電視金鐘獎結束後，大家討論的話題除了陶子和利菁的恩怨情仇、女主角為什麼不是隋棠、男主角憑什麼是潘瑋柏外，隔天還有一件事攻佔了各大媒體的版面，就是隋棠疑似走光柳*。

這麼赤激*的事擔藍*要看 VCR，啊嗯勾*我一直轉台一直轉台，都只看到該冰*被打了一團霧的照片很不過癮；上網去估狗*，還是只看到那團謎霧不知道後面有沒有捲毛之類的東西，這叫我要怎麼判斷她有沒有走光捏*（翻桌）。那是一個她穿著開衩禮服撩起下擺秀出美腿的動作，可能一個不小心撩得太高，神祕的三角地帶被掀起蓋頭來。有媒體說她出草了我覺得形容的真好啊，但她自己和經紀人都表示某摳零*，因為她穿了一條丁字褲一條內褲一條安全褲，是決計沒可能走光的。

看完我想縮*穿那麼多條褲子胯下是不是稍嫌悶了點，女明星的下面是俄羅斯娃娃嗎，要這樣層層疊疊的也太搞缸*了。另外還有一個我長久以來的疑問，就是安全褲存在的意義糾竟*洗瞎密*，雖然說聽名字也知道就是用來保障內褲的安全用，但它其實並沒有比內褲大多少，事實上我看到市售的安全褲多半比我內褲還小條呢（好啦是我內褲太大蘇*），我不懂被看到那個跟被看到內褲的差別，反正就是蹄附近被人看見了嘛，有必要一定要扯說那是安全褲不是內褲嗎？不管是什麼也都是一塊布，重點是外陰部及捲毛不要給人看到就好，其它他們到底看到了什麼根本不重要啊！

我還看過一個新聞，也是某女明星被記者拍到底褲，因為布實在太少而且顏色很奇怪（安全褲通常非黑即白），她辯稱那是泳褲不是內褲。我說大白天的又不是要去墾丁，在裙子裡面穿條泳褲說多怪有多怪，妳就老實承認那是內褲就得了唄，硬說自己穿泳褲非常的瞎。說到瞎我又想到另外一例，也是女明星走光的新聞，但是這回是更嚴重的奶頭走粗乃*……

近年來不知為何女明星的膩頰＊沒以往神祕了，這風潮似乎是從白歆惠開始的，自從她露出了令人稱羨的粉紅乳頭後，好像越來越多女明星那裡會不小心拋頭露面。我發現遇到這種情況的多半會看一下照片，如果照片真的不是那麼清楚，可能只是看到一點點深色（見到黑影就開槍就是），都會說那是胸貼啦絕不是奶頭；要是不幸被拍到比較大範圍，顏色深些並且帶著些許疙瘩，就會用她很敬業，專注在表演上來帶過這個尷尬的失誤。有一次是資深玉女陳德容，在一個大陸的影展走紅毯時，右手一揮乳暈就蹦出來。這精采的一幕擔藍有被記者拍下來，可她的經紀人沒有照例說那不是乳暈因為她有貼胸貼，也沒給其它解釋，比如天上剛好飛過一隻鳥所以陰影映照在她奶上，只說她出道十年了哪可能露乳暈。這解釋乍聽之下沒疑問，但仔細一想根本就很瞎，為什麼出道十年就不可能露乳暈，這哪門子道理，難道縮藝人當久了常換衣服，因為長期磨擦乳暈早被磨光所以不可能外露嗎，這說法實在瞎爆了啊～

最後我因為太想看隋棠走光照了，不死心的又去估＊了一下走光，發現被拍到最多的是那種女明星坐著，鏡頭順著她的大腿拍進去，露出一小塊內褲的照片，隨便一抓有一大把，從玉女明星到媽抖＊到國際巨星都有這樣被拍到底褲過。但我前面說夠了人類要夠瘦才有機會那樣被拍到底褲，所以被拍到的女明星們別氣餒了，想想這件事對粗腿的來說有多麼不容易，要珍惜啊……（語重心長）

羞昂的錦囊小語　如果妳被看到，那表示妳很瘦了恭喜妳；如果妳不是瘦子，那表示妳以後坐捷運睡著睡到腿鬆掉也不必擔心走光，我更要恭喜妳，要記住天生我材必有用，大腿上長了門神也是一種才能。

我要
拔十個

上禮拜發生一件事，我覺得傳出去我就不用做人了……（但這不是正在傳嗎）因為上班坐電腦前工作，下班後又回到電腦前寫稿，這幾年來我一直有肩頸頭背萬痛齊發的困擾，那天老毛病背痛又犯了，從背一路痛到頭晚上都睡不好，於是下班後手刀*衝到常去的按摩店報到，找我的老相好解救一下背痛問題。

進去後我一如往常脫了衣服只穿一條乃口*趴在按摩床上，跟師傅說我背痛難耐請幫我按一下背，今天加強背部就好其他部位隨便，很明確的表達了我的立場。而師傅只回了一句：「怎麼會上班坐到屁股這麼發達啊。」還嘆了一下氣這樣，為什麼要用這種鄉下窮小子進城打拚變成大老闆衣錦還鄉，家鄉父老給他的評價來形容哇ㄟ*卡稱*呢？我不開心（踩腳）。

之後她先跳到我身上踩進行一個踩背的動作（前陣子聽縮有人亂給人踩背踩到肋骨斷柳*，所以呼籲大家不要隨便進行這種療程哪），我感覺她在我屁股和大腿上走來走去，之後熱敷了一下，推推肩背之後默默把我的內褲褪下一半（羞），開始用力的揉我的屁股，並用手肘關節壓我的坐骨神經，這招真的ㄅㄟㄙ*痛啊。

然後她竟然打算在卡稱上進行一個拔罐的動作，從來沒被拔過屁股實在太奇怪了啊～屁股雖然肉多但被抽真空時還是很痛，我心裡默算她共架了六罐上去時更是心痛，拔罐的罐口就像一個易開罐那麼大耶，而我的半邊屁股竟然可以吸上六個它腹地未免也太廣了吧。師傅先架好左半屁，接下來到右邊推我屁股下緣，邊推邊說怎麼囤積得這麼嚴重啊又嘆了一下氣，然後為了要確實執行這個業務，她把我的腿往外打開些讓膝蓋彎曲，下半身擺成像在跳舞。

只是我是趴著的，之後把右邊乃口往中間推，就是變成半邊丁字褲ㄟ*意屬*，真是羞死人。

此時如果某人的在天之靈正在看著我（為什麼會有這種事），會看到我半邊內褲被褪下屁股上架了六個罐子（罐子裡是紅肉吧我猜），另半邊內褲被塞到股溝裡，人趴著還呈現一個跳芭蕾舞的姿態，有個人像揉麵糰一樣揉我另半個屁股，真是說多邪門有多邪門，想到那畫面我都想去酗酒了啊啊啊（抱頭）。

之後是同樣的事情換邊做，屁股被進行這麼多作業非常忙碌，但我明明是想按背的啊……回家後迫不及待的脫下褲子想看看屁股上的紅圈圈們，我沒算錯，像易開罐那麼大的圈圈一邊六個共有一十二，我擁有了一個骰子屁點數還很大，周潤發都賭不贏我啊哭哭。但跟我想像中不同的是，那六個圈排得非常之鬆散，原來我的卡稱容量這麼大啊（明明看了一輩子有必要這麼驚訝嗎）。我想可能是師傅手上罐子不夠，不然以我的實力應該可以一邊拔十個吧（又菸又酒）。

註：讀者們可以在桌上排十罐可樂，就知道有多恐怖了啊（抖抖抖）

羞昂的錦囊小語	拔罐療程不是論罐數計價，換句話說你拔越多省越多，如果隨棠也去拔，她一樣付 NTD799 只能拔四個但老子可以拔十二個；做一次贏八罐那做十次領先她幾罐呢算下來簡直是大賺。不要只看見別人的好，要相信上帝關了你的門的同時，也會為你打開幾扇窗的。

喇叭
沒有罪啊～

〈逼你的打鼾床伴吹喇叭吧，這可能救他一命！〉

那天在報上看到這個大標，還用粗黑體寫出來讓我怵目驚心，怎麼吹喇叭這種事可以這麼大方寫出來的嗎？

話說有天和朋友在討論兒時回憶，突然覺得《紫竹調》這首歌好害羞，簫兒對著口、口兒對著簫，簫中還吹出了什麼東西我不好意思再說下去了啊～～～（不就是吹出時新調，這也沒什麼好羞的……）小時候怎麼能唱得這麼順口捏。我朋友說她們的男老師都還會叫她們在音樂課時一個個上台唱，現在想想真是居心叵測，應該是在意淫小朋友吧（明明是我們思想髒掉了，老師我對不起你）。

後來我把這件事寫出來，其實是自省著明明是國樂之美怎麼一直往奇怪的方向想，難道我的人生徹底走偏了嗎？（沉思）

結果另一個朋友告訴我，有天她五六歲的小姪女跟她說：「阿姨，我表演吹喇叭給妳看。」然後手上也沒東西，就在空氣中做一個雙手握著什麼的姿勢，表演起吹空氣喇叭這樣，她看得心頭一緊想縮*不要再這樣了啊停止啊～～這動作不能在大庭廣眾下做的啊啊啊～～但小朋友還是吹得很開心她也不知該說什麼，然後又怕別人看見孩子的動作真是好尷尬（臉紅）。

講了這麼多下流的事，是想要大家先放下對喇叭的成見（明明只有我有成見），因為喇叭其實是個救命的好東西。

是說很多中年男子睡覺會打呼吧，我爸就打呼打得超級無敵大聲。小時候因為家裡只有一台冷氣，夏天太熱時常會全家睡在一個房間，晚上都會因為家父的打呼聲睡不著，那時我好佩服我媽，怎麼能躺在雷公旁邊還能入睡捏？她是說聽久就習慣沒

有什麼過不去的。

可晚上很累的時候又被吵到無法入睡真的會起堵南*，那時我們有個解套的方法，就是派一個身手矯健的人去把我爸踢醒，下腳後一個後空翻再回到自己位置躺好，家父醒來看到也沒什麼應該是作夢吧，我們趁這個時間趕快睡著免得又被鼾聲吵到。現在想想生孩子不如生顆摃丸，為了這個竟然踢親爸實在不孝（掌嘴）。

打呼是不是遺傳來的，因為真正的魔王是我爺爺，他的呼聲是那種明明在隔壁房間，還是會穿透牆壁呼到你腦裡，攻擊性很強的呼。可是隨著年紀增長他的呼聲變得不規律，斷斷續續時有時無，聽說這叫睡眠呼吸中止症，嚴重的可能致命讓我很害怕，所以以前只要住在爺爺家，晚上一方面被吵得睡不著，另方面如果他安靜下來我會更害怕，就偷偷的潛進爺爺房裡探他的鼻息，確定有在呼吸才能安心。

長大後我也交過會打呼的男朋友，那真是人間煉獄，因為爸爸爺爺再吵也是在遠方，跟枕邊人對著妳耳朵打呼感覺差很多。

可打呼不算病，睡著後的行為難以控制實在也拿他沒門，重點是打呼的人本身睡得很好，他們不了解自己帶給別人多大的痛苦，所以真的把它當成一種病認真去治療的人也不多，床伴只能習慣到麻痺，不然也沒別的辦法了啊（兩手一攤）。

但吵就算了，如果是患了呼吸中止症可能會屎*的啊～這個吹喇叭的新聞提供了大家保命的方法，是說打鼾是因為喉嚨的軟組織鬆掉阻塞上呼吸道，如果持續練習吹喇叭，利用演奏時的循環呼吸法，加上要吹出聲音難免要出點力，可以鍛鍊呼吸道的肌肉，肌肉強化了就不會鬆弛到塞住呼吸道，實驗證明受試者的睡眠情形真的有改善，也不會吵到枕邊人崩潰了。

所以妳想到要怎麼改善另一半的打呼問題了吧，找一天跟他說：「來吹喇叭好不好？」（揉身體），此時正常的男人一定說好啊好啊，搞不好連拉鍊都打開來惹*，這時遞給他一個大喇叭開啟他學習的大門，這樣又健康又能培養第二專長不是挺好的嗎～

有嗎？

羞昂的錦囊小語　在下因為被甩無聊開始寫部落格，最後成為胯下界我說第二沒人敢稱第一的天后，台中第二市場的廖先生因為打呼擾人開始吹喇叭，最後有朝馬邁爾士戴維斯美名（此為設計劇情），你們說，這不是很勵志嗎。

A 片
的影響

之前上一個電台節目，被問到一題說女生為什麼不准男友看 A 片，這個我很難回應，因為在下從來沒有不讓男友看 A 片過，男孩兒看 A 片不是件再正常不過的事嗎，這有什麼好阻止的是不是。但身為兩性專家還是要設身處地的為別人想想，於是我認真思考了一下女生幹嘛不讓男友看 A 片，我想多半是因為男人看著看著就會想學吧。

稍微有點理智的人應該都看得出來 A 片裡的東西多半是假的。從進進出出五告*持久的時間，到女優從說以呆以呆*轉而變快樂無比的表現，我想那些全部都是演出來的，有很多不符合人體工學的動作看了就不酥湖*哪可能愉悅。更別提那些莫名其妙的道具了，總之從頭到尾都是戲千萬不能當真哪，就是部誇張的娛樂片來著，你在看《阿凡達》時總不會以為世上有那些藍藍的人吧。

可不知怎的男性朋友們似乎很容易覺得那是真的，於是就在看完光怪陸離的片子後，會忍不住搓著手問女友縮：「剛那個好像很赤激*，那我們也來試試吧？」（笑淫淫）

所以也不能怪女生不喜歡男友看 A 片啊，有些事是過份了些但男人看不出來，還把女優的表現當真，覺得同樣花招自己女友也會喜歡，殊不知女優看起來開心只是做戲，她們可是有領錢的，對她們來縮*這跟對客人喊歡迎光臨一樣，就只是敬業樂群的表現沒別的，可男人就是想不透我也不明白為什麼。

最近看到一則新聞更是證實了我的想法。是說有位罹患開放性肺結核的四十歲的大陸台商，為了治病住到署立台中醫院，可他住院期間很不安份，天天用筆記型電腦在病房看 A 片，看著看著會按緊急鈴表示郎北鬆快*，待女護士衝進病房，他卻繼續看著 A 片，還當著護士的面把玩痣己*的老二，啊不是不舒服嗎！！（戳他太陽穴）而且有時候一小時狂按上四、五次，讓當班的護士們擔心受怕，害怕自己被他

怎樣，導致半夜巡房時還要兩人結伴才敢去。醫院知道後加以勸說但是他完全不理繼續按鈴玩鳥，一直到上禮拜終於出院柳*，護士們才鬆了一口氣⋯⋯

依我看這傢伙八成就是因為 A 片看多了而有些奇怪的幻想，覺得這時叫了護士來，護士就會像那些片子裡那樣，基於醫者父母心的信念，幫他這個又那個吧，可那些事只發生在那種怪怪的片子裡，日常生活是不會有的啊～～

這讓我想到剛搬家時常會請水電師傅來家裡進行修繕動作，如果不小心跟到男同事說：「我明天要請假在家等水電工來作業。」男生就會給我一個抖眉毛的動作。

對他們來說落單在家的女生加上水電工這個組合，不是女生穿著睡衣去開門，就是修水管修到一半女孩的身體莫名其妙被噴溼，衣服於是黏在身上三點清晰可見，然後就很自然的 HE 囉*了，可這些事明明不會發生在現實生活中啊（食指戳腦）！就算有也不常見，這不合理不合理啊！！

最後因為字數顯然過少，同場加映朋友的故事。

友人是個中年人，在職場上有一定地位還有下屬可供使喚，就是我有人生困惑會去向他請益那種家有一老如有一寶的那個寶。有天寶先生跟我說他看了一部 A 片，是在講一個團隊不停的在幫路人偷浣腸的故事（⋯⋯），他們去海灘找穿比基尼做日光浴的女生，鎖定曬到睡著的女生，偷偷撩起人家的泳褲對準月工*浣下企*，浣完就跑掉這樣，然後只見女生起來看看後面想縮*花生*什麼事，之後就挫賽*柳⋯⋯

我翻了一個眼珠都要看到腦漿的大白眼問他縮那攝影機在哪，這一定是假的啊，他回縮那很明顯是偷拍畫質所以一定是真的（堅定）。連這麼扯的事都能信以為真，

我想男人不分老幼在看 A 片時顯然腦中的判斷力那塊都暫時喪失了，所以能怪女友不准你們看 A 片嗎，腦波弱一點的搞不好會去白沙灣偷浣泳客，會被警察抓的啊……

羞昂的錦囊小語　如果妳男友因為看了 A 片叫妳做這個，甚至連不好意思說出口的那個和那個也做了，不要覺得害羞，想想有人因為看了 A 片玩鳥給護士看，其實妳男友不是病得最重的啊（摟）

不願面對
的真相

身為胯下界的導師，不談一下「女性裝高潮」這件事好像對不起眾人的期待。今天就站在學術的角度（扶眼鏡）來探討這個嚴肅的課題吧。

實不相瞞，我們娘兒們平常看起來端莊又羞怯，好像你跟她說一個雙關語她就要說你壞死了，然後紅著臉絞手帕跑開安捏*，但其實不是這麼回事兒的。我們私底下根本就常在跟姊妹們大聊性事（結果一說出來發現世上只有我這樣，那就真的很害羞柳*……），聊到一個很深入的階段，連姚明都可能會滅頂的那種深法。會這樣我想可能是因為男生可以從 A 片學習性知識（但大部份 A 片是偏差的啊），而女生注重的是心靈而不是技術層面，這些東西那些影片裡並沒有教，所以只能靠姊妹間的口耳相傳。

以下是鄙人的田野調查結果，這些事是很多會修燈泡會修車，可能進得了 NASA 上得了太空或得個諾貝爾獎，什麼都懂樣樣精通的大男人卻永遠無法打破的迷思，但現實是殘酷的，請一定要堅強好嗎（聳肩）。

1. 時間一定要久？
私以為這方面的時間要是太短雖然會讓人有「咦？！」的感覺，或是在昏暗的房間裡用姆指和食指托著下巴回想剛剛那兩分鐘裡花生*了什麼事，但一味的追求久卻更讓人煩心。人生還有很多更重要的事要做，一直賴在床上挺浪費時間是不是（食指敲手錶）。要是是天生神力所以真的快不起來也就罷柳，偏偏有很多人是基於不甘心不放手，怕落了個快槍俠的臭名，所以故意一直換姿勢延長時間。這在我的田野調查裡名列女性煩惱之首，我不確定是世人都這樣，還是我剛好都交到喜歡速戰速決的朋友啦，但這種事真的適可而止就好，花太久時間一直被翻來翻去會想大喊：「你有完沒完！」超煩人的啊，所以只好假裝那個來草草結束這樣。

2.聲音一定要有？

不知道為什麼，男生好像覺得一定會發出聲音，如果無聲那就是女方在隱忍，是不是因為A片看多了，裡面女生的表現給了他們這種錯誤的認知。其實做這事兒時很安靜並不反常，我聽過有男生跟女方縮：「不要忍耐，想叫就叫出來啊！」這種案例，女生雖然在心裡想著我沒有忍啊，就也沒有想出聲咩，但男生都說了只好順著他意思意思哼幾聲，免得男伴自我感覺不良好，好像太安靜是對他的不肯定。關於這點，我甚至覺得安安靜靜的然後一邊用手玩七追四*也不難，我們的聲音可以自由控制，世界上並沒有什麼炒飯*時非嗯哼哼不可這種事啊。

除了以上兩個迷思需要打破外，事後要開個研討會也是讓人煩心至極的一件事。激情過後就需要回歸正常生活，幹嘛非得要去回想剛才那幾分鐘，而且你到底想聽到什麼答案，「三分二十秒時很不賴」、「四分六秒處有待加強」這樣嗎。更討厭的是在半途問感想的，這樣真的很破壞氣氛，整個人像從太空中被拉回地球，飄飄然的感覺立馬*蕩然無存，想回答一到十分老娘只給負兩分，這麼愛問去玩奇摩知識吧滾啦～～

最後我發現講出這些就像跟小朋友說世上沒有聖誕老公公一樣傷人，我不敢說全部，但至少有部份女生是這樣想的。也請電視機前的男人們不要灰心，我說的是別的女生不是你的女伴哦，沒事的（摟）。

羞昂的錦囊小語 ｜ 放心，那些裝模作樣神神鬼鬼的女性都不是你的女伴，她們都是真心誠意的（摟）

一則新聞
的啟發

最近有個讓人看了很納悶為什麼能成為新聞的新聞，大意是藝人 Ella 在微博上表示自己已經兩天沒洗頭了，想要挑戰三天不洗，問縮有人支持她嗎？我心想女明星也太容易大驚小怪了，三天不洗頭很平常啊可以算得上挑戰嗎（搖小指）。然後范范去答話說自己曾經十天沒洗，而小 S 最高紀錄有十四天不洗過，總之江湖上掀起一陣女明星自爆有多髒的風潮。紀錄保持人小 S 說不洗頭可以保養髮質，最後結語是皮膚科醫師看不下去，表示頭皮長期不洗會產生毒性自由基破壞毛囊，嚴重可能導致掉髮。

明明是個這麼無聊的新聞，竟然也引發了一些後續報導，就是曾經說自己有多髒的女藝人，她們的事蹟都被挖出來做成一個綜合新聞，媒體實在糾某聊ㄟ啦*。

看完我想到自己也曾經做過這個無謂的挑戰。第一次是因為去做近視雷射怕水碰到眼睛，醫生有特別交待縮*千萬別洗頭，要洗就去外面給別人洗咔*安全；而彼當時*剛好遇到過年洗頭店沒開，於是老娘硬生生的七天沒洗。老實說我覺得七天還好，因為我平常也不是太愛洗頭，一週頂多洗兩次，只是那時剛好遇到過年天天吃麻辣鍋，頭皮會一直冒汗久了疑心會孳生病媒蚊。

第二次就更無聊了，只是因為有天驀然回首花現竷己*四天沒洗頭了，平常差不多三天洗一次，這次不小心超過一天突然起了戰鬥心，剛好又遇到假日，想說要不要試試繼續不洗，反正放假不用出門臭頭也礙不著別人，不如探測一下一顆頭的極限，看有沒有辦法超越之前的紀錄，誰叫我是傳說中的那個和自己賽跑的人（挺）。結果老子隨隨便便就撐了七天糾五凍桃ㄟ*，而且終止的原因是第八天要扇班*，怕頭上的油膏味會攻擊無辜的同事，這項自我挑戰才宣告結束。可能因為我天生頭髮不太出油（是說油都在肚子上和大腿上），其實覺得七天不洗並不困難，只有那麼幾次頭皮有點癢央*，這時只消派出食指過去抓兩下，一切也就海闊天空了沒什麼，女明星們也太少見多怪了吧～

可寫到這我突然有股寒意，覺得自己被陰了一把，因為女明星牽到北京還是女明星，她們就算七天不洗頭內褲也不換，還是大家喜歡的女明星，稍微透露出自己的小邋遢還可能因此得到「很真實」、「自然可愛不做作」的評語；而我等平庸女子如果跟著說自己也不愛洗頭，那只會讓人覺得我們衛生習慣不佳噁心死了，可能得到這麼不愛洗幹嘛不去剃光頭最好順便燒戒疤之類的結論，誰叫現實就是這麼殘酷。

這麼說來請大家回想一下，嬌滴滴的女明星們是不是也忒愛說自己個性很像男孩，或是說不要看我一副氣質樣，其實最喜歡大口吃路邊攤惹，尤其最愛啃雞屁股了啊～（心）。這時如果妳想縮*原來隋棠也愛含雞屁股啊，那如果我有這個習慣不用覺得羞恥，也可以大方的縮粗乃*，那妳就大錯特錯了，因為隋棠是隋棠妳是妳，其實是兩條平行線永遠沒有交叉點，此例裡別人會覺得隋棠親民又真實不扭捏他要一輩子愛隋棠，然後覺得妳就是個愛吃卡稱*的女人，惡毒點的可能還會想難怪妳長的就像一個屁股，如此而已。

會有這個啟發是因為後來看到女明星自白有多髒的報導，有的是大嫂團有的是女諧星，大家爭相的在節目上說自己有多麼不在乎個人衛生，把它當做一個話題在聊。可是說真的，如果妳本身走的不是美麗路線而是諧趣路線，那別人真的只會覺得妳是胎割鬼*啊。這個結論很傷人但事實如此，還有，我一介民婦但不小心透露了自己也曾七天不洗頭，應該不意外的被歸類成髒女人了吧，這輩子可能無法嫁入豪門了啊干*！

羞昂 的 錦囊小語 ｜ 超越自我這件事其實一直存在生活中，就算不是林義傑，只要下定決心，大家都可以是和自己賽跑的人！

我等愚婦不適合
看這種新聞啊！

新聞縮新手媽媽哺餵母乳狀況多，網路上有自稱「乳腺疏通師」，專為媽媽解決乳腺不通問題，甚至用擠粉刺的「青春棒」把塞住的乳腺管挑開。家姊剛生完，沒事我也幫她通乳腺（請叫我無師自通的乳腺治療師），而且本人相當熱愛青春棒，覺得這新聞實在太貼近人心惹*。

先說一下青春棒吧，大家跟它熟嗎？就是一個一頭是尖刺另一頭是一個金屬圈圈的東西，尖的那頭可以戳破痘痘圈圈那頭ㄟ盪*擠出黑頭粉刺，我從青春期開始發現世上有如此好物後，整個人生就離不開它惹，幾年之間不知道弄壞了幾隻，但一定壞了再買壞了再買，用它來解決臉上身上的所有問題。它最偉大的功績就是有天我發現該冰*附近長了一塊怪東西，感覺像個大膿包，身為擠膿控老子登時全身熱了起來，用手一直擠壓它它都不為所動非常強大，這時我猛然想起我的好朋友青春棒，於是就像新聞說的那樣，我用尖頭挑了一下膿包，結果膿用噴的噴粗乃*，而且因為膿包太太太大了，我差不多擠了三天都還會有點東西流出，想想真是好甜美啊～（我變態來著）（還有請大家不要學，有毛病請就醫）

再說一下通乳腺這件事，我很意外這年頭擠奶可以靠把郎*，這是最近在醫院裡才知道的。是說家姊剛生完擠不太出奶，可能是手法不對吧。護士天天來教她順便問縮今天擠出來了嗎，連問了幾天什麼妹有*，護士就跟她說可以傳呼醫院裡的擠奶大隊來幫擠，原來有擠奶大隊這個神祕的單位，這實在太妙了啊。聽到這消息我好亢奮，感覺像去埔心牧場看擠奶秀好嗨，而且是人在幫人擠，這麼絕妙的行為是值得買個爆米花來邊吃邊觀賞的啊啊啊。無奈擠奶大隊還沒出動，有天她莫名的就滲了一些奶出來，可以靠一己之力出奶部隊就無用武之地實在可惜。原來奶並不是我想得那樣，從乳頭噴射出來，而是像額頭上的汗珠，從歸ㄟ*乳暈處默默的沁出來。一開始奶量少之又少所以沒法擠在奶瓶中，醫院是給一個針管讓媽媽把奶收納在裡面，一定要有別人幫忙，就是媽媽忙著擠，奶一滲出來旁邊的人就伸手用針管去吸，慢慢慢慢的吸成一整管這樣，有天我整晚上都在醫院幫忙吸奶，第一次跟別

人的乳頭靠這麼近實在害羞。可能因為初乳濃稠不好擠，量實在不多所以珍貴，家姊看到任何一滴都不肯放過，會指揮我說那兒有滴叫我去吸，有的看似乳暈上的疙瘩其實是滴奶非常奇妙，我在想寫出這個我姊會不會殺了我啊……（憂）

之後她發現一邊奶多一邊奶少，順手摸摸摸摸到腋下有一塊像脂肪瘤的東西，護士說那就是乳腺阻塞了所以奶出不來，要使點勁兒去把它揉開才行，不然會發炎之類的，說到這我好像聽過那會化膿最後要開刀取出，超恐怖搭*～（抖）而且原來乳腺腋下也有不是光在奶上啊今天真是長知識。之後我姊就常自己在揉那邊，由於自己一定會對自己手下留情，於是我自告奮勇的要去幫她，一開始她還害羞，後來實在揉不開就讓我來，但我揉了半天還是只有軟化一咪咪*，今天剛好看到上面那個新聞，原來坊間有人可以幫人解決乳腺不通的問題，要不是報上沒留疏通專線我可能馬上找人來通柳*。

而且看著看著我也好想拿青春棒去挑挑看我姊，看能不能幫她把乳腺挑開，疏通師會這樣做可見應該有點兒用（吧），就是注意一下衛生，行刑前先用酒精消毒或用打火機燒一下頭應該可以了（吧）（才不是）。

每次看到報上這種跟民俗療法有關，然後又科學證實沒用的新聞，看完都會莫名的好想去試試，不知道讀者們有沒有跟我一樣的症頭。今天的結論是愚婦是不適合看新聞的，請記者們不要再報這種事了因為好有宣傳效果，我現在要用左手抓著右手，免得它瞞著我偷偷的用青春棒去挑我姊的乳腺了啊啊啊（痛苦）。

※ 警告：還是請讀書的聰明人不要學習蛤*～

羞昂的 錦囊小語	原來除了律師和會計師和陰陽師世上還有一種師是乳腺疏通師，只要有自己的一技之長誰都有機會成為讓世人尊重的× ×師！

出恭的
Know How

其實寫這篇我心裡是有點不安的。不知大家有沒有注意，在下無論什麼事件或是多麼下流的字眼我皆能寫得行雲流水眉都不皺一下，可就是從沒寫過有人往生的新聞，總覺得這對死者不太尊重。不過今天我打破了這規矩，因為這新聞非常警世對大家未來的人生也很受用，希望讀者們看完後能為亡者默哀三分鐘。

「日前印度孟買一處公廁日前發生一起慘劇，一名二十六歲男子林格瑞（Lingeree）在公廁上廁所時，因耗費過長時間，導致排隊男子卡顧卡（Kargutkar）頻頻抱怨，等林格瑞出來後兩人爆發口角衝突，且當場扭打成一團。林格瑞因頭部遭受卡顧卡重擊，送醫院急救途中身亡。」這是朋友貼給我的新聞，丟來一串連結後下了「印度人好激動哦」這個註解，我看了一下覺得沒錯，就這點芝麻蒜皮的事兒值得起殺機嗎？私以為應該是兇手想棒賽*想得太急切，前一個人又死不出來他急怒攻心所以才打起來的。可友人不這麼認為，她縮*如果卡顧卡本身屎意也很濃，再一用力打人屎不是剛好拉在褲子上這不合理，聽完我搖搖頭覺得這位朋友太淺柳*，顯然的對米田共這一塊她不夠熟稔啊。

是說屎分成很多種，但想拉屎的情況我認為只有兩種，一是肚子痛了想腹瀉天皇老子也擋不住那種，遇到這個真的只能立馬*找到廁所拉之而後快，如果不幸的天不時地不利真的不方便，像在下有一次在拍別人划龍舟，才一離岸我就巴豆*痛了又不好意思縮*，這時提肛是沒有用的反而會讓它們想反抗（誰們呢），此時記得保持內心的平靜勿大喜大悲，講話輕柔千萬別用到中氣，反正最好做什麼都離下腹三公尺外不要驚擾到它；如果在行進間廁所又不是太近，這時千萬不要想快馬加鞭的跑向廁所，運動會加速它棉*想爆衝出來的決心，切記腿慢慢動而身不動，維持平靜才是對抗腹痛的不二法門。

另一種就是卡顧卡的那種，我想他是正打算進行每天例行性的排遣，就時間到了感受到肚子裡有點東西要出來但不急迫，如果遇到正在開會或是飛機正在起降間或是

升旗時在唱國歌或是排隊買 Zara 排了很久快要到你的時候，總之就是無法馬上奔廁所啦，反正這種情形不馬上去上也是可以的。像敝人在下我就不會在一有便意就去上，因為那會浪費時間而且有種大不乾淨的感節*，這種例行性的排便我習慣等到它到門口了再去，這樣一來節奏會比較明快，而且比較不會有「咦～好像還有一點，那不如再蹲一會兒」的心情不信你下次試試看。啊嗯勾*這是個險招，因為有時候米田共先生會想縮反正你也不打算去大所以它就縮回去了（好有靈性），不當的忍耐可是會讓便意蒸發掉的啊（所以便意是個嬌嬌女，一覺得男友不在乎她她就躲起來讓他找就是）。

蒸發掉還不打緊，有時候錯過了今天屎在腸子裡待一個太久，水份被吸走了變得乾硬不但隔天會更臭，有的人還會因為前一個太乾燥堵在門口出不太來，後面的也堆著變成俗稱的便祕腸子祕結笑起來也不快樂，這一切的一切完全是因為在那個摸們*沒能解便，想到自己因為前一個人上了很久導致這樣的下場，卡顧卡這能不怒嗎！但是卡顧卡啊（一付他看得到的樣子）也不能因為這樣就殺人哪～本座教你一個方法，以後你也能像我一樣（對便意）運籌帷幄成為馬桶上的勝利組。

記得，當有那種肚子不痛的便意時，不用急著找廁所可以再慢慢晃一下，但不能太放鬆要邊晃邊做些下腹的運動，比如呼吸時順便縮放下腹，不然去爬爬樓梯也行，像本案中的兇手就可以邊排隊邊做縮放下腹的運動，這樣一來大便先生會知道你有在做準備就不會輕易的縮回去，等排到你時也能更快解便，這方法對人生真的很受用，讀者們請務必記下。這真是我寫作以來最有知識性的一篇，如果有什麼文章的普立茲獎應該拿它去報名啊～

羞昂的錦囊小語｜也許你管不動小孩管不動另一半，管不動下屬也管不動養了十年的小黃，但是，你可以像我一樣成為掌控便意的那個人，常常自主訓練遇到逆境也永不放棄，只要有心人人都是馬桶上的勝利組。

一山還有
一山蠢啊

本人是個熱愛民俗療法的女孩，尤其是年紀大了後，明明也沒做什麼激情的事，身體還是這裡痠那裡疼，天天都覺得肩膀上坐了一個人（恐怖額～），這時就會直奔按摩店，刮痧拔罐針灸樣樣來，不是我在說，這種筋骨的事還是民俗療法最有效啊～

除了拔罐針灸這種正常的外，本人還試過一種用大槌子敲身體的整骨療法，那天筋骨異常痠痛，我媽縮有家有名的整骨叫我去試試，她說按摩只能治標，根本問題是骨頭歪了，卡蘇*骨頭舒暢了全身攏*爽快，聽起來是有那麼一點兒道理，於是我就踏進整骨師家大門了。進去後師傅先用一根很大的桿麵棍桿我的肉，批評了一下我下半身的業障，奇怪了我明是背痛幹嘛看不該看的地方啊。講完隨即拿出一個很大的木槌子，像卡通道具一樣的大木槌，認真的敲打我的骨盆，我一邊被敲一邊覺得好荒唐，感覺比拔罐還沒根據的療法，這……真的有用嗎。

這麼說來我做過一個更沒用的，現在想想這方法也太怪柳*。國小時有陣子好像因為家裡養烏龜細菌感染，我頭上出現鬼剃頭的現像，就是頭頂有一塊一直掉髮，是沒有像河童那麼嚴重啦（說得好像跟河童很熟），但女孩子家這樣總不好看。我娘先試了擦生薑沒用，有天就帶我去一家朋友推薦的中醫看診，看完後對方給我一個像特大號菸斗一樣的東西，叫我回家後在裡面燒艾草，然後我要用頭頂對著它，拿燃燒的煙燻那塊不毛之地；長很大後我發現煙燻花枝也是這樣的做法，不知道我的頭皮嚐起來是不是一樣的味道。但那不是重點，重點是我頭上那塊本來還有點稀疏的毛，這一被燻，僅存的那幾根都焦掉，我常聞到焦味感覺頭皮要起火惹*，最後照鏡子看那塊整個白到發亮，貌似再也不會長頭髮了，回想起那段天天煙燻頭皮的日子，這民俗療法也太荒謬了。

幸好我朋友遇過更蠢的。他縮小時候得了腮腺炎，脖子腫到無法回正只能歪著頭，一付流氓在跟人嗆聲的樣子天天在耍狠，他老木*聽人說有道士能夠治這種病（是

說腮腺炎明明會自己好啊不是嗎），於是連夜把他從南投運至彰化某宮廟，開車開了一小時請道士救救他。道士仔細看了看脖子宣告他得了豬頭皮這種病，接著起身拜了一下虎爺後拿毛筆在他的患部寫字，寫完簽名還在末端貼了張金紙，就像林正英在僵屍頭上貼符吧我猜，真是好拉風來著。回家後他照鏡子，發現道士在他脖子上寫了一首打油詩，是類似虎來咬豬之類的內容感覺好俏皮，那陣子他洗澡都不能洗到脖子，天天掛著道士的墨寶還貼了一張金紙上學，如果那時 facebook 發達，應該早就被 po 上網按讚三十萬次了吧我想。

原以為他的蠢誰人甲伊比*，結果一看新聞就讓我看到一位總冠軍。 是說塞爾維亞有位中年男子對自己床上的表現不滿意，為了嚴重的早洩問題求助於巫醫，醫生說有個百分之百有效的民俗療法（原來歪果忍*也信民俗療法啊那我安心多惹），就是和刺蝟發生關係，也就是去尬*刺蝟啦（有必要解釋嗎）。他本來轉身就要走但巫醫說保證有用，他經過了慎重的考慮，我想其中包括了人生中的早洩經驗在他腦中像走馬燈一樣轉出來吧，這麼痛苦的回憶讓他決定挺而走險試上一試。為了要有效他還特別找了一隻體型大一點的，結果換來一隻千瘡百孔被扎到處都是洞的老二，我在想應該是像仙人掌或狼牙棒那樣吧，新聞為什麼不附照片，那明明是重點啊（左手背拍右手心）！！

原本他的雞雞只是在床事方面表現不佳，這下子連排尿功能可能也不全了。奉勸讀者不要輕易相信民俗療法，有事還是看一下醫生咔厚*啊～

羞昂的錦囊小語　有早洩問題的捧油*不要灰心不要氣餒，早洩也只是比把郎*快一點點，想想也省時省力啊，總比這位歪果人下面有個郎牙棒好。留得青山在不怕沒柴燒，你只是燒得比別人快但瞬間的花火一樣燦爛（攤）。

羊膜穿刺實錄
（不是我！）

三年前我的人生一直被一件事困住，就是我不想當高齡產婦我不要當高齡產婦，一定要趕進度在三十三歲前著床才行。這麼堅定的心願源自最深層的恐懼，因為很小的時候聽說羊膜穿刺糾恐怖ㄟ*，是用一根像珍珠奶茶的吸管那麼粗的針插到肚子裡去取出羊水出來化驗，超痛不說，一不小心還會刺到肚子裡的寶包*非常危險。

總之那是個讓人想到就會挫溜*的療程，但如果妳是個高齡產婦，為了安全起見就非做不可，唯一解套的方法就是不要讓自己成為高齡產婦。所以我一直這麼告誡著自己。無奈老天爺一直對我很薄，苦無機會著床轉眼間就超過年齡上限了。眼看這輩子沒機會當個妙齡產婦，不用趕進度心情反而輕鬆起來，不過偶爾想到要被大針管刺巴豆*，還是會覺得心頭一緊肚子好痛。

前陣子我在大陸的姊姊溫蒂懷孕了，特別安排了回台灣來做個羊膜穿刺，想到我最害怕的事竟然有機會在眼前發生，重點是我還不是當事人，這麼難得的機會擔藍*要跟啊。於是我喜孜孜的報名了羊膜穿刺團，現在就讓我來為大家揭開羊膜穿刺的神祕面紗……

她找的柯滄銘婦產科好像很紅，只要去估羊膜穿刺跑出來一整排都是他（就像估*胯下天后跑出來十頁都是我一樣（撥瀏海））。行刑那天我們八點就出門去排隊，我這一世人從沒有同時間看過這麼多孕婦過，擠在裡面心裡直發毛（不知為何我看到孕婦會害怕，可能怕碰到她肚子吧，如果肚子很大的孕婦在我面前下樓梯我腿都會軟掉），更讓人不安的是有很多人肚子看起來還比我小，這讓我正視了最近肚肉過於發達的問題。還有我幹嘛要找自己麻煩穿個連身洋裝來，這明明是孕婦的標準服飾，拎北大肚子又穿孕婦裝但永遠生不下來，想來真是挺憂傷的（菸）。

先報告一個利多消息給高齡產婦們振奮一下，是說羊膜穿刺一次八千元，但如果妳超過三十四歲，國家會補助兩千元只收六千。當場省下兩千簡直值得大叫哇粗溫啦

哇粗溫啦*，我一邊陪我姊排隊一邊嚇她，深怕她忘了珍珠奶茶的吸管有多粗，導致叫到她號碼她躺上診療床時手整個是冰的，護士還安慰她說沒那麼可怕啦叫她放寬心。等待醫生的空檔，護士可能是想想緩和孕婦情緒跟我們閒聊了一下，我趁機問針管有多粗，她給我看了一下竟然跟抽血的那種一樣細，害我擔心受怕了這麼多年，原來根本是鬼扯。

聊著聊著情形有點不妙，因為我發現護士在瞄哇ㄟ*巴豆。我內心大叫大膽刁民可千萬不要問出什麼沒禮貌的問題啊～～

果然她就說了：「妳是不是也……哎唷我還是不要亂說好了免得得罪人。」

我心想妳這不是沒說跟有說一樣嗎。還沒想完呢，那個忘拔蛋*又說：「妳也有了嗎？」（登楞*～）踏馬的*剛剛不是才告誡自己不要說嗎，還是她本身像漫畫裡的人一樣，想什麼時頭殼旁會有雲把心裡的 O.S. 寫出來所以被我看見了。我傷心到差點動了胎氣（←自暴自棄），幸好醫生馬上進來轉移了注意力。

整個過程好簡單，醫生照超音波確定胎兒位置免得刺到孩子。我看到我的姪女靜靜地窩在下面，上面有層黑黑的，醫生說就是要取那層不會弄到孩子別擔心。

在此之前我以為名醫都很忙多問他兩句會翻臉，結果柯醫生超親切的，診所護士也都很熱心（除了某個指控我又*孕的以外）（但這好像也怪不得別人啦，肚子太大是我的錯），不但主動說可以拍照，還指導我要從哪個位置拍才清此*，很能體諒新手父母什麼都想拍的心情。

先消毒一下肚子就直接插針進去，一共要抽兩管。一管像血，另一管黃黃的，我以為那是羊水，但護士說那是無菌的尿。整個過程五分鐘不到，讓高齡女子聞之喪膽

的羊膜穿刺竟然就這麼結束了。這不是我要的結果，珍珠奶茶吸管在哪快給我交出來（敲碗）。我問護士是不是近幾年來針才變細的她說不是啊，一直以來都這麼細。所以不要再相信沒有根據的傳言了。

我問我姊痛不痛，她說還好，只會感到有東西刺到肚皮裡，但不會很痛。事後我跟我媽說了過程，她也說真的不痛嗎，以前聽說是從脊椎打一個很粗的針進去（說時她還打了一個冷顫），我想家母是把無痛分娩跟羊膜穿刺搞混了吧，抽羊水怎麼都不該從脊椎抽啊。

總之解開這個謎團後我放下心中的大石頭，原來讓我受驚這麼多年的事情並不可怕，各位電視機前的高齡女子可以安心受精了啊～

又我最近為肚肉太厚所困（事實上我肚子比懷孕四個月的溫蒂大一些些……），穿上長洋裝真的很像孕婦。上禮拜和朋友去海產攤吃飯就穿了長洋裝，席間友人 KY 拿了一袋紅蛋出來分食（為什麼？），天殺的酒促小姐過來搭訕說是不是在吃我的滿月紅蛋（爆炸），我說不是啦，我還喝酒捏＊剛生完哪能喝酒（假笑）。她說她也有同事這樣，一生完解禁了就出來喝酒，沒在餵奶就可以呀（二度爆炸）。酒促小姐其實可以跟愛跟她們說話的男生搭訕就好，要不是我正在漲奶行動不便（←自暴 again）就拿酒瓶敲她頭柳＊～（小朋友不要學）。

補充說明──柯滄銘那人真的很多，多到掛號小姐沒什麼耐性，有人問問題就指著牌子叫孕婦們自己看。老實說我有點看不懂啦，所以寫上 Know-How 給有需要的孕婦們參考。

就是一到診所就先把孕婦本人的健保卡拿給護士，她不會說什麼就默默的收下，然後請千千萬萬不要離開櫃台太遠，因為她會慢慢叫名字叫妳填資料掛號，拿我們來

說，我們約莫九點把東西交到護士手上，差不多十點半被叫到名字去填單，走到這一步才表示妳掛到號了，填完就可以安心的出去閒晃。填單時叫到二十號我們好像排到三十八號（之類的，我沒食銀杏記性差）。好像十二點半多才輪到我們，重點是沒確定自己掛到號時千萬別離開。遞健保卡過去不算，要填到單子被收了錢才算數哦～（叮嚀）。

羞昂的 錦囊小語	高齡產婦又如何，想想我們做羊膜穿刺可是足足省了兩千元，省下來的兩千拿去投資假以時日妳就是地產大亨了，到時候捻地契微笑看著妙齡產婦為錢苦惱真是人生一大樂事啊（抖腿）（要不要這麼賤啊）

俚語教學：
澳洨咬骨*

事情是這樣來的，因為先前寫專欄時有篇文章寫到攝護腺舒緩療程，吾友老頭特地從大陸打了個越洋電話給我，問我懂這個療程嗎？

說懂不至於但挺好猜的吧，就有陣子常常看到這個字眼。應該是色情行業掛羊頭賣狗肉的招式，怎麼看都是做黑的啊，約莫是男人的那個很激昂，小姐透過按摩幫它放鬆舒緩幾雷*，讓泛紫光的頭顧得到釋放，應該是這樣的吧？

錯！經過老頭的解惑我才知一直以來對它的印象錯得多離譜，希望今天看過本文後，跟我一樣誤會它的人和我一起向它道歉。

老頭在大陸工作嘛，他說常常收到家附近路邊發的按摩小廣告，都會看到有攝護腺按摩這個名詞兒，和其他種按摩排在一起價錢還比較貴（約三百人民幣）。他一直對那個很好奇，想縮*攝護腺感覺很深層要怎麼才能按得到，又不像海砂屋的鋼筋一樣露在外面是不是。有天他去做背部按摩一時好奇（或是不承認想做攝護腺療程）就問了小姐那到底是怎麼回事兒。小姐縮就是按摩師在中指套上指套（不知為何要強調中指，難道全戴上不行嗎），把手指伸到客人的月工*裡（倒吸一口氣），進去後會遇到一個感覺像軟骨的東西，此時用手指去逗弄它，咕嘰咕嘰的它就會射精（驚！）。這就是傳說中的攝護腺舒緩療程。

據說這是老年人比較會做的，做完後可以讓他們小便更順暢（又驚！），聽完後老頭想到台語有句話叫澳洨咬骨，就是壞洨*會傷害骨頭ㄟ*意屬*。可老人家常有心無力無奈的存了一堆洨（是嗎）這對身體很不好，只好去做療程把澳洨弄吃來*安捏*。

窩的馬呀*原來在看似色情的名稱下這竟是一個清清白白的服務項目（是吧），溫馨的幫助老人們解決排尿不順的問題，如果在台灣健保應該會給付吧。所以在這我

要正式的跟攝護腺舒緩療程、以及執行療程的師傅道歉，我誤會你們好多年了真是縮蕊*。還有，幸好老頭在點枱前有先問，不然莫名其妙就被入侵肛門好冤枉柳*。

今天教大家的澳汝咬骨大家有懂嗎？老頭說這是一個非常普通的台語俚語，應該大家都知道才對，可我問了三個朋友，三個都沒聽過哦。所以我想這其實很冷門，就拿出來讓大家長知識一下好了（但長這種知識幹嘛捏*）。俚語時間謝謝大家的縮看*，我們有緣再相見～（揮手下降）

是說我還是覺得市面上大部份的攝護腺舒緩療程是做黑的……（我好像對這個事件投注太多熱情了，身為大閨女老子要趕快離開這個是非之地免得嫁不掉啊～～（招計程車））

羞昂的錦囊小語 | 原來力不從心時還有這招，就算腰也沒力手腕也沒力還是可以透過這種方法把澳汝趕出體外，正所謂山不轉人轉，很多事情解決方法都不止一個，遇到困難與其自苦不如找出其它的方案解決它。

胸大的
困擾

這題目聽起來休誇*欠揍，就像長相美身材佳的女藝人，說希望大家多注意她的才華不要老拍她的奶那麼討厭，天知道有多少人就是想追求一張美麗的臉和魔鬼身材，跟才華比起來容貌明明更可貴啊。

但胸前肉太多的確是件讓人煩心的事兒，因為它會讓身體看起來厚一些感覺起來更臃腫，不管穿什麼衣服都傳達不出時尚或知性美，這點你看看國際大秀那些走秀的媽抖*胸前都平到跟被熨斗熨過一樣就知道。要是剛好是不瘦且胸部又大（比如哇奔郎*）的人那更可悲，瘦子大奶不用說，她就是身材好唄沒什麼好講的，她們奶大依舊可人；但胖人胸大很容易給人她正在懷孕、或剛生完還在漲奶的感覺，明明是個少女卻像永恆的奶媽實在不好看。

再來胸大還有外擴或下垂的困擾，這是小胸人永遠無法體會的吧。像 A 罩杯的人應該垂不到哪去畢竟她們只有兩個點其實沒什麼肉，說到這，我有個本來胸就大的朋友因為懷孕生產奶漲到一個沒展節*，哺乳期過後消轟*是必然的，像隔夜的趴體*氣球氣走了有點鬆皺，歡樂的氣氛不再只剩下無盡的哀傷重點是還會往下搭，她說她做了自我測試幸好沒垂到乳房下能夾住一支筆的地步，但她都想測了可見八成可以夾住一條曼坨珠吧，胸小的人絕對不會走到這一步啊。也不會因為躺久了走山奶頭漸漸往腋下移動，變成一個江湖人稱的八字奶，相較於大奶會自行移動到背後，大家不覺得小胸部安居樂業又踏實多了嗎。

另外還有一件比較害羞的事，正常來說乳量和胸部大小是成正比的，也就是縮*妳的奶大量就容易大。我有位朋友可能是上輩子做了什麼好事，因為天生胸部大的人可能瘦不到哪去，畢竟奶上都是脂肪瘦子很難有副大奶。可她就是萬中選一的大奶瘦子身材好的不得鳥*，所以她在選婚紗時，店家拿了一件非常漂亮，但身材不好的人一定不敢穿的禮服勸她穿。這衣服的上半身全都是蕾絲整件鏤空，只有乳頭部份做了襯墊遮點，穿起來之美麗性感的，簡直到了打遍天下無敵手的境界。可是（停

頓）我這位大奶朋友穿上後，身體稍微動一下乳暈就會從襯墊的邊邊溢出一點來回饋社會大眾，可我們看那墊明明很大啊，比一個隔熱杯墊還要大一點了吧。無奈胸大的人暈更大胸墊完全無法駕馭它，還是會一直上演淘氣女孩躲在樹後的戲碼，不停的從左右冒出暈說來抓我啊來抓我啊這樣。

妳看看奶大是不是也有困擾（左手背拍右手心）。最近看到網路上有個新產品叫小胸胸罩，就是讓大奶的妳穿上後胸部平一些，穿襯衫時才不會胸前老繃開一個洞，我覺得這真是個實用的東西。不過奶一直被壓著會不會就這樣散掉了，還是有點擔心啊。

羞昂的錦囊小語

前陣子還有個新聞出來，說大陸湖北辦了一個校花選美比賽訂立了嚴格的標準，把一切美的標準都量化了，規定美女們兩乳之間的距離要大於20公分否則出局，我本人的兩個膩顏＊老死不相往來很久在芸芸眾生之間算是外擴的了，可拿尺一量也才正好是20公分。是說原來美的其中一項標準是外擴啊（恍然大悟）！所以胸小勿灰心妳們長的精緻又時尚；胸大也別困擾外擴才是美，凡事皆有黑暗面和光明面，往哪面看你就會成為那樣的人。

為什麼要把
我逼上絕路啊～

去年我陪工程師回鄉去探望他剛生小孩的嫂嫂，這種跟另一半的家人會面ㄟ*局面總是讓人很有包袱，所以我不但準備了禮物，還破例好好的打扮了一下，希望在人家家人的心中有完美形象。

孰料在去程路上突然感覺到便意來敲門，幸好是去醫院不是去家裡，要是一進人家家門就先排遺顯得很不矜持，女孩子家總是含蓄的。但那便意來勢洶洶銳不可擋，連我身為傳說中那個自由操控便意的女人都無法招架，我決定一下車還是先去棒個賽*把廢物清空，以維持本座不沾染世俗且空靈的形象。到了醫院我先下車打算進行一場體內大排毒，結果進了醫院繞了兩圈還沒找到廁所呢，就不小心被他哥找到了，只好無奈的帶著一肚子屎上去先看看孩子。在寶包*室裡隔著玻璃我表面上咕嘰咕嘰的逗小孩但心思全放在十二指腸上，身為內個*控制便意的女人我告訴自己要 hold 住，這個時候可千萬要冷靜才行，不能讓腸子跟我一起激動起來它這時最需要的是平靜喜樂的心（敲木魚），我要等待機會，抓緊沒人注意的空檔衝去廁所；無奈那間醫院孩子少探望的人更少，根本只有三個人在場少一個都很明顯，我只好繼續逢場作戲等待下一個機會。

看寶包時間結束了要去病房看產婦，為什麼不能一次看到兩個啊我恨（捶牆）。偏偏工程師一家是慢吞吞 family，走路慢按電梯慢找房間慢講話慢，跟他們一起行動等到探完肉屎應該早就奪（肛）門而出了。好不容易慢慢的踱回了病房，便意上心頭的我一進去先觀察地形，病房很小我不能冒險在裡面挫賽*，可能會被如意郎君家人聽見的那桃花就被斬斷了。剛好這時來了通電話好想大喊呀逼，老子有理由走出病房講話了真是天助我也啊回到台北一定要去慈佑宮添油香。結果這個天殺的醫院竟然整層樓沒公廁怎麼會這樣，所有廁所都在病房裡是想把我逼上絕路吧，我只好再跟腸子理性的溝通一下，請它冷靜點等一切結束再讓它奔放。

好不容易到了離開的時間，我急於想要去一樓掛號處好好挫個賽，那裡總不會也沒

廁所吧。結果他的哥哥超熱情堅持要送我們離開，我想送到大廳也夠了吧，快滾回老婆孩子身邊老子要去廁所啊～～～（崩潰），結果他老兄喜歡送你送到小城外明明也沒有話兒要交待，送到我們都走出醫院三十尺了，回頭看他還在揮手顯然是要跟我卯上了（折指關節），一直到他從正常 size 變成一個小黑點回頭看他還是在那目送我們，想想養括約肌千日就是用在這時吧你要挺住啊（拍括約肌肩膀）（如果它有的話）。

最後終於在便意敲門越敲越急感覺像失火了鄰居叫你快逃那種急法，總之就是它打算強行破（肛）門而出時，我找到加油站解決了燃那裡之急。蹲在很臭的公廁裡我禁不住的想，哥哥你幹嘛要把人逼上絕路啊啊啊～

羞昂的錦囊小語　缺乏信念的人生跟鹹魚有什麼兩樣？相信希望相信愛相信自己能做到的人，最終一定能嚐到勝利的果實。當感到無助信念動搖時告訴自己我可以，你就一定能做到（握拳）！

畢業旅行
最夯的活動

大家畢業旅行都是去哪玩呢？我個人是去墾丁進行四天三夜之旅，而且這樣我已經覺得挺奢華了，沒想到那天去吃飯，聽友人說他專科畢業旅行去高雄看十八招的事，我想說也太意外了吧，下體的特技表演是學生應該涉獵的活動嗎，孩子們身心發展未健全前就看這種東西對未來的人生多少有影響吧。沒想到席上另一個朋友馬上回應說她也是耶，她們大學的畢業旅行是去泰國，但行程裡一樣有一項是看十八招，原來畢業旅行不管去哪，有個重要的活動就是看下體精湛的演出，怎麼我貴為胯下天后卻沒看過呢（左手背拍右手心），我想我不能再自稱天后了啊。

高雄場的觀眾表示表演者是個阿姨，她圍著一條毛巾出來，看到現場都是學生有點驚訝，為了怕帶給孩子們不好的示範，還先跟同學們機會教育一下，縮＊自己是因為沒讀書所以從事這一行，勉勵學子們要用功讀書努力向上成為有用的人，然後才打開毛巾開始用下面開瓶蓋或吹氣球或啃甘蔗或吹蠟燭（哇拷＊她下面真有才華）。而泰國場的好像更為精采，不但可以壓肚子運氣後，從裡面射出飛鏢，還會從下面吐金魚，金魚被吐出後掉到水缸裡還會游哦，不知道牠活著卻被關在裡面時心裡在想什麼。下一招是從那裡放一隻鳥出來，讓破下體而出的鳥翩翩飛向觀眾席，可能藉此表示「本活動沒有造成任何動物損傷」，跟好萊塢電影一樣愛護動物就是。

本來我以為都是同一個人表演，想縮天哪她下面也含了太多東西了吧，飛輪海都會鬧不合了魚和鳥一起待在一個地方難道不會打架嗎？而且這位小姐下面要放魚鳥還要開瓶蓋寫毛筆（寫到這不禁幻想起鳥拿著開瓶器在裡面幫忙開瓶的畫面）這也太忙了吧，後來知道原來一招是一個人表演，術業有專攻這話果然不假。

對了還有網友告訴我，他們畢業旅行也是去看十八招表演，表演到最後一招是寫毛筆，台上的阿姨用下面含著毛筆寫了一句「祝君旅途愉快」相當的熱情有禮，那張墨寶現在他還留著，而我好敬佩那位阿姨，因為哇洗＊幾雷＊連用手寫毛筆都寫不好的人，阿姨實在很強呀。

聽完後我對十八招好嚮往，但仔細想想應該不是好看的表演吧不會好過太陽劇團吧（拿這兩個一起比太陽劇團的人贏了也不會開心的吧），應該就只是很驚奇而已畢竟少有機會看到下體做那麼多事（平常它挺廢的啊），可看過的人都回味不已表示非常精采，看完後的一個月還沉浸在下體的氛圍中整個是津津樂道，但這真的適合剛畢業的學生看嗎？為何師長不阻止這個行程我不明白呀～

羞 昂 的
錦囊小語

有句話說只要功夫深，鐵杵也能磨成繡花針，又有話說成功是靠百分之一的天份加百分之九十九的努力。自怨自艾只會讓人一事無成，就算起跑輸了也不能喪志，要用鍥而不捨的努力往前追，你看，連陰道沒上過學都能學會寫字，還有什麼是不可能的呢。

藏那
安全嗎？

今天看到一個讓我大吃好幾驚的舊聞（真的很舊，是前年的吧），是說原來希爾頓飯店千金米國*名媛芭莉絲希爾頓曾經用陰道運毒過，這實在太讓人意外了吧。意外的點倒不是這位超級有錢人幹嘛要靠運毒賺錢，而是她怎麼會笨到想要把它塞在陰道裡，這招聽起來很險啊～

稍微有在注意社會新聞的人應該就會知道，警方在查緝毒品時，除了翻箱倒櫃看天花板夾層檢查馬桶水箱外，另一個搜索的重點不是別的就是肛門！我想警察們手上都有一份緝毒 SOP，其中月工*一項有特別被用螢光筆嗨賴*起來吧，畢竟連三歲小孩都知道毒犯很喜歡把東西收納在肛門裡，所以被抓時可能不見得會被搜背包或是搜保險箱及牆壁夾層，但肛門這個景點肯定不會被放過的啊，就像陸客來台灣必定會去 101 朝聖一樣。說到這不知道毒蟲們在吸毒時會不會想到那都是從月工拿出來的吼（背景音樂：不要問我從哪裡來～我的故鄉在月ㄟ工，流浪～流哦哦浪～～），難道不會影響到吸毒時的心情嗎。

這時第一排的朋友舉手發問了，他說：「所以芭莉絲藏陰道到底有什麼不對？」擔藍*不對啊，因為陰道是肛門的鄰居，兩造之間連隔一道女兒牆都沒有只有一條小小的小路（學名叫會陰來著），所以把毒品藏在那兒一定會順便被找到的，根本一點安全性也沒有。

再者，私以為毒犯愛把毒品放在月工處還有一個重要原因，就是括約肌是個好器官，讓人很容易把物品 hold 在裡面然後想拿出來時也很好使力，只要像平常在排遣時釀*用力就可以稱得上是收放自如啊～（但似乎很痛，因為我看過新聞的毒犯大毒品實況轉播，那個叫聲好淒厲柳*）；可塞在陰道裡就沒有這麼好拿取了，放是 ok 畢竟平常也有東西會放進去（黃花大閨女適合講這個嗎！），拿出來時就比較傷腦筋了點，想想放門口太不保險，極有可能走著走著就掉出來，被搜時也會一眼就被看到實在太沒安全性；啊嗯勾*塞太裡面真想讓它出來好像也沒那麼好控制，

似乎要像太極張三豐釀運氣吐納慢慢的把它推出來但也未必能成功，等姨媽把它沖出來水力好像又不夠強，怎麼想都相當困擾吧，不然就不會有那麼多人跳蛋掉在裡面要去醫院取出了是不是。

綜合以上，芭莉絲小姐把毒品藏陰道實在太不對勁兒了啊，還有，請吸毒的朋友開飯前想一想，你們在吸的東西其實常跟屎待在一塊兒，所以快戒掉這個壞習慣吧，相當不衛生哪～（叮嚀）

**羞昂的
錦囊小語**　　那些這個「少」那個「少」天天在家不事生產想反正家裡有錢的公子哥兒，你們看看芭莉絲，人家富得要命還自己賺錢哪，好好回去反省一下，改頭換面做個不讓父母失望且對社會有用的人吧，要過怎樣的人生就在你的一念之間啊。

報你一個
賺錢的方法（眨眼）

在下自從幾年前開始揹房貸，日子過很苦算算自己每個月只能花八千塊，過了一陣子想買也不敢買出去也不敢玩的生活，有天發現了節流不如開源啊，所以那時不管看到什麼賺錢方法都很認真的研究，只要不犯法的就把它放到錦囊中，想縮萬一真的到了走投無路的伊擠缸*，打開錦囊就可以拿出一些妙計來救救急這樣。

那時我最心動的莫過於捐卵了，聽說因為販售卵子不合法，所以美其名是捐其實就是賣啦。又因它手續繁瑣而且被取者還會有點痛，整個過程不像捐精那麼開心只要打一下手槍架你鴨甘單*根本跟男生們平常在家做的事一樣啊，所以捐精價錢一直開不高，而比起來捐卵有賺頭多了。三年前我聽說的行情價據說是十到三十萬元，這數字對當時的我來說簡直算是天文啊，可以付好幾個月的房貸肩上的重擔整個卸下了很多。無奈是大家都想要漂亮的優質孩子（聽說還有人故意想要混血孩子呢），所以想捐並不是有卵就可以還要經過層層的面試；長的美是必要條件學歷高又年輕的才有機會，據說年輕卵才優質，條件好的老美女一樣給個 OUT（指門外）！

像我這種中年婦女長的又不稱頭連學歷都還沒被檢閱呢第一關就肯定會被刷掉，聽到痣己*人老卵衰沒人要還真是教人心碎，年過三十所剩不多的卵當場又氣死了幾顆。

有天我告訴另一個也急於想賺錢的朋友這個發財夢落空的故事，她說不要緊，其實我們女人還有一個利用老天爺給的條件打工賺錢的方法，聽完前言我都想隻手護胸告訴她這種出賣肉體的事情我不做！她才緩緩說出那就是割痔瘡。她說割痔瘡只要休息一個下午，就可以領到保險費兩三萬的補助（我沒查證過不知是真是假），這麼好賺而且反正也是把壞東西割掉，那個摸們*我有恨自己沒長痔瘡，當場少了個賺錢的門路啊～（捶牆）

上禮拜有感於家裡很窮，於是把這個發財路數報給家母畢竟她有痔這招可以放在她

的錦囊中，結果她回我痔瘡不用割啦只要用艾草燻就有效。我想她誤會了，這是要教她賺錢不是要解決我個人的困擾的，可她不給我辯駁的機會繼續說，只要像這樣把艾草放在罐子裡燒然後讓煙飄到那（屁股歪一邊手握空氣艾草罐示範著），它馬上就好了馬桶裡再也沒血了哦，聽到這我好想掩耳跑開，我一點都不想聽媽媽怎麼燻月工*啊（那讀者就想聽我媽怎麼燻月工嗎！），一旁的家父還來聲援說：「對啊，一燒就乾了哦。」這麼看來溫刀*老北*也這樣做過。聽完我全身毛孔沒有一個不矮油*，難道我身在受詛咒的痔瘡 family 嗎，好擔心自己的肛門啊……

羞昂的錦囊小語　受詛咒的痔瘡家族不可恥，想想睡美人還不是受了詛咒（雖然內容差很多），與其怨嘆自己天生不如人，不如把怨念化成我要突破命運鎖鏈的信念，如此必能化阻力為助力，兩三萬啊割完去峇里島的旅費就有了，睡美人想去玩還得自己花錢呢。

我的
Happy Ending

雖然我有胯下界天后美譽（撥瀏海），但該處有個東西我其實不很熟，就是痔瘡它老兄。之前想到痔，腦中會立馬*進廣告，就是慈愛的婆婆在媳婦面前跟兒子說：「俗話說男人容易痔瘡，其實有痔瘡的女人也不少，你要多關心她。」然後媳婦兒一臉嬌羞；最近則改成有個樣子很欠揍的男人，把計程車後座當彈簧床釀*用卡稱*彈跳表示他坐下來很輕鬆安捏*。

除了這些輕易把我洗腦的廣告外，對於痔瘡只知道它是個懸掛在月工*門口的東西，會流血也會害人坐下來很痛超壞的。有天不知怎的，我和友人老頭談起了痔瘡這個話題，他說痔瘡就像青春痘一樣可以把它擠破，聽完我好震驚，真的是這樣的嗎！

於是我把這件事寫在部落格裡，果然就有自投羅網的網友，跟我分享了他擠破痔瘡的經驗。大意是有陣子他熬夜又累，把本來的小痔瘡養成了像十塊銅板那麼大的熟齡痔瘡，有天洗澡時發現痔可能過熟了，默默的流出了一些不明液體，就像痘痘熟了會破那樣（吧）。他擔心的用姆指加食指搖了一下它的肩膀，就像馬景濤搖著劉雪華一樣。沒想到這一搖痔瘡就爆炸了，當事人說擠出一些臭東西（怎麼不是擠出血，跟我想的不一樣啊），擠出來後相當舒坦最後以一個讚字加驚嘆號為故事畫下句點。

寫到這我不禁想著廣告上的侯佩岑一天的 Happy Ending 是洗一個舒服的澡，而網友的 Happy Ending 是洗澡時擠破痔瘡，真是一樣米養百樣人哪～

因為太喜歡這個故事（之前不知道痔瘡可以擠破的呀），當晚我立馬*與友人分享，沒想到朋友沒有我的興奮之情，非常鎮定且雲淡風清的說：「我痔瘡也破過啊。」讓我大吃三斤*，她看起來是非常時尚的都會女子，走在東區路人還會多看兩眼的女孩，怎麼說都不應該跟痔瘡扯上邊才是，可能看出我眼底的疑惑，她遠目並緩緩

道出那段破掉的過往……

她說有天在男友家感覺到巴豆*休誇*痛就去廁所烙賽*，烙*完看到馬桶裡都是血，想縮*該不是姨媽來了吧，可肚子又不痛時間也不對，但那血沒有止住的意思，持續滴答滴著（李玟附身），於是她坐在馬桶上想等到它滴光，據她形容坐了一兩個小時，想說再坐下去也不是辦法，加上客廳有一堆朋友，再不出去人家會以為她在廁所產子了，於是夾緊出去尋求協助。她說出去一照鏡子整臉都是白的，男友問她發生什麼事她又不好意思說，只說她不舒服可否帶她去看個醫生，窩的馬呀這真是人生中最羞恥的一頁。

我問她那時多大，她回想了一下縮約莫國中吧因為那天剛好期末考完下午放假，我吃完三斤後又大吃了五斤肚子都漲破了，怎麼小小年紀就有痔瘡而且還破掉，她人生歷練真是太豐富，比艋舺的許蓮花*還要坎坷了。

然後她的故事還沒說完，多年後有天上班時，她埋首於工作中完全不覺有異狀，一站起來同事悄悄的提醒她姨媽來柳*，她回頭一看剛剛根本坐在血泊中，雖然心裡明白姨媽根本沒來，還是尷尬的說對啊然後趕快去廁所處理，看到這大家應該也猜得到，是的，她的痔瘡又破了（一直爆連阿湯哥都拆不掉啊）。

我好不明白怎麼痔瘡破掉完全沒感覺的嗎，又或者它為何閒來無事自己會爆炸。我一直以為只有太久沒大便，水份都被吸乾的屎才會在出門時把痔瘡弄破呢（←形容的是否太深刻了）。

我在想得了這種害羞的疾病怎麼跟家人開口，還是只能默默的治療它去割時還騙家人說是去參加港澳三日遊，結果她說有陣子她欲言又止悶悶不樂可能被爸爸看出來，爸爸就問她怎麼了啊她拍謝*開口支支吾吾，知女莫若父爸爸竟然猜到她菊花

生病了，於是說：「不用擔心，把拔教妳怎麼辦——只要每天洗澡時把手動它塞回去就成了！」

然後塞回去幾個字就像凜腥ㄟ糟咩燈*一樣在我心裡繞——把它塞回去把它塞回去把它塞回去……真的是這樣嗎～～我好疑惑啊～～～（抱頭）誰來為我解答一下厚嗯厚*啊。

請看 VCR
！

羞昂的
錦囊小語
侯佩岑有侯佩岑的 happy ending，也許是做個 SPA 泡泡澡躺在浴缸裡欣賞 72 吋的電漿電視，但少了那些金錢堆砌出來的東西，她能像我們一樣享受生活中的小幸福嗎？那種只因為擠爆了一顆痔得到的快樂，正所謂一花一世界一沙一天堂，不要羨慕別人，事實上什麼都沒有的人更能感受到這種微小而確切的幸福呀。

勵志小劇場

忙了一整天·回家洗澡
躺在都是花辮的床上
就是我的 Happy Ending!

而我的 Happy Ending
就是洗澡時擠爆青春痘後
趴在床上嬰著 浪漫的瀏海
C'est La Vie

愛情勵志

一試再試試不成，
再試一下～

今天晚上想……
（扭捏）

本人一直以寫出饒富教育意義促進讀者生活之便利性的文章為己任，我想以下這篇對情海浮沉中的男女應該很受用（吧）。

當愛情走到理應要尬一下*的那一步時（好直白），要怎麼開口一向是非常尷尬的，也是男人人生永遠艱難的課題，想到就耳朵熱了起來；但話說我有個朋友是被女方提議要去 Motel，私以為這也是非常氣短，這種事當然要男生想方設法才對呀～

我個人遇過就是先問縮「妳明天有沒有事啊」，接下來是「要不要來我家參觀一下」，那時很純情的以為只是參觀，畢竟他跟父母住一起，感覺不像會有什麼搞頭才對，怎麼可以在天子腳下 HE 囉*，想到我背後都涼了啊！！！萬萬沒想到……真是往事如煙哪（遠目）。

但重點不是這個啊，是今天要來告訴大家坊間習慣用的暗示用語，請諸君把它列印下來放到人生的錦囊中，當哪天覺得非得尬之而後快時速速打開，這一切不就水到渠成了嗎（手轉鐵球）。

1. 我覺得你累了，需要休息一下嗎？
誰都馬知道這種休息過後只會更累，所以我每次看到 Motel 寫休息多少錢過夜多少錢時，都會覺得休息給鬼啦！而且女生被問到這句要怎麼回呢，想也知道不是要休息是要被對折了啊。

2. 我覺得現在很寂寞。
老實說這句我存疑，如果約會約到一半聽到男生這樣說可能也只是「哦」一聲，我都在旁邊了你還寂寞是怎樣（翻桌），但我倒是聽過對方說回家以後好寂寞這種話，當時只覺得對方很沒出息，大男人不會自己找事做嗎，現在才發現原來他在暗示我，白白錯失了一個＊＊的機會。

3. 你長得很像我的舊情人……

鄙人以為這話是在夜店想找人一夜情時的經典台詞吧，透露出「我不是隨便的人，完全是因為跟你一起像跟舊情人一起，才會破例上不熟的人」這樣，如果是正常交往誰想長得像對方的舊情人啊，就像說我付出真感情後才發現對方只是喜歡鍾麗緹才跟我在一起（哪有這種事），那一定超傷心的呀。

4. 我今天晚上有空。

說出這話是想人家接什麼呢，要我聽到了也只會「哦」，不然是要說什麼。

5. 我家有很不錯的 DVD，想來看嗎？

這句就很直接了吧，而且通常回家後會倒上酒開始 play（我是指按下 player 上的那個側三角形），但米高梅的獅子還沒出來吼，皮克斯的燈才剛跳完，就沒人在注意螢幕了吧。

6. 想進來喝一杯嗎？（不想請我進去喝一杯嗎？）

這很像戲裡的台詞，老子為了這句話，在買房之初每天都整得好乾淨哦，但根本沒人醬*跟我縮過，但我有聽過類似的，就是我有個朋友很喜歡去別人家大便，會問我「可以去妳家大便嗎」……（兩句的精神差好多）

7. 我一個人住。

這聽起來很普通，但據說是見血封喉的血滴子，就是一放出去晚上必定有譜的一句話，受調查者的六成以上都說它有效啊～啊嗯勾*想想這也非人人適用的，又不是每個人都一個人住，還是有些條件限制。還有大家聽到對方一個人住都會慾火焚身嗎哇馬嗯災*，但調查結果它第一名，可見應該挺有效的吧。

好了以上就是當今世上流行的暗示用語，世間男女們，剛好有需要的就快拿去服

用，沒需要的也可以存一下，難保將來沒機會用到。還有，本座以為去遠點的地方玩，玩到晚上直接進 Motel 也是個不錯的選擇，連問都別問不是比較不尷尬（是嗎），最後祝大家心想事成馬到成功蛤*～（拱手）

羞昂的錦囊小語｜任何事都是一樣，試了雖然不一定能成功，但如果連試都不試那這輩子肯定只能擁抱失敗，當你被拒絕了請記得那首歌：「這是一句好ㄠ話，再試一下～一試再試試不成，再試一下～」但記得要設下一個停損點，當你把七個話術都試完她還是不肯我想還是找下一個吧，青春有限啊。

給好女孩
的叮嚀

在我心目中，泡溫泉一直是男生想約心儀的女孩去姦宿的藉口。因為它進可攻退可守，可以硬凹說是為了身體健康活絡筋骨而去，就是讓女生覺得可能會被上的感覺沒那麼濃厚，比去 Motel 陽光多了。

但實際上裸身泡湯又是件曖昧無比的事，尤其現下的湯屋都有床，就是讓人在放鬆之餘再運動一下健康加倍咖骨*更軟 Q（比如女生被對折這樣），總之我認為男生想約還沒進行到肉體階段的女孩成功突破身體防線的最佳方式，就是約她去泡溫泉。但溫泉畢竟有季節性熱天去泡可能會昏厥這招夏天就不太能用。那這段期間內想得手的人該如何進攻呢？答案就是看 DVD！

我近年來才知道原來約對方看 DVD 是件很激情的事，以前我真的覺得只是看部片沒什麼大不了，就像雙方約去看電影一樣啊有那麼嚴重嗎。在一次我約一個普通男性朋友回家看 DVD 後，隔天男性友人問我該不會被上了吧我想說哪可能，只是普通交情的男生，會回家看片只是因為有天談到這部電影但它八百年前就下片，所以才會約回家看的啊。他說諾諾諾*（搖食指），會約看片是個強烈無比的性暗示，如果男生沒撲上來，代表他是東亞病夫沒路用的咖小*。像他自己從來沒約過女生回家看 DVD 後來有把片子看完的，每次都看不到一半就滾走了，誰有心在看片啊。難怪被我約回家的男生，在當天晚上就 MSN 問我要不要跟他交往，原來這件事散發出這麼濃烈的暗示啊。

然後我一位女生朋友也說對對對，她有段戀情會莫名其妙的開始也是因為看DVD。那個男的她其實也不算太熟，就有天幫他做了一件什麼事，結束後該男說為了謝謝妳那一起回我家看 DVD 吧，她想縮*這就像答謝的飯局一樣於是就應允了，結果一坐下來因為太累不自覺瞇了一下，睡夢中感覺彷彿被鬼壓，驚醒原來是那個男的蓋在她身上正進行一個喇及*的動作她整個嚇到，那時米高梅的獅子還沒吼夢工廠的工廠鏡頭都還沒出來吧，如果在看皮克斯那個燈都還在跳跳跳呢，而她

的舌頭就率先失守了，身為大閨女可以慶菜*跟人喇及的嗎當然不能啊，所以無奈之下只好就跟那個人交往了。這一交還交了三四年直到那個男的劈腿才結束，這一切都是看片惹的禍啊。

所以電視機前的好女孩們，可千萬別隨便答應去人家家看 DVD，答應的話也記得要著成套內衣褲，免得丟人哪～（叮嚀）

羞 昂 的 錦囊小語	所以百視達業者不要灰心，雖然現在大家都當漏*或看什麼 pps 還風行網，感覺生意好像一落千丈快活不下去了，可是 請記得，只要世上還有一兩個想帶女孩回家姦宿的人，那你 們的存在就很有意義，千萬不要看低自己！

阿婆內褲錯了嗎
（內附實用教學）

那天亂轉台看到姊妹淘心話節目，主題是「女人不該在床上做的事」，一看到我馬上被吸了進去。這種莫名其妙的田野調查我最愛看了啊，雖然縮來賓有沈玉琳讓我頭有點痛，因為我很容易有畫面聽完腦中就能演一齣，所以一點也不想知道沈玉琳的私事啊。

結果除了什麼叫聲不能太難聽，不應該分神去問不相干的事（比如待會吃什麼）外（聽完好安心，原來大家都會問所以才會名列前茅），我好意外第一名竟然是穿著高腰大內褲和膚色內衣。私以為這一定是主辦單位列出幾個，然後受訪者故意選一個聽起來最好笑的，所以才會選到阿婆內褲吧，因為這明明很普遍啊。（是吧）

聽到我這樣說，大家不難花現＊我本身是阿婆內褲愛好者吧（羞）。會和它結緣是有天洗澡時，我發現身上因為長期穿著差不多大小的三角褲（因為我很懶，如果發現某牌內褲很好穿就會買一堆，沒事看到特價還會囤貨。以前最愛 Sloggi 所以買了一狗票，更糟的是它還常舉辦三件特價活動，全盛時間我擁有的思樂嬌大概可以穿到嚥氣那天）（如果屁股沒變大的話）（其實也不用擔心，我本來就買最大碼，撐開來跟水缸一樣大）──括號太多惹跳回來──每天都穿一樣的乃口＊導致卡稱＊上有兩條色素沉澱，刻劃出一個永恆的內褲痕，就像野柳女王頭一樣自然形成，陸客可能會想站在它旁邊比耶照相的天然景觀。本來我覺得還好，可兩個圓圓的上面各有個斜槓，越看越像加菲貓的眼睛半閉著在想壞點子時的樣子，於是我手刀＊衝去店裡買下四角高腰內褲，看能不能改善在屁股上養加菲貓的問題。

然後回到重點，就是它讓男人倒胃這件事上，我認真回想覺得好像沒有男友因為四角內褲倒陽過，事實上那個時男人根本沒在在意內衣褲這件事吧。我有個朋友在預想她會和新男友發生初次性交的那天，特地去逛街買了美麗的新內衣褲穿上，之後在對方生日或跨年之類的大日子，都去買新的想給對方一個新鮮感，免得他老看到那幾套會生膩。事後我問她男友有好好品味妳的性感內衣嗎？她縮當然沒有一進房

間就餓虎撲羊了。妳想想看，他在脫妳衣服時離妳多近，能看到的只有妳的臉吧；當妳只穿內衣褲時他只會想要再拔下那兩塊布，利索點的還右手開內衣左手扯內褲，誰有空看妳穿什麼啊。

所以阿婆您就別難過了，就算世人都誤會妳我還是永遠支持妳的啊啊啊～（摟）

還有，我以前覺得會單手解開內衣扣的男人很帥，後來發現這實在是件簡單的事兒。因為手勢的關係，我們女生自己脫都要用兩手，而男生只要在後面有扣子的地方，姆指和食指各按在一邊的扣上，像捏住一個東西釀＊（幻想一下你拿了兩張黏很緊的鈔票要把它們搓開的樣子）（可千萬不要沾口水啊），此時你食指的指甲是貼著女生的背，姆指在內衣的金屬扣上但這兩指在對看（這形容不難懂吧），兩指一搓，阻擋著你們、害你無法一窺她膩頗＊的不辣＊就彈開了。不會的同仁可以學一下，這技藝對未來的人生很受用啊～

羞昂的錦囊小語 　我屁股上的天然景觀隨著換穿阿婆內褲慢慢消失了，雖然花了很久時間但至少沒了。時間可以解決一切，這話愛情適用，屁股上有加菲貓的也適用，把所有解決不了的難題都交給時間處理吧，陰霾過去你會發現世界這麼大，沒必要為了小情小愛自苦啊。

史上最白目
的床上話術

一直以來本座都深受 HE 囉*時該不該講話所苦，因為我覺得兩個人對看著都不講話場面很乾，是會掉旋渦轉啊轉然後被尷尬吞沒的那種乾法，所以我曾經試著邊性交邊話家常，說一些：「ㄟ～那晚上要吃什麼你想好了嗎？」或：「天氣真好好想出去散散步待會出去走走吧？」這類的話，最落了個對方說：「妳可不可以閉嘴啊！」的下場，想想這男人脾氣還真不是普通的壞。

後來我跟朋友討論了一下，要如何抒解這段期間內惱人的對話問題，友人一號表示就隨心所欲的發出嗯哼哼的呻吟聲，這才是唯一正確且賓主盡歡的答案，可老實說鄙人無法這樣我辦不到，如果能發出哼哼聲那就是故意的，哼完自己聽到也好害羞的那種，雖然朋友告訴我說嗯哼哼不難只要跟著感覺走就可以，但我試過幾次後發現我的感覺總是牽引我往問一下待會吃什麼這個方向前去，它老是走偏了我也很無耐。

友人二號則表示她從頭到尾不發出一點聲音，就讓歸ㄟ*房間只有風聲雨聲和肉的拍打聲，因為她也是不能發出聲音的那種。我問她那怎麼解決相對無語的尷尬，她縮*她連眼神都儘量不對到，頭抬很高讓對方只看到自己的下巴，不然對看到不說一點話實在太怪了啊，但說什麼都不對只好選擇逃避，頂多如果對方叫她一聲老婆，那她就回敬一聲老公，這就是整場全部的話術了。然後結束時會用：「我內褲呢？」來畫下句點，不知為何聽起來頗哀；只有一次因為老公生日想討他開心多說兩句，於是補上一句：「這個時候喝杯冰啤酒一定很舒服～」就去拿啤酒獻給老公，這就是他們 HE 囉時話最多的一次了。

因為這兩個答案我都不是很滿意，就是一個太過一個又不及毫無參考價值，最後我訪問到三號友人，聽到一個我覺得太可怕的答案。她說那個時她也不太講話的，只有時候會在結束時說：「蛤*～這麼快哦？」這樣，話語中還有掩不住的失望情緒，失望到男生有時候會跟她道歉的地步。我一聽大吃三斤*想說這太傷人了吧，男人

不能說他快這是千古流傳的話小學課本裡應該有教才對啊！她驚訝的說會嗎可是真的很快啊為什麼不能講，講了他才會知道自己哪裡不對啊。更何況有時想講的話就像嘔吐一樣，大腦還沒來得及阻止一不小心就說出來了，這難道不能講的嗎？我覺得一般男人被講快後一定會表面沒事但心理有點緊張加上不愉快，然後下次因為心裡有壓力結果就更快了，更慘的是根本開始不起來（QQ 的就是），這麼想想閒話家常其實也沒什麼嘛，原來我不是在房間裡最白目的女人啊～（安心）

羞昂的
錦囊小語　世上的白目這樣多，而這麼一個白目的女人最後也嫁掉了，大家說，這不是很勵志嗎。

這並不
療癒啊

我最近好沉迷一部大陸劇《甄嬛傳》哦，喜歡到逼男友叫我娘娘講話還會自稱本宮，我發現古代的人疑似把汶叫做雨露，因為被臨幸的妃子都會縮「承蒙皇上的雨露」、「被皇上的雨露照顧」，雨露八成就是古代的雙關語吧就像我們說的豆漿一樣（到底誰這樣說了），聽起來真是好文雅啊。但這不是重點，重點是有天皇上因為某些大臣有功為了表揚他們的功績，於是選了那些大臣家的女兒或妹妹進宮為妃，也就是進宮給他睡ㄟ意屬*。原來被睡是一種獎勵啊失敬失敬。

是不是有些男性會把性交當做一種獎勵或是撫慰人心的舉動，比如說在妳心情不好時，他會覺得那就來一砲吧，可以舒解壓力身心放鬆跟 SPA 的意思差不多；比如妳在公司受了什麼氣，他也會說不要緊，來睏幾雷*就會從地獄上到天堂，簡直像喝了孟婆湯般忘憂。但世界上哪有這種事，這些男人把事情看得太輕易了吧。

我想到之前有一次我在冰宮裡摔破了頭，萬萬沒想到只是摔了一跤也沒感覺怎麼痛，一抬頭起來就是一臉血，被火速送去醫院縫了好幾針。在此之前我是從沒進過急診室的，那天嚇到整個人一直抖，加上不但有破相之虞，摔到的地方還是田宅宮是田宅宮啊（左手背拍右手心），會不會影響到我的田宅運呢害我晚上整個是不安，翻來覆去睡不著覺，那時的男友體貼所以晚上留在我家陪我，半夜摸進房裡縮：「讓我來幫妳忘掉煩惱吧。」接下來如果是電視劇，就會拍地上的兩雙鞋或是窗子的剪影或是旁邊搖曳的燭光；如果是喜劇會拍火車過山洞或是煙火在天上炸開；如果是那種言情小說，就會寫他用他堅挺的＊＊挺入她溫暖的圈圈（我想避開「蜜穴」這種下流的詞）（但這不是說了嗎），反正就是內個*了啦。雖然此生中常常被內個（今天怎麼這麼大膽啊我），但這次我印象最深刻。顯然的男人把這個當做一件療癒的事，但真的是這樣的嗎。

後來我和朋友討論，沒想到她們想想也縮*對耶，好像心情不好的時候男友常會想用這招進行一個安慰的動作。啊嗯勾*我們只覺得沒心情啊幹嘛要這樣，HE 囉*過

後悲傷也不會減輕幾分。它只會讓人覺得ㄒㄧㄡˊㄒㄧㄡˊ*的而已。男人為什麼覺得它可以解決問題呢，我還有男性朋友覺得吵完架要來一下這樣更狂野。是這樣的嗎……（沉思）

最後希望男人們再也不要覺得這是一種安慰或嘉獎了，因為它真的不是啊～

羞昂的 錦囊小語｜雖然在下的田宅宮受損但終究還是買了房子，可見只要認真打拼還是有機會扭轉命運的，千萬不要畫地自限困住了自己，要過一個沒有框架的人生。

當時欲嫁，
干你什麼事！

〈當時欲嫁〉這首歌江蕙的歌大家有聽過嗎？我第一次看到歌名時還以為內容是她當年很想嫁人ㄟ意屬*，因為「欲」是想要的意思嘛。聽過以後我才知道，這歌原來是在唱別人都在問她什麼時候要嫁人，同樣身為未婚熟女我真的覺得這問題好討厭啊！（翻桌）

不知道從什麼時候開始，同儕間的話題已經從男歡女愛變成婆媳問題，進度快點兒的說的還是媽媽經，這現象說明了我早該結婚了啊，怎麼會還在情海浮沉捏*。而這種情況我自己是一點都不心急的，但身邊的人一個比一個急切，好像我不嫁人是礙著了他們什麼似的；如果不幸參加了婚宴或是逢年過節遇到長輩，必定會被問到惱人的結婚問題，難怪江蕙需要用一首歌來明志，被問久了誰都會煩的。

其實以前我的心中也是有個出嫁計劃表的，那時的死限是三十二歲，會定下這個標準是因為江湖傳言女人到了三十四歲就會被叫做高齡產婦，所以一定要在三十二歲前把自已銷出去再花個一年來懷孕，才有可能在三十四大限前完成生產這件事。

可是老天爺的創治*讓我那時一丁點結婚的機會也沒有，於是拖著拖著就三十有五了，想縮橫豎也當不成妙齡產婦，所以也就完全不在意結婚這檔子事兒。而且仔細想想，我的人生中會幻想結婚生活還是在我單身，對於結婚這種事完全沒個影的時候，有男朋友時明明離婚姻算是比較近的，但那時都不會想哦，我想我骨子裡是有點害怕結婚的吧。

之前交過一個男朋友，明明才認識兩三個禮拜，他媽媽就不停的想到我家拜訪，我說了不太方便她老人家就縮那能不能有我媽的手機號碼，我想說兩人壓根不認識是要聊什麼啦！！！我跟妳兒子都還在半熟識的磨合期妳有需要跟我媽培養感情嗎？之後只要不小心到他家，他娘必定會問我有沒有結婚打算，怪的是她都不敢問她兒子哦只敢用這個問題攻擊我，加上不是自己的媽不能回嘴，這件事讓我明白別人的

媽還真不是好惹的，還有結婚不止是兩情相悅這麼簡單的事，它包括了雙方父母的期待，今天要是順了老人家的心意結婚，那明天開始很有可能會一直被問縮＊什麼時候要生小孩；生完一個還極有可能會被問何時要生第二個，這是一個人生的大輪迴想到我都要崩潰了啊（抱頭）。

而我有個朋友是職場上的女強人，在公司算一人之下萬人之上的角色，以前的她是個標準的東區女孩兒，因為上班五告＊累，禮拜六日常會睡到中午，下午再約朋友喝個下午茶看看電影逛逛街的那種，雖然之前一直是一個人但日子過得挺充實。後來談戀愛了，對方是禮拜六天必定要帶母親去郊區走走的孝子，所以有那麼幾個假日，我會在她理應還在睡眠的早上接到她電話，跟我縮她在某農產品運銷公司買水果，或是在哪個風景名勝曬太陽曬到她頭昏，掛電話前她會問蒼天說這是她嗎？她的人生怎麼會變成這樣，只差沒像馬景濤一樣衝入雨中跪地吶喊了。

我說現在還好吧畢竟妳只是女朋友真的不想也不會被強迫，嫁過去後才會知道人生會變怎樣啊～我這只是在陳述事實並不是在嚇唬她，但她聽完也會覺得背後一陣風吹來有點涼涼的吧。最後因為真愛無敵她願意為了愛改變一直以來的人生去結婚，這是一件很棒的事我非常恭喜她。不過市面上也有很多過不去這關的女子，思考過後決定拒絕婚姻繼續單身的。

現在的我覺得自己過得還不錯，有份足以養活自己的工作，想買什麼想吃什麼都能自己做主，放假日偷懶想睡到自然醒也無所謂。之前把所有存款都梭了買下自己的房子，覺得這是對未來的保障，起碼不會到老還是一個人然後還沒地方住，待在家裡被嫌棄是個老小姐這樣，總之生活一切以自己開心為原則超爽快的。

有時閒閒沒事忍不住會想，當年要是進入婚姻那現在的我會變成什麼樣子，一定有好也有壞吧，如果婚結下去了生活沒法過得更好，那我寧願一直像現在這樣起碼我

自己很自在，所以愛問別人何時結婚的那些人，容我對您說聲干你屁事吧，我的人
生我自己開心就好與你無關啊～

**羞昂的
錦囊小語**　　常被叔叔阿姨逼婚的人你們也不用煩，其實長輩問你什麼時候結婚只是
打招呼語，就像你小時候會被問功課好不好，二十出頭會被問吃飽了沒
一樣，大部份真的只是沒話講才聊這個的，如果為了這種別人無心開口
的事煩心一整天不是苦了自己，下次聽到就當耳邊風笑笑就好，用寬大
的心胸處事那心情也會更海闊天空哦。

父母之命
……個屁

最近身邊有對交往很久的情侶分手了，本來大家都以為他們會結婚的，可莫名其妙地分了實在傷感，問了原因後才知道是男方的爸媽不喜歡這個女生，不喜歡就算了，他們擺明的說比較喜歡他的前女友，所以一直不能接受我這位朋友。

身為一代八婆我不免要問一下被人家不喜歡的原因，免得人生旅途上不小心也遇到這種事。她縮根本也沒見過面啊，莫名得不到對方爸媽好感她也很無奈，只能兩手一攤了。一開始據說是因為她沒有穩定的工作，這點其實她男友也頗有微詞，為此她很認真地找了份頭路*，希望能得到進入男方家的門票。有工作就沒問題了吧，可之後不喜歡的原因又變成了怎麼不是公務員，女生就是要當公務員才行啊，聽完這個我想就算她努力考試把自己變成公務員，難搞的兩老應該會說她不會登陸月球所以不是好媳婦兒吧，要找理由誰不會是不是。

聽完我覺得這男人也實在太沒用了吧（戳太陽穴）。雖然說父母把我們養成這麼大一隻，他們的話孩子不能不聽，可私以為如果男人有尬此*，就應該要幫女生說話，不能任憑自己爸媽不喜歡女朋友又置之不理，更何況大家連面都沒見過，如果真的是爸媽不愛，安排見個面看能不能扭轉乾坤都不行嗎，這也實在太奇怪了。

分手後這個男人果然和前女友走在一起了，而我的朋友還是認為他是孝順的青年，這一切都是因為父母之命他是迫於無奈，所以竟然接受一個無恥的提議，就是把兩人的感情轉地下化，讓他表面上討父母開心跟前女友在一起，然後私底下又跟我朋友勾勾纏*這樣。聽完這個我不存在的懶趴*都起火了，因為我壓根不認為分手跟父母有多大關係，其實是這男人想要這樣左右逢源吧！

老實說我不是很相信「我爸媽不喜歡」這個話術，我想今天如果是林志玲沒工作，導致他的父母不喜歡她，這男人應該一樣把她愛到死心塌地，然後跟父母翻臉再也不回家都有可能。就算林志玲又沒工作又得菜花還帶著拖油瓶他還是不會因此分手

的，只要他心裡不想分開，那誰強迫都沒有用天皇老子來都一樣，所以別再相信亂七八糟的分手話術了，答案只有一個就是不喜歡了啊。而賴到父母頭上的男人就更無恥了，這表示他想分手還沒種，只好把責任推到爸媽頭上太低級了啊。

最後我要大言不慚的說，鄙人一向非常討男友父母歡心，交往過的沒一個爸媽不喜歡我的，箇中原因應該是我看起來很會生（踏馬的*好不光彩啊），感覺嘆一下就生出孩子，能讓家中的香火旺到燒掉一片森林，所以一直以來在下都是男友爸媽眼中的小甜心，甚至有過交往不到一個月對方媽媽就想來拜會我家父母的紀錄（撥瀏海）。可這樣的我也老是被男人甩掉啊（翻桌），仔細想想妳真的認為男人會這麼聽爸媽的話嗎，那都是藉口是藉口啊！！

羞昂的錦囊小語　身為一個這麼討男方父母歡心的可人兒，我還是在三十七高齡時依然單身，想想我還寧願長輩不喜歡我，起碼可以自我安慰說嫁不掉是沒有老人緣。現在的我只能承認我沒年輕人緣所以交過的男友都不想娶我啊～～～這樣一想你說是不是寧願沒有長輩緣呢，起碼為自己找了個婚不了的理由啊。

紅粉知己

前陣子有幾個演藝圈的消息讓我注意了一下，一個是被偷拍的次數快要比我走過的橋還多的李進良、一個是婚前燒炭的馬國畢、還有一個是原來早就離婚還在那邊嚷嚷說要告太太和人通姦的高凌風大哥的新聞。那這三個人最近的新聞有什麼關聯性呢？有的，就讓在下來為大家分析一下（扶眼鏡）。

李進良明明是自己被拍到摟妹，但不知怎的扯出他太太小禎帶李聖傑回家過夜引起他不快的事，小禎說和李只是一般的好朋友，好朋友互去人家家也算是人之常情啊是不是，過夜是謠言就只有去對方家玩安捏*。而馬國畢的消息是他雖身為人夫但有個紅粉知己，知到對方會特別為他下廚，知到他有那個女人家的鑰匙可以自由進出，知到女生會幫他拔胸毛（為什麼，要修形狀嗎），我想這多半是節目效果吧，不然老公跟別人這樣哪個太太受得了啊。另一位是高凌風先生說他太太跟某男通姦，還有在 facebook 上跟別人搞曖昧什麼的。這三個案例顯然都跟已婚人士卻擁有異性好友，因此引起另一半不快有關，剛好最近才有網友問我男友結交要好的紅粉知己她該怎麼辦，讓我也思考了一下到底是為什麼有固定對象的人，還要跟異性走得很近呢。

先說我是認為人都應該要有異性好友的，但此處討論的是過於親密的好友，像馬國畢那種擁有對方家鑰匙，感覺案情不太單純的案例。

我有個朋友結婚了，婚後就一直在為老公打呼很大聲困擾，是讓她夜不成眠精神崩潰的呼聲，我想縮婚前妳難道不知道？婚前沒過夜過現在還有人純情成這樣！結果當然某摳零*，婚前就睡得如火如荼了，只是交往時聽到只是心疼男友累壞了，又擔心是什麼呼吸中止症，躺在旁邊是一心疼惜沒有厭惡之情。婚後可不同了，天天一起睡生活從浪漫夢幻的戀愛，變到柴米油鹽的現實中，那穿腦的呼聲就越聽越惱怒，現在的她沒有一絲憐惜，跟我說她都用全身的力氣踹老公，把他踹醒了讓呼聲中斷這樣，早已失傳的無影腳絕學就被她這樣發揚光大了吧。

我自己也有個經驗，就是和男友在交往之初每天情話綿綿說什麼都新鮮，晚上會例行性的互聊公司發生什麼事，認真的把對方的人生放在自己心上，對方有難題我們也會眉頭深鎖充滿了同理心。可隨著交往期變長耐性就變少了，男友如果說公事上遇到什麼困境，我會覺得你這人待人處事大有問題；跟我傾訴煩惱，我就會想老娘自己的事不夠煩嗎，少拿那些狗屁倒灶的事來轟炸我（掩耳），到後來如果我主動去問他今天發生什麼事，那只有一種情況就是我那天失眠睡不著，希望藉著他的故事催眠自己，因為聽那些落落長＊又沒重點的事最好睡了啊。

很多時候戀情發展久了生活就會變做安捏，雖然說愛情到最後難免回歸平淡，但餘溫一個不小心就整個滅掉成一團死灰，此時就只好在別處找溫柔，多少刺激一下無趣的生活。

於是市面上就多了很多進可攻退可守的紅粉知己和閨中密友。雖然我覺得會讓另一半需要靠結交異性知己來維持生活的熱情，那這段關係中可能雙方都有錯，但這種事就是可以理解但難以原諒啊，要是在我身上也不幸發生了，可能除了自我檢討外不免要去挑斷男友手腳筋，省得他出去亂來啊（小朋友不要學）。

**羞昂的
錦囊小語**

不要覺得自己的婚姻特別的平淡，因為世上的婚姻有九成九都是那麼的平那麼的淡，我拿這話告誡已婚友人她說有那麼淡就好溜，她平均一天會想殺掉老公兩回一點都不平淡啊。所以你看平淡也沒什麼不好平淡就是福，不要再不滿足了，請珍惜能給你這份平淡心情的另一半吧。

被珍惜的
Know How

我有個朋友非常熱愛名牌貨，愛到看到女明星穿什麼他都馬上就能說出那是什麼牌的地步，大家都覺得他愛花錢很浪費，但他說跟很多人比起來自己根本是個愛物惜物的人，花比較多的錢買一個品質精良的東西會愛很久用很久，造成的浪費其實不比我們這些花小錢買便宜貨的人多。我覺得他不是在唬爛*，因為他的衣櫃還真的挺精簡，起碼跟我的比起來他的東西少很多，而且因為老子總是看到便宜會亂買，然後沒穿幾次就起毛球了或不流行了，這時只好丟掉真的很撿角*，人就是這樣，太容易或太便宜的東西比較不會珍惜呀。

然後又被我看到另一個新聞，看完後覺得心有戚戚焉。是說有位知名顧問公司的方姓老董，常常瞞著太太到大陸以考察之名行嫖妓之實，他嫖就算了還把這過程拍成影片存在電腦裡，他的太太有天意外在先生電腦裡看到那些影片自然是氣炸了，尤其是看到影片裡老公不停地換姿勢賣力演出不冷場，跟平常在家懶洋洋的辦事態度差很多，氣到諷刺他：「有必要這麼賣力嗎？」然後堅持要提告、離婚安捏*。

我想告訴這位前方太太，就是真的有必要這麼賣力啊，因為不是隨手可得的而是花錢買來的，一想到是付出了一些才到手的東西，當然要格外的珍惜不能讓它草草結束，搞不好還有先吃壯陽藥，或是在台灣先練了一些獨門的功夫（哪種功夫呢）去那用力的揮灑，誰叫這是坐飛機去又花錢買來的，不是躺在身邊想要就有的呢～

無論男人女人，真的都不會珍惜太輕易的東西，這是人類的通病誰也不要說誰。這讓我想到以前的我，可是個不折不扣的男友奴啊，是會默默幫男友把家務做好內褲都燙一下的小女人來著（羞）。記得以前我某任男友每個禮拜天早上都要去打籃球，所以我每週日的上午都會去超市採買，準備一些清涼好入口的午餐因為怕他熱到沒胃口，還會買些椰子水之類的東西退火（總覺得曬太陽太久火氣會大，但真的會嗎），然後坐一個半小時公車搖搖晃晃到他家弄給他吃。有那麼幾次他吃飽喝足了只想休息待在家打電動，還叫我自己回家連送都不送哦，現在想想那時候我幹嘛

這樣啊（戳自己太陽穴）。後來交到一個也算標準大男人，那段戀情中他說什麼
我就是什麼，皇上的旨意奴婢怎麼敢違背，而且老實說我也不會覺得心裡不舒服，
有時被命令還甜絲絲的，想縮*他就不會亂命令別人只會命令我，那一定是愛是愛
啊～（以前的我好一廂情願啊）

結果呢，那個男人有天甩了我去跟別人在一起了，甩的理由其中之一項是他說什
麼我都聽，久了覺得很乏味兒，我想他想去追尋讓他焦頭爛額的人吧，跟我一起
太沒挑戰柳。這件事給我很大打擊，之後我個性大變，變成了會使喚男友的人（後
來的男友也太倒楣惹），反正順從不見得會被珍惜，不如活得自在開心點，至少
不要事後回想覺得自己很委屈，妳為他放棄的，在他走後又不會賠給妳是不是。

所以天下女孩們，還是自在地做自己吧，當然不是叫妳要當小公主愛撒野這樣，
但什麼嫁雞隨雞男友萬歲萬萬歲真的沒必要啊～

**羞昂的
錦囊小語**　我變成不愛聽話偶爾會撒野天天對男友翻白眼的女人後，反
而成功的把自己銷出去了，你們說，這不是很勵志的一件事
嗎。（但撒野要酌量免得被殺蛤～）

追求
這件事

最近有位友人追女孩子失利，追究原因只是因為在初次約會時吃了太貴的東西，從此被該女歸類成花錢無度的敗家子，導致一段感情還沒開始就結束了真是傷感。

我問他到底是吃了什麼豪華的東西，怎麼會豪到把人家女孩子給嚇跑了呢，他縮*不就是一客一千多塊的涮涮鍋，怎知會成為戀情上的絆腳石，這價錢在小火鍋界算貴氣的，但如果把它想成去西餐廳吃一個套餐那也不算貴到哪裡去，事情會發展成這樣他也很無奈。

重點是其實他也不是不把錢看在眼裡的貴公子，會選擇一間比時下小時火鍋貴很多的店，是因為兩方這麼不熟，總不好意思去海產攤那類太吵的地方，講話要用吼的才聽得到的店，所以他找了個可以安安靜靜好好聊個天的所在，就是這間害戀情無法開始的名貴火鍋店哪。

想想我覺得該女也實在太小題大作了，男孩子在剛認識時表現闊氣是正常的，一方面是展現氣度另方面就像我朋友說的，貴一點的店通常比較安靜才能好好談心，如果妳以為他這一輩子就是這樣子大吃大喝花錢無度不值得託付，那妳就大錯特錯了，因為這是想上妳時的表現，等上過後就會回歸平淡，開始吃路邊攤或是回家吃便當的日子，妳想吃豪華點他搞不好還叫妳撒泡尿照照鏡子問妳憑什麼（這就過了點），因為這就是人生啊。

為師的以前也交過一個男友，追求時每週末都帶我遊山玩水是每週哦，玩到我累壞了想縮*真要交往怎麼辦，老納年紀大惹*無法承受這樣每禮拜出去玩哪，玩樂也應該要酌量的是不是，醬玩下去誰吃得消可能有必要談一談。

殊不知從我答應跟他交往開始就再也沒有出過城了，說出城是客氣，正確來說是以家為中心畫一個直徑一百公尺的圈圈，假日我們應該是沒走出那個圈圈過。有次我很

想看看外面的世界是怎麼樣子的，因為真的很久很久很久沒有出去七投*了，我跟他表達想出去玩玩的意願，他縮工作很忙假日只想要休息幹嘛非得出去人擠人不可，那嘴臉跟追求時簡直判若兩人。

所以我覺得不用因為對方對妳好而不好意思，因為他也不會對妳好多久啊（語重心長）。

**羞昂的
錦囊小語** 曾經被女生嫌窮而不給你把的男人們，請來看看這個例子，連太閤的也會被嫌這世界怎麼了啊。所以被發好人卡不代表你不夠好，感情裡沒有對或不對只有適不適合，就算再不濟我們還有越南情緣，所以交不到女朋友真的不用擔心啊（摟）。

讓人找，
線索很重要

前幾天和朋友去吃火鍋，被安排到一個位置離隔壁桌超近，就是一個不小心可能會夾到人家的料那種，本來有點生氣想縮*這位也太爛了吧，但幸好隔壁的人在講的故事很精采，導致我和朋友一個晚上都沒講什麼話靜靜的吃東西，耳朵張很大全心全意的偷聽他們在聊些什麼。

這是一個愛情路不順利的男生和一位女性朋友的飯局，一坐下來該男子就開始抱怨他的女友，大意差不多是她會背著男友跟前男友勾勾纏*，就算被發現也理直氣壯，他在她公司樓下等她發現她跟前男友出門，出著出著還一起回家，打去問她在幹嘛她說自己一個人，他說可我看見妳跟前男友一起耶，她怪他跟蹤她就是不相信她然後就發起脾氣了，聽到這我很想放下筷子去腮*他兩巴掌，告訴他這女的就是江湖人稱的齉取*是齉取啊（搖肩膀），怪的是男主角沒參透這點，還是堅持要跟這位齉小姐在一起，這是失心瘋的症狀吧。

然後他說了一個浪漫可比偶像劇的故事，要不是我此刻正看著他的臉，會以為這種事兒應該發生在俊男美女的身上。是說那位女士因為被發現跟前男友勾勾纏，主要也是她發現男友不相信她涉嫌跟蹤她（問題是她哪裡值得相信啊），就在半夜一個人出去看夜景散心，聽到這我又很想私自插入他的話題，告訴他她九成九有人陪你別傻了，結果老娘猜錯她竟然真的是一個人，因為她就定位後傳了一張照片給他，告訴他有心的話就在一小時內找到她在哪兒安捏*，男方立馬*把照片傳給所有親友請大家鑑識一下照片有可能是在哪拍的，竟然就真的在一個小時內找到她了真是浪漫嘎咍系*，但把這種偶像劇的情節落實在生活中也太瘋了呀。

這讓我想到我身邊也發生過兩個案例，一個是辦公室戀情，有天女的賭氣就上班上到一半找了個冷門的會議室躲起來電話也不接，看看男的會不會心急如焚去找她，結果並沒有，她一個人在那躲了兩三個小時躲到覺得空氣有點悶，最後悻悻然的回到座位上，男的看到她連一句：「妳剛去哪兒啦？」都沒問，想來是沒發現她不見

了吧實在氣短。另一個發生在我朋友身上，他那時也交了個愛生氣的女友，我們每個禮拜五是固定會吃飯的，那個星期五的下午兩人吵了一架就失聯了，到了晚間男生打了幾通電話女生都沒接，他只好就隻身的來跟我們吃飯，不然怎麼辦呢（兩手一攤）。吃完飯去續攤喝酒，喝到一半女友打來了問他你在哪兒，男生回我吃完飯在喝酒聊天呢，女方怒言：「我都消失了你竟然還有心情吃飯！」就在電話上斥責男生半個多小時把他當孫子般罵。事後男生說女友怪他沒去找她，可她連電話都不接一點蛛絲馬跡也妹有＊是要去難找，這也太為難人了吧，難道要去每個對兩人有意義的地方走一遍，看到背影像女友的人就拍肩說我找妳找得妳好苦，等到人家轉過身來發現不是，再說對不起我認錯人了這樣，比較符合女生想當偶像劇女主角的心情嗎，這也太為難人了。

最後提醒電視機前的女生朋友，男人其實沒什麼靈魂，真的不要覺得妳不見了他會急忙的四處找妳，事實上他有發現妳不見那就是萬幸了，所以千萬不要跟偶像劇學壞，想這樣引起男友的注意因為他根本不會注意，之前不是才有個新聞，是男友沉醉電動冷落女友，她一怒之下穿著睡衣奔出門結果被性侵了嗎，搞失蹤這種事真的不太安全呀。好吧如果非要玩失蹤來證明真愛可以，但千萬記得留線索，不然男生真的不會挨家挨戶的找妳，不但氣壞了自己又危險嗯湯啊嗯嗯湯＊～

羞昂的錦囊小語　想到文中的那位夥取跟人偷來暗去個性這麼糟也被人愛得死去活來，我們這樣溫良謙恭的女人沒理由會找不到愛的，所以一時三刻沒愛人的不要灰心，有一天妳會找到自己的 Mr. Right。

得不到幸福
的原因

前陣子我某位前男友結婚了，他有把婚紗照放在網路相本上，於是那天我廢寢忘食的把百來張照片從頭看到尾（對不起我說謊，食這方面我不會忘），目的沒別的無非是想挑新娘毛病而已，誰叫我是 ISO 認證的地獄來的前女友呢（叉腰笑）（對不起我又說謊了我沒腰）。

挑毛病這種事應該是女人的長項吧，我有找八婆朋友來和我一起挑，新娘明明也沒怎樣人漂漂亮亮的，但也正是因為漂漂亮亮才犯我大忌啊，誰希望前男友的現任女友漂漂亮亮誰希望呢，我們從姿勢不對、到挑禮服的品味不佳、到妝太濃了要作秀嗎、到這樣看起來腿很短啊、還有大熱天的胸部塞太多東西拍完八成長疹子了吧，各類的評語應有盡有。

想到前陣子流行過一個 app 叫文青相機，會把任何照片弄得很有文青感，我想我們就是難聽話製造機，什麼事被我們一講都好難聽啊，明眼人都看得出來是為了嫌而嫌，就是灰姑娘的兩個壞姐姐在苦毒灰姑娘的樣子，但女生應該都是這樣的（吧）（難道只有我這樣？！）。

雖然我一直希望前男友們的人生能幸福快樂，畢竟他們都曾經對我很好，也都是大好人無奈只是個性不合無法共度人生，啊嗯勾*對於他們的現任女友還是會有些刺探的心情，並且完全希望她們長的不好看這樣才有勝利感。

如果看到樣子真的平凡，那我會心情好到炒菜不用放肉絲，不用醬菜也能吃掉兩碗白稀飯；如果還算有姿色，那會安慰自己長相見仁見智，應該不是太正（吧）；萬一不幸是個人人稱正的大美女，那會在心裡悶哼一聲說有種妳去卸妝啊，妳敢嗎妳敢嗎，卸完連妳媽也認不出妳來吧哼。←天哪我真刻薄難怪人家不要我。

現在看看這些文字，還有想想彼當時挑人家毛病時的心情，我突然像被一道閃電劈

到頭一樣人生突然有了新領悟……原來我遲遲得不到幸福是因為口業造太多啊（警世），請電視機前的小朋友要說好話做好事存好心，做個讓證嚴法師驕傲的自己，哩公厚嗯厚＊啊～

羞昂的錦囊小語　自從我不再批評前男友的女友後瘦了 1.5 公斤皮膚不再暗沉上班好有精神走雪隧也沒遇到塞車了，甚至得到 cartier 鑽戒因為有人跟我求婚，改過向善永遠不嫌晚，改變就在一念之間你也可以給自己一個重生的機會！

求婚的
奧義

我一直認為求婚不能省，就算你現下不是很在乎，難保以後想到不會心裡卡卡的，意思就是男人一旦沒有好好的向老婆求婚，他這一世人日子可能都沒法安穩地過，這事兒不可不慎阿～（捻鬚）。但後來我發現同學們只知道這婚不能不求但無法融會貫通，所以今天再來一篇求婚進階班，希望大家能夠加強一下這方面的知識。

是這樣的，上禮拜有個朋友問我意見，她說她的男性朋友要跟二十一歲的小女友求婚，來問問本座有什麼求婚的好點子。她本人是提出了一個去浪漫餐廳吃飯後拿出大鑽戒求婚的方案，我是覺得這很 ok 啦，畢竟求婚算是兩個人的事，過份大張旗鼓的那叫逼婚也實在害羞，女生有感受到浪漫應該就可以了（吧）。啊嗯勾＊在下能當上（知名）兩性作家擔藍＊有我的過人之處，馬上發現問題舉手發問：「請問，二十一歲就結婚是不是除了相愛外並且不小心受精了，不然現代人很少這麼早婚啊。」答案是肯定的，而且雙方已經談好結婚事宜，只是男生福至心靈的想到還是應該要求個婚，免得婚姻生活變得崎嶇。

我必須要說屬於兩個人的浪漫求婚很棒，畢竟現在太多什麼包電影院買大樓廣告在司令台上求愛的作秀型求婚，反璞歸真也沒什麼不好，可此案中兩人都決定好要結婚了啊，這時候如果再在兩個人的場合裡默默的求還要等她答應，難道女方不會覺得那前幾天在跟我討論婚事的是他的第二個人格嗎，還是邪惡的雙胞胎弟弟呢，老娘不是早就答應你了嗎！！！在這種情況下的求婚擔藍是要求給別人看的，是要給女方做面子的，不管你決定去哪求怎麼求，記得要把女生的好姊妹們約上，反正她已經答應你了。一對一的求婚適用於女方根本不知道你想求婚的時候，如果她都知道也講好了，那麼請把事情搞大吧～誰叫你先把人家肚子搞大了呢（戳太陽穴）。

另外一個是失敗的案例，男方本來想偷偷準備好戒指求婚的，無奈他不知道女友手多大，也不會低調的拐個彎的套出她的戒圍，只好老實的說他要買婚戒了，請她量一下自己的指圍告訴他吧。聽到這兒我已經覺得該男是個豬頭三了，這種事就是要

驚喜，這一問不是少了驚了嗎？他縮諾諾諾*，等他拿出精心挑選的美麗戒指她還是會又驚又喜感動落淚抱著他轉圈的，我想他把女孩子看得太淺了，要是我知道男友有想求婚意圖，我應該會天天出去都穿很漂亮，免得一不小心被求婚時蓬頭垢面造成一生的遺憾（是的我人格扭曲），所以這種情形下不管他從口袋掏出什麼獻上，女友都不會太驚訝的（除非他掏出那個）（但求婚為什麼要掏出那個呢）。現在案情很棘手，我是建議他就這樣一輩子都別求了，那日子久了女生可能才會驚到（但沒有喜），總之驚喜求婚前先問戒圍超遜的啊。

最後奉勸天下男人要和女友的姊妹們交陪一下，不管在你心中她是怎樣的大八婆還是要跟她當好朋友，這樣除了女友的喜好和行蹤和哪裡的尺寸都可以一手掌握外，連生日或節日送禮都很好打聽該送什麼，才不怕開了大錢又失誤。女人什麼都不記最會記恨了，凡是還要小心又周全又體貼又帶一點浪漫（要求還真多）才能永保安康哪～相信我，就算再怎麼獨立自主提倡姊姊妹妹站起來的女性，對於男友的體貼關懷和用心還是會感到甜絲絲*的啊。

羞昂的錦囊小語

之前有個外遇的新聞被爆出來，本來婚變不是件值得一提的事根本不會被提到的，但因為男主角是當初花了大錢，不知道是買了全板報紙廣告還是買了 101 外牆求婚出手闊綽上過新聞，結果結婚隔不到一年就外遇，這麼諷刺所以又上頭條惹。話說有完美的求婚也不一定有完美的婚姻，所以沒被求到的婦女們不用傷心啊。

被求婚記

是的，上篇才講到求婚呢這篇我就被求了（有沒有這麼巧！），因為事發突然而且過很久了，今天就來試著還原一下現場吧。

這是 2012 年的 2 月 27 日，會記得這麼清楚是因為那是個連假，228 是禮拜二所以227 彈性放假，而我之所以講得這麼鉅細靡遺無非是想傳達一個重點，就是求婚日子很重要最好撿個好記的，如果不是情人節或聖誕節或跨年或你的生日她的生日，那像賤內一樣選個彈性放假也是好的，起碼事後回想想得起日期，而且不是像 228 這麼嚴肅的節日安捏*。

案發現場是我家，那天我媽在洗澡我姊在刷手機我抱著我姊的孩子坐在搖椅上看電視，看著看著冷不防的男友說要送我一個禮物，我一聽就翻白眼了想必是個爛東西，因為在不是情人節或我生日的日子裡他送我的禮物都是爛貨，比如夾娃娃機夾出來的醜娃娃或扭蛋機扭下來的他不想要的東西。沒想到他從口袋裡掏出一個暗紅色盒子，就算化成灰我也認得出是 cartier 是 cartier 啊（震驚），隨即單膝下跪問我要不要嫁給他，那個摸們*我頭皮都麻了想縮*那ㄟ安捏*，我姊則很機靈的大叫：「媽～～媽～～」希望我媽趕快出來一起分享這個家裡庫存終於出清的片刻。

這時我還是六神無主，畢竟被求婚這種事是頭一遭不知如何反應，是不是該哭一下呢，我看到朋友被求婚有大哭我不擠點淚出來好像太硬派了，啊嗯勾*老子一點也不想哭啊；說「我願意」又感覺好怪，因為此刻我身上有個嬰兒穿著睡衣頭上還有鯊魚夾，這種形象不適合說出這麼感人的話。

終於我想起了一個重點，就是應該看看鑽戒長怎樣所以拿起盒子仔細端詳了一下，擠出了被求婚後的第一句話：「可以換嗎？」現在想想真是個不討喜的女人。可那個型真的不是我的愛，誠如某位知名女作家說過，男人都應該跟女友的好姊妹當朋友這樣才不會挑錯禮物，咦，那個作家就是我啊而且就在上一篇，可見這位仁兄平

常沒有好好拜讀我的文章現在買錯了吧（左手背拍右手心）。最後再告訴在座男性一個重點，就是如果你沒把握她愛哪一型也不認識她朋友，那買單鑽比較不會錯單鑽是個安全牌，老身就是沒有跟大家分享這件事導致自己嚐到了苦果。

求婚記的後續就是隔天我拿到 cartier 想換，才知道戒圍錯了可以改但鑽戒出門概不退換，想想也有道理啦，要是被買走挖掉換一個爛鑽來退那怎麼行，所以我完全可以理解。在詢問時男店員上演了一齣戲碼——

店員：「這顆很漂亮啊（聲音高八度）妳為什麼想換？」
我：「我就，不是很喜歡啊。」
店員：「我覺得真的很好看耶，我們很多客人也都喜歡！」
我：「那他不是跟你求婚啊，我不喜歡咩。」
店員：「要是我，一定會說 I Do I Do ～（聲音高八度雙手還在胸前做祈禱狀）」

因為感覺店員的精神狀態好像不是很穩定，我帶著鑽戒默默的退出店裡，事後朋友問我為什麼沒拍求婚影片我說因為我那天很醜啊，最後奉勸在座男性，如果你今兒個想要求婚但發現女友蓬頭垢面的話，不妨把計劃緩一緩隔天再求不會死；萬一不幸你的女友像哇奔郎*一樣一年三百六十五天有三百天都蓬頭垢面，那你就騙她待會要去吃茹絲葵快去打扮一下，等她打扮好再求完不用真的帶她去，這是善意的謊言女孩子都可以接受的啊。

羞昂的 | 三十有七以寫前男友壞話及胯下事為主，連媽媽都不敢承認
錦囊小語 | 我是她女兒的女作家也嫁得掉，你們不覺得這真的很勵志
| 嗎！

驗貨的
必要性

最近看到一個新聞,是說台中市有名離過婚的許姓男子結了第二次婚,但婚後五個月和太太都沒有洞房過,妻子主動求歡他也一樣軟高高*,讓太太驚覺原來丈夫是那傳說中的性無能(國劇甩頭),一怒之下告上法院要求索賠並且撤銷婚姻,最後法官判男生要賠四十萬元並且婚姻無效,許男真的是賠了夫人又折兵啊。

然後某份報紙做了個民調(也太無聊惹*),有快五成的民眾覺得夫妻間沒有性行為無妨遇到這種事是不需要離婚的,因為兩造之間在一起久了難免對彼此很厭倦,變成家人後會不需要交配也是理所當然(是嗎)。我個人是覺得瞎透了,因為雖然交往久了就會有能不要碰就不要碰的心情,但這前提是要一起久了,兩人早已熟悉到對性事也感到乏味了,那自然會對這事不再感興趣然後沒有也可以,啊嗯勾*他們還沒那個過啊,就知道丈夫不舉擠系郎*也不會擁有性生活,這樣還願意繼續在一起那也實在太悲傷了吧。

江湖傳言許男根本是個同性戀,因為他的第一任太太縮*曾在他床頭發現假陽具,不知道那時他是怎麼解釋的,百貨公司都有在幫人用蠟做手的模型嘛,就說那是他做的老二的模型不知道太太能不能釋懷。之前有男性朋友到家來訪,許先生也把太太趕回娘家想跟男性朋友單獨相處;原來這年頭還有同志為了逃避別人眼光而假結婚啊。

這讓我想到之前有個朋友苦無男朋友所以請大家幫忙介紹,友人很熱心的介紹了自己的好朋友給她兩人一拍即合就交往了,認識了一年多女生很想嫁給那個男的,但一提出來男生就說要結婚那分手好了(登楞*),女孩跟當初的介紹人好友哭訴那ㄟ安捏*,我們才知道原來他們交往一年多了,都一年了哦但連手都沒牽過,當然也沒有喇及和 HE 囉*,交往的淺度比我和巷口 7-11 店員還淺吧(這樣女生也想嫁這麼說來是她怪啊!),男生的理由是他是個潔癖狂不喜歡跟人牽手,而那些有可能生出小孩的行為要等到婚後才能做,男生都這樣說了,身為女孩子擔藍*也不好

說什麼，總不能說可是我想吧那多害羞啊。結果分手後女生過了一陣子以淚洗面的生活，而男生則是馬上振作起來偷偷的交了一個男朋友。

以上兩個故事告訴大家一件什麼事呢，就是頭可斷血可淌驗貨不能忘，妳買件衣服都要拿起來檢查一下車線整不整齊，那婚姻這麼大的事怎麼能不驗一下貨呢？這年頭洞房這件事不需要留到婚後，結婚前還是前前後後裡裡外外檢查一下咔＊安心哪～

剛剛我又想起一位悲慘女孩的際遇，這是我有次辦了一個史上最慘戀情大賽的優勝者，我覺得她是濁水溪以北第一慘的女人。

她跟大學時期的情人結婚，印象中好像是說交往了十年有吧，交往期間就像時下情侶一樣沒發現什麼不同（忘了問有沒有性交，又或是我問了但忘記答案惹），誰知道結婚後男生突然冷淡起來，後來就跟她坦誠自己是同志，結婚只是想讓家人安心的但他壓根不喜歡女生，這段婚姻好像還是維持了一陣子（畢竟也是好同學又交往了很久啊）最後終究是離婚了，可是男生希望女孩子暫時不要跟彼此的家人說，逢年過節還是要扮演著好媳婦的角色，而女生因為心地善良又覺得相處久了也是有感情的，竟然也照做了好一陣子……

大家說這是不是個很傷感的小故事，而且也推翻了我的上一個結論，原來驗貨也不一定有用的一切都是命啊……

**羞昂的
錦囊小語**　所以遇到早洩的不要灰心遇到短小的也不要失意，人會不快樂都是因為老是羨慕太遙遠的想著你沒有的，看看文中幾位女子的人生際遇，好好珍惜妳的三分鐘和五公分吧，寥勝於無啊。

這位先生聽到
請回答～ over

日前看到這個新聞：「台北市一對夫妻結婚隔天，就因太太要出國一事發生爭吵，加上婚後性生活不協調，太太爭吵後說要回娘家住，希望丈夫出言挽留，沒想到丈夫任由她搬走，後來更向法院訴請離婚。太太雖希望挽回婚姻，但台灣高等法院認為兩人婚姻已難維持，判准離婚。」

看完登時感到新聞界真是沉淪了啊，連這種事也能變成一個報導，不過就是對夫妻離婚啊天天都馬有人在離，不同點只是他們結婚隔天就開吵了而已。

說到這我想到多年前有個朋友的親戚，也是結婚當天被灌酒灌到茫了，交往數年從沒喝成這樣過，一個不小心發酒瘋打了老婆，結果也是結婚隔天就離婚，不過當年的新聞好像真的都是要聞，這種小事兒上不了版面，不然我還覺得比上面那個精采多了啊。

這麼無趣的新聞倒是出現一個爆點，除了太太動不動就會以死相逼外（←特別寫出來是想告訴大家這行為不可取，千萬別學啊），先生還表示兩人的性生活極不協調，因為太太有特殊性癖好，和太太作愛讓他覺得噁心等等，聽到這有靈性的人一定會有疑問，糾竟是怎樣特別的癖好讓先生這麼倒胃呢？

結果我找遍網路新聞翻遍各大報紙，還用檸檬水潑在報上看會不會有字現形（怕說報上不能寫要用隱形墨水的方式）（甘五攏零＊？）結果都妹有＊，這明明就是這個新聞的重點是重點哪（左手背拍右手心），你不寫出來我們怎麼會知道怎樣會讓男人感到噁心捏＊。

而且如果有什麼特殊的喜好，一般來說婚前就知道了吧，婚後才發現實在有疑點，該不是因為想離婚所以硬挑毛病，事實上自己也玩得很開心吧（指）。

但說到癖好（話峰一轉），不得不講一下我有個朋友的男友，他本身在那個前喜歡看到女孩子穿著衣服不穿內衣但全身溼透的樣子，我在家沙盤推演一下覺得這件事要做起來很不順，要先把衣服全脫掉再穿上外衣，執行起來過程不夠流暢我不開心（是說干我屁事），重點是要在家裡也罷了，反正有衣服換或是不換直接睡了，但他們是在 Motel 之類的地方，女生總會被男生用蓮蓬頭噴溼全身（光想到衣服黏在身上我就好惱啊），我朋友也覺得很煩躁但不好意溼*說出你他媽給我住手這種話，最後只好在知道今天有可能會 HE 囉*的日子，就多帶一套衣服出門以滿足他莫名其妙的幻想。

還有另一個比較威風，有癖好的是女生，她喜歡在各個莫名其妙的場所性交，比如車上（不是車後座是引擎蓋上！！感覺屁股會燙燙的～）或住家樓梯間或陽台上，反正是以開放空間為最佳，有可能有人會冒出來看到她最喜番*。

這種事要是是男生提，女方還可以嬌羞的說不要啦人家怕怕，可本例中是女生的要求，男方再怎麼不願意也不好意思說不吧，免得被女友看扁了說他是沒路用*的咖小*，只好無奈的累積了一些公共場所性交的經驗，現在想想幸好他們沒失風被逮到過，不然大家一定覺得我朋友心裡有病，不會想縮*是女生要求的啊～

還有一個感覺算算平常（是嗎），但要是我我也會很煩心的，就是男生開車時喜歡女生去含他老二，不，正確說起來是他在移動工具上都喜歡那裡被含著，就算坐計程車也不例外的要把女生的頭往下壓，假裝在他腿上睡覺實則在咬（←請把這個字拆成兩個字）。如果遇到這種男友女生一定要留長髮吧，不然很容易露了餡兒啊。

寫到這我好慶幸沒遇過有特殊癖好的男人，因為人在江湖一定要以和為貴是我做人的信念，加上耳根極軟，問一次不要問兩次不要問到第三次我一定說好啦好啦，

所以真是好佳在*沒讓我遇上啊（安心）。

還有我都分享了這麼多案例，文中的這位先生可以寫信來告訴我到底是什麼癖好讓你這麼感到噁心嗎，我真的很想知道啊啊啊～

羞昂的錦囊小語 婚後第一天就吵到想離婚的人，婚前一定沒怎麼吵過架才會一吵就吵到天崩地裂。這麼想來常吵架也算是一種溝通，總比事情都悶著有天大爆發就不可收拾了好得多。常吵架的情侶們，其實你們才是幸福的（拍肩）

飲酒勿
過量蛤*～

有天我和友人在討論 Makiyo 酒醉踹人的新聞他說醉鬼實在太可怕，然後娓娓道出年輕時曾交往過酒店女子，因為工作的關係所以她經常處於喝醉的狀態，有天他睡到一半起來發現女友不見了，在家翻箱倒櫃的找了一遍找沒有，還穿著睡衣到巷子口展開地毯式搜索，最後都沒找著回到家裡，偷偷打開哥哥房間的門沒想到她光溜溜的鑽在哥哥被窩裡，此時嫂嫂和孩子都在房間睡竟然也沒人發現，他把醉女友從哥哥棉被裡拖出來時哥哥才知道原來嘟啊*身邊躺了一個沒穿衣服的女人，我想他應該對於自己睡太死恨到捶牆壁了吧，然後發誓以後的睡眠要像牛排一樣五分熟就好免得錯過什麼。

還有一次是他和一個男性朋友及那位醉女友一起去墾丁玩，因為他是司機一路腮*到墾丁很累，晚上本應要出去飲酒作樂的他覺得好累想補個眠就沒去，放任自己的朋友和女友一起出去喝酒耶，此時聰明的觀眾朋友一定知道接下來會發生什麼事啊。

總之他半夜醒來看到朋友和女友在廁所裡拉扯，女友正在發酒瘋重點是下半身只穿了一條內褲，想到這我頭皮都麻了想到如果自己也喝醉到脫褲子，那好粗的大腿給人家看到以後還要做人嗎（對我來說這才是重點啊，腿粗到價值觀都錯亂了好悲桑*），於是我趕忙問他你女友腿粗嗎，被看到是會丟人的那種嗎，比如隋棠只穿一條乃口*我就覺得賞心悅目啊，此時他回味了一下說那女的身材真好啊，我都感覺他嘴角上揚柳*。但重點是馬子和好友共處一室且只穿內褲這能不震怒嗎，他趕忙把他們分開叫大家快去睡覺，氣雖氣但想到她只是喝醉了並不知道痣己*在幹嘛，跟醉鬼生氣有什麼用呢。

忘了說為了省錢他們此行住的是三人房，另兩人都睡了後他越想越窩囊翻來翻去睡不著於是走出去吹吹風散散心，回去時一打開門發現女友連內褲也沒柳，赤裸著下半身躺在床邊腿還開開的依舊是一付醉樣，這種情形蜈蚣看到都會爬進去了何況是

一旁堂堂五尺以上的男子漢他朋友呢，而且依我看那個女的是裝醉吧其實他們兩個在那個（哪個呢），啊嗯勾*喝醉的人很奸巧*，只要她說自己醉了也不知道自己在幹嘛，那別人也拿她沒門再氣也沒法度*啊。

幸好最後他們分手了，不然我覺得他的綠帽可能多到ㄟ凍*開一間扁帽工廠了。然後我問了他一個最重要的問題，就是你一介文員怎麼會交往到酒家女呢，她們感覺不會是普通男子的女友啊。他回我說那是老闆帶他上酒家時認識的，他後來發現她不是家裡經濟有問題所以出來陪酒，也不是說自己染上了什麼惡習太需要花錢（比如吸毒什麼的），她純粹是因為愛喝酒所以從事這一行，世上有幾個人能把興趣當工作這麼敬業樂群的生活著呢，所以他就展開追求惹……

原來這個故事裡最有問題的人不是老是醉醺醺的人而是我朋友啊……這真是一個很失敗的警世小故事，但還是要奉勸大家喝酒要適量，醉了就趕快回家蛤*～

羞昂的錦囊小語　因為愛喝酒而選擇去當酒家女，無非是希望自己能熱愛工作在職場上如魚得水。話說連一位酒家女都這樣敬業樂群我們怎麼能輸，跟她一樣做個熱愛工作的人吧，你會發現當你一旦喜歡工作，就會覺得工作也不再那麼為難你了啊。

怎樣的情人
最拉風

上篇裡提到友人和酒店小姐交往，我自己覺得這對普通上班族來說真是個太赤激*的人生閱歷，私以為精采度破錶了啊。

然後我上網問了一下大家有交往過什麼不尋常職業的男女朋友嗎，得到的答案包羅萬象，有人說前男友當過牛郎，有人說看過分手不久的男友在電視上跳猛男秀，有人縮*跟做桑拿的女孩戀愛過（其實我有點不懂桑拿洗瞎毀*，應該跟泰國浴不一樣吧），有人交往過六合彩組頭，甚至有人的前男友是職業小偷（驚）！不過這些都比不上有個人說她和自己親表哥交往過，連婉君表妹的表哥都是假表哥來著怎麼今時今日有人跟真表哥交往，這不是違法嗎我說。

我承認我很無聊，之前有和也出過書的朋友討論過一個議題，就是咱們身為作家（撥瀏海）要交往什麼職業的對象感覺比較拉風呢。比如小劇場的導演之類的我就覺得美賣*，會這樣想重點應該是藝文氣息吧，總覺得作家要跟文青一起比較搭，不然就是開一間隱身於巷弄裡客人很少的小咖啡店也美賣，注意客人很少是重點，沒人才有頹廢感藝文味加倍。如果不幸男友的店高朋滿座可能就要分手了，這就是身為作家的包袱。另一半是工程師或銀行行員或保險業務雖然沒什麼不對但感覺就是少一味，可我們討論半天發現一直以來交往對象就都是一般職業的人，連小開也不是真是氣鼠人*，幸好我曾經交往過農夫男友有扳回一城。

是的，我跟第一任男友認識時他的工作是農夫（挺），不是因為家裡務農而是看報紙求才廣告去應徵當農夫的農夫。白天打電話問他在幹嘛時常常是在犁田，正常時候如果聽到朋友這樣講，應該會以為他騎機車摔到了吧（壘殘*來著）但他真的是在耕地。我問犁田怎麼不是找牛呢，小時候看《今日農村》這工作都是牛在做的啊，他說因為公司沒其他同事了只有他一個，所以不管是牛要做的或人要做的都是他做聽起來真的很威風。有次上班時間去找他還在路上遇到蛇，試問有幾個女孩去男友公司探望會看見蛇呢，想到那時默默的希望耕者有其田能再被發揚光大，老子

還真是一個賢內助啊（羞）。

本以為擁有農夫男友算是拉風了，沒想到一山還有一山高我同事交往過情報員男友，原來台灣也有特務啊真是太震驚了，不過特務可以說自己是特務嗎這點我很存疑。她縮她男友真的是情報員，因為他很神祕常一出任務就出一個月，之間不能打電話給她免得洩露國家機密，有時約好了會放她鴿子因為國家需要他，少數的約會時光也都來得很突然，就熊熊打來說「現在能不能見個面？」她就要快去，意思是他不能早早排好行程免得被敵人發現，一個失誤有可能影響到國家安危吧。

想當年我比較純真還好羨慕她，身為一個門牙上天天都有口紅印數鈔票時還會沾口水搓開、會叫同事幫她剪腋毛（那個倒楣的同事就是哇奔郎*啊）老虎還唸成老府的女人，能有這樣的人生閱歷她真是太酷了啊。現在回想她要不是小三就是她男友有小三，無法全心投入這段感情才會這樣騙她吧。所以她交往過的不是特務而是個騙子啊（宣布破案）。

羞昂的錦囊小語	好啦在感情裡誰沒遇過幾個騙子或幾個爛人呢，為師的就是遇到了，才會開始寫部落格進而變成全台灣專欄最多的女作家，這結局超拉風的啊。如果懂得化危機為轉機，那麼人生就無所畏懼了。

怎樣的情人
最衰小*

既然討論過怎樣的情人最拉風嘛,身為一個沒梗了的作家,我決定打蛇隨棍上的來個差不多的主題,就是遇到怎麼樣的情人最衰小。

想想我人生中好像沒遇過什麼讓我覺得老娘認識你真是太倒楣了的情人,倒是哇奔郎*曾當過那種被說「老子認識妳真是太倒楣了」的女人(撥瀏海),不過我只是在部落格(和專欄上)(和書裡頭)(最近還多了舞台劇)說前男友壞話,好像算不上太嚴重的罪行(是嗎)。希望那位因為甩了我隔天就去睡(老)女上司而被我罵到天荒地老的前男友,看到這篇會覺得認識我其實還不算太糟糕(甘五摳零*)。

先從輕微的開始好了,我有個朋友交往了一個相當易怒的女友,一點點小事就能讓她在大街上當場翻臉吵開來,是用路人會圍觀那種大音量吵架,即使在人來人往的夜市門口也照吵不誤。我最記得有次他們吵起來的導火線是男生跟女生說「妳這件衣服好像有點緊」,女生就跟他翻臉了。重點是可能因為這對璧人交往以來天天見面,所以男生沒發現一點,就是女生默默胖了十五公斤左右,我們旁觀者都以為她懷孕了,衣服才不是有點緊是要爆破了才對,說有點緊算是客氣了兇個屁啊。

接下來這個比較可怕,我的女性朋友交了一個很喜歡黏人的男友,本來我覺得還不錯啊因為通常都是女黏男,男愛黏女的算是可貴熱戀期應該很開心吧。她說她本來也是這樣想,殊不知可怕的命運正等著她。

話說有天兩人在男生家裡約會,時間晚了該回家時她縮*我要回去囉,沒想到男生說拜託妳別走不要離開我,然後拿出刀子來架在手腕上說妳要是走了我就死給妳看(生命可貴自殺不能解決問題請大家不要學)。我忘了那天她是怎麼順利回到家的了,總之事後她有警覺到這樣的男人要不得於是提分手,連家都不讓回的男人怎麼可能會接受要分手呢,於是她接了好幾次該男子的自殺電話,說什麼他覺得好冷血一直流之類的,這樣的情人是不是又恐怖又煩人。

最後一個我認為是魔王等級，這是我朋友的妹妹身上發生的故事。他說他妹之前交往過一個男生，交往時好好的分手後變了一個人，就有天她家收到一個前男友寄來的包裹，打開一看是他們家客廳的電視遙控器，聽到這我還無法理解，想縮是不是談分手那天他離開她家時不小心帶走了（也太不小心惹*），事後突然發現自己手裡拿著人家家的遙控器擔心從今爾後他們只能看同一台，於是體貼地趕忙寄回去這樣。

結果不是的，這其實是想表達一個老子可以任意進出妳家妳給我小心點的意思。遇到這種恐怖情人真的要報警才能解決。然後故事還沒完，後來他妹有跟一位工廠小開走得比較近，並沒有交往只是走得近而已，有天晚上那人的工廠就被縱火了，最後警方查出正是那位前男友幹的，幸好最後他被關了，不然不知道還會做出什麼事可能只能漏夜搬家了啊。

羞昂的錦囊小語｜只有不甘心被甩的人才會做出可怕的事，這樣一想就覺得被甩也沒什麼不好，起碼不用承擔提分手對方發瘋的後果，所以電視機前老是被甩的你妳妳你不要再失意了（摟），感情中當被棒撒*的那個比較沒什麼後患哪。

師奶的
祕密花園

最近我的好友瘋狂愛上韓劇《祕密花園》，印象中以前她是從來不看這種偶像劇的，從什麼時候開始變成追星少女（明明已經三十五歲了啊），想想實在讓我挺納悶的。

這麼說來之前的吸血鬼風潮她好像也有跟到，就有天發現她對於《暮光之城》裡的事情如數家珍，尤其是那位讓全球少女為之瘋狂的艾德華（←雖然有很多人說他長得像李鑼）；有什麼周邊商品寫真書之類的她全買單，竟然還買了女主角戴的戒指，該不是在幻想自己是吸血鬼他馬子貝拉吧，事情變成這樣我覺得有必要訪問她一下，到底是什麼事件，讓一個頭腦冷靜思慮清晰的熟女，變成瘋狂小粉絲呢？這些完全不符合現實生活的愛情戲真有這麼好看嗎？？

結果她也說不上來，只覺得結婚後，好像越來越對這種在我看來很年輕人的夢幻戀愛很嚮往，她舉例說像她最近迷的韓劇裡，男女主角就是偶像劇裡最常見的歡喜冤家，一開始感情不是很好天天在鬥嘴那種，聽到這個我只會想到廖峻澎澎或司馬玉嬌和石松等等，這種劇情不是超老套的。啊嗯勾*她覺得深深觸動了她少婦的心，我想縮*真有這麼棒嗎，於是腦波弱也去看了幾眼，看完後我的感想是還好吧，但身邊相繼有三位婦人都為韓劇裡的戀愛癡狂，讓我省思了一下為什麼，難道這就是傳說中的師奶嗎。

本座理性分析了一下，小倆口戀愛的戲碼之所以會這麼受歡迎，應該是現實生活中無法辦到，所以廣受婦女同胞喜愛吧（特別是已婚婦女，我看熱戀中的女性好像沒那麼愛）。朋友說她看到戲中男女主角在鬥嘴鬥得又狠又甜蜜十分欣羨，比如男孩兒會跟女孩兒說：「沒見過像妳這麼笨的女人！」然後兩個人鬥過來又鬥過去還是繼續吃飯繼續約會，依然甜甜蜜蜜；可我問她要是老公這樣跟她說她會怎麼反應，友人表示當然只有翻桌一途，我們也是爸爸媽媽辛苦養大的怎麼能讓人這樣羞辱，肯定要撕破臉的啊。

這讓我想起有個和＊租車的廣告，想表達的是你只要去租過一次車，他們就會把你的喜好習慣全部記下來（恐怖額～），該設的幫你設定好，感覺你下車尿尿還會幫你拉下拉鍊扶一下這麼的周全；最後太太轉頭跟先生說：「和＊比你還貼心～」，先生笑得很溫馨這樣。看完這個廣告我有認真想一下，這種話我們普通人說起來應該像在尻ㄙㄟ＊，然後先生就會說：「那現在是怎樣，不然不要出門了啊！」這樣演下來會比較貼近現實生活吧。

大家平常為了生活為了工作每天心情都緊繃著，對身邊人自然也沒什麼耐性，久了一定會為了一點點小事就不愉快，導致婚姻或感情好像很不如意，只好把對愛情的需求寄託在偶像劇裡。其實有時候退一步想想，思考一下在熱戀時遇到同樣的事件，自己會是這樣的態度嗎？如果大家都能保持熱戀時的處事態度，那麼擁有偶像劇般的戀情應該沒那麼難（吧）（但男主角長相難免有差啦這也是沒辦法的事……）

羞昂的
錦囊小語

「王先一樣要休旅車，台北租高雄還，加 GPS 和腳踏車嗎？」「哇～和運怎麼都知道！」「記得您的需求，是我們的榮幸。」看到文中那段租車的劇情，你是否也想到了這段對話呢，是說我好意外剛就這麼順順的背出來了，原來同段話多聽幾次，那麼不用特別去背也會朗朗上口啊，如果把這份記性用在正途上比如拿來聽《大家說英語》，那假以時日你也可以是英文達人哪，這不是很勵志嗎。

偶像劇
的老梗

這年頭似乎流行偶像劇，無論幾點隨便換台應該都可以看到幾部，當然它也有些公式，今天就來討論一下這個話題吧。

最近有個新聞說大多偶像劇都有兩個老梗：
一、男主角或女主角穿上布偶裝，就是去遊樂園常會看到那種，讓小孩子去拍合照的布偶裝，用布偶裝又可愛又很熱的特性，來強調主角的刻苦耐勞及天真可愛。

二、男主角和女主角兩造會不小心看到對方的裸體，比如說一個不知為什麼會圍著浴巾在外面蛇來蛇去*，然後不知為什麼浴巾突然掉了安捏*，進而產生了又怒又羞的複雜情懷。

據說這兩個是目前偶像劇最常套的公式，也就是大家百看不厭的劇情。

看完後我覺得少寫了一個，就是不小心接到吻這種不合理的鏡頭。說來奇怪偶像劇裡的男女主角最好不能一見鐘情，一開始一定是要互相看不順眼那種，但命運之神有天會讓女生突然跌跤撲倒在男主角身上，一不小心就嘴對嘴的親到了，接下來又是一陣羞憤加尷尬的情緒，跟被看到裸體是一樣的情懷。

然後兩個人回家後會分別想到這一幕，浮現出從厭惡到好像有點觸電了的感覺；這劇情真是老套的不得鳥*，可目前為止我看過的偶像劇還全都有這個橋段，親到後兩人眼睛會睜大然後時間暫停，煩躁的是它通常還在要進廣告時發生，然後廣告播完後回來又播一次深怕觀眾沒看到。

本座呷罷盈盈*很認真的思考過，要是真跌倒摔到嘴碰嘴其實門牙應該就斷了吧，記得國中時有位同學打籃球時摔到地上，也沒人推她哦，感覺只是輕輕摔了一下我看好像也沒很重結果門牙就裂了，最後人是哀嚎著被送到醫院那個哀聲好淒絕，是

半夜聽到背脊會一涼然後默唸大悲咒的那種，然後得到一付補過的醜牙而且還痛了好幾天超可怕的，牙痛不是病痛起來要人命這話一點也不誇詹＊嘿。

結論是撲倒後剛好親到嘴是件極不合情合理的事，請大家千萬不要因為常看到就試著做做看，以身試法會遺憾終身的啊。

羞昂的錦囊小語　為了避免圍著浴巾蛇來蛇去時被人看見（啊不是說偶像劇情都是假的嗎，幹嘛要做啊），我們平常就要鍛練身體才能擁有一個被人看見也不跌股的胴體，如此一來就算最終還是沒人扯掉我們的浴巾（也太慘了吧）也擁有了強健的體魄。健康的身體也是一種人生的財富，就算我們的存款簿乏善可陳，但如果比肝功能我們可能還勝過郭台銘呢。

盛竹如
才是王道

不知從何時開始，我的噗浪或 facebook 上充斥著女生朋友在對李大仁示愛的言論，大家好像同一時間都發情了這是怎麼一回事兒。然後我寫的一個戀愛信箱，也有小女生來信問縮*為何遇不到生命中的那個李大仁，事情發展到這個地步，我想我再不去拜會一下李大仁會跟社會脫節的。

於是我趕在它下檔前認真的看了一下那部戲《我可能不會愛你》，希望跟它交陪*一下，不然好像無法站在潮流上，畢竟好多人都在看呐。內容應該是在講輕熟女的戀愛吧，大意是李大仁先生多年來一直暗戀著女主角，從學生時代開始，一直到出社會數年。兩人貌似最好的朋友，可彷彿有些曖昧的情懷，曖昧到兩方的另一半都吃味兒這樣。才看半集我馬上明白李大仁受歡迎的原因，就是因為他實在是個深情又體貼經濟狀況 ok 又挺帥的極品男人呀～

說到這我想先表揚一下現在的偶像劇，因為很久沒看了，印象中以前的好像都是有錢的不得鳥*，家中事業橫跨五大洲還有遊艇及私人飛機的公子哥兒，這種非常不貼近現實生活的故事（起碼不貼近我的生活啦）。現在偶像劇似乎慢慢的比較擬真了，起碼男女主角都有自己的職業這點就非常難得，讓現在的女孩兒不要看完電視後，沒事幻想遇見王子般又帥又有錢又深情的男人，我覺得這樣挺好的。

但也可能就是因為故事背景很貼近人心，好似很有可能發生在自己身邊，導致女生們紛紛怨嘆起己怎麼就遇不到深情的李大仁，可是現實生活中真的有這種人嗎？我想難免有但很難得一見吧，像月全蝕或流星雨那樣錯過這一次再等三十年那麼稀有。現在比較正常的狀況都馬是*約個兩三次約不到放棄，不劈腿就算客氣了，誰還跟妳默默等候好幾年。我才看一個小時起碼聽到李大仁心裡 O.S. 了三次「我不能愛妳了，可我克制不住自己去愛妳。」這種聽起來合理，但仔細想想實在光怪陸離的話，因為這情況太不常見了啊。（也有可能是因為追不到的距離感導致他這麼沉迷，要是把上了可能沒多久就膩了吧，這才是人生哪～）

對了，當天因為太無聊，我還看了一部單元劇叫《致命火玫瑰》，就是那種主角坐在客廳走在路上在聚會裡，都會不停聽到盛竹如在旁邊 O.S. 的劇集（想想他還真煩人哪，為什麼一直插手別人的人生）。那集大意是有個神棍把人家的太太拐跑了，然後還玷污了人家的女兒，讓女兒跟媽媽共事一夫，最後還幫神棍生了個孩子。這位吃人夠夠的神棍最後甚至叫那位太太下毒害死了她的丈夫（也就是他孩子的爺爺，好複雜的情緒），我覺得這個劇情好像還合理些，起碼在現實社會中挺常發生的，比遇到李大仁的機率高多了。

所以各位織夢的女孩兒，有空多看看這種有盛竹如的劇集才是正途，不要再沉溺於李大仁了，他不存在於現實生活中啊～

又青　不要離開我

| **羞昂的
錦囊小語** | 仔細想想每個女人身邊都有李大仁，看看妳身邊的伴，他在把到妳前也是個大仁哥啊～戲是沒拍到他們交往後，交往後的李先生鬆散的程度應該就像妳身邊的那位了吧。所以別再沉溺偶像劇了也不要只羨慕別人好的一面，進廣告時大仁搞不好在腮又青巴掌，只是妳沒看到罷了。 |

一無所有，
就不會失去什麼！

人生處處
是陷阱

近年來團購類型的網站很紅，什麼五折日報 GROUPON 之類的一堆，操作方式就是讓你以極優惠的價錢買餐券而且一次不用多，以前如果買都要買一本十張這樣才會有便宜，現在就不用，甚至有的店家還會限制一人只能買一張，藉以傳達這真的很優惠的意念，就像店家的嚐鮮價那樣吸引你來。但團購商品究竟有沒有比較划算呢，因為老子一向不信任老闆的關係，其實一直覺得這種折扣券大有問題，沒事幹嘛便宜你那麼多，要嘛是限制一堆，比如星期一到四的中午才能使用；要嘛品質可能沒那麼好，像我始終認為以前軍公教福利社的八寶粥很稀而且裡面只有六寶一樣，反正太便宜其中必有詐啊。

在網路上買這種東西很方便，我之前買過一張才知道，下單後也不用等什麼券寄來你家，就是寄一封 mail 給你，上面有神祕的識別碼，只要列印那張出來就能使用。不過上面密密麻麻的條款好多而且很艱澀，我要是看得完還能融會貫通應該可以進史丹佛了，現在正在做複製羊哪有閒工夫在這跟人搶五折券。不過我買那張的附加條款這麼多，是因為它算是少數沒有限制你假日不能用的券，其實有很多都只能在平日使用這樣，就像錢櫃平常日比較便宜一樣。進了店服務生講解了一下我還是聽不懂，總之是一個人要點這個其它人要點那個是什麼組合價之類，而且店家疑似以做買五折券的客人為主，因為它價錢貴到讓人不解，就是三支玉米筍兩百八這種殺人放火的售價，而且是玉米筍不是玉米哦，貴成這樣是不是吃了會飛啊。這麼說上次也有個新聞出來，說折價網賣櫻桃標榜下殺五四折三台斤只要九百元，吸引超過四千網友下單，但拿到貨後卻發現，光盒子就佔半台斤，櫻桃實際上只有兩斤半，而且若是直接上供應商網站買，同樣規格的商品只要七百元，團購足足貴兩百元，團到比外面貴的商品叫人怎麼不堵南＊。

不過我覺得愛團購的朋友不用灰心，因為就算你不是團購也有可能遇到店家偷斤減兩，只是因為我們平常購物是看到實品，導致大家也沒想到要回去檢查吧，搞不好大賣場的櫻桃也都有把盒子重量算進去啊。老實說我以前覺得會疑神疑鬼的人，是

不是小時候有被媽媽帶去菜市故意留在那沒帶回家，才會對什麼事都不信任。可自從我發現了洗衣精沐浴乳的環保補充包，價錢算算要比有個豪華塑膠罐，有的還有女明星裸背小貼紙在上面的精美包裝還要貴後，就覺得在這個世界上我們到底還能相信誰，難道環保錯了嗎，我們環保就應該要被坑錢嗎。

像賣場的火鍋料組合包，回家把上面看似豐盛的料一拿開，發現下面都是高麗菜大白菜是必然的，幸好我也愛吃菜，並不會覺得那些菜像樹上小鳥笑哈哈一樣在嘲弄我。可我有次遇到一個更惡質的廠商連菜錢都要省，就是上面那層拿開以後發現盒子有玄機，是特殊開模製造的，就外觀看起來有十公分深，但裡面很淺差不多只有五公分這樣。像百貨公司美食街有陣子很流行一種超大碗的麵，那碗超大的可以把我屁股放進去了（哇拷*那真的很大！），可碗形很尖做的像個扇子釀，這樣東西其實下面空間很小，倒出來放一般碗裡量也沒有特別多。還有一次我在路邊買草莓，因為看起來好像不貴就買了一盒，老闆還特別說他要收攤了便宜賣這樣，結果回家看只有一層，一般來說應該是草莓下有一層海棉海棉拿開還有一層草莓這樣，可那盒是海棉拿開還是海棉再拿開還有一層海棉，敢情現在草莓商也跟席夢絲床看齊，都要有上墊下墊草莓睡眠品質會比較好嗎？

總之我是要安慰買貴了的網友，其實人生處處是陷阱網路上的也沒有特別多，不用因此對網路特別不信任。還有，希望老闆們不要再偷斤減兩了，現在大家都愛投訴夜路走多了一定會遇鬼的啊～（指）

**羞昂的
錦囊小語**

在哪買東西不免都會被騙，就算是砍掉櫻桃樹的華盛頓本人、或是硬漢阿諾史瓦辛格買東西一樣也是被老闆騙，這樣想心情有好過很多嗎（好像沒有）。那換個方向想，被坑是代表自己還有能力幫助人，不然不免要成為騙人的那個人，當好人總比當騙子好得多呀～

賣房子的人
不能信哪

之前有個新聞說藝人周杰倫的母親葉惠美三年前幫他在新北市淡水區添購一間九十六坪、要價兩千七百五十六萬元的景觀豪宅預售屋，不料成屋後她登上二十一樓新屋觀景，竟發現豪宅面臨亂葬崗，觀景變成「觀墳」，她認為建商隱瞞實情，要求解約退款，建商反要求付違約金，周媽媽和周董怒告對方「廣告不實」。

我個人對這則新聞相當沉醉，不但很密切的在注意後續發展，還無聊到時不時的拿給朋友看，請大家發表這件事告不告得成的看法。因為我最愛研究房地產消息了啊，還很喜歡看地產廣告，以前路邊有 DM 都會認真的拿來讀一下，雖然也知道自己壓根買不起，但看看可以參考裝潢，大概了解一下時下流行什麼建材或哪種格局也挺有趣的，做白日夢又不犯法是吧。

一開始以看照片居多，久了不免探討起文案，仔細想想一間房子賣那麼貴，那他們的廣告詞一定要超強，不可能跟感冒要喝國安感冒液一樣那麼直白，要怎樣寫到人們會對要價這麼高的東西心動，而且願意花畢生積蓄買下來，那些都是功力啊。買房子最重要的就是地段了吧，我發現真的是在精華地段的房子，都會大方的寫出地點深怕你不知道；那種地點都寫不出只給個模糊的線索感覺畏畏縮縮的，就肯定位置偏向郊區一點。

不要以為廣告上都有地址，我發現其實大多的數的都沒有，只有神祕的電話讓你預約賞屋。所以看到「十五分鐘到信義區」不用太嗨桑＊，因為老子曾經坐救護車十五分鐘從新店狂飆到北投過，同理如果路上都沒車也沒紅綠燈，加上油門踩到底一路被拍了好幾張照，那應該十五分鐘內很多地方都到得了的。那種直接寫「我家前面有小河，公園就是我的家」或「回家就像渡假」的，我都覺得它是明示我它就在荒山野嶺，晚上一個人去小心會被殺蛤＊。

買預售屋本來就有風險，因為買時什麼都看不到，誰知道是不是會蓋得跟示意圖一

樣，那買成屋就安全了吧？錯！之前我看過一間房子，站在後陽台上怎麼看怎麼怪，為何靠近山那有個廣告看板，裝在這麼冷門的地方是要廣告給鬼看的嗎？後來我伸長了脖子用各個角度仔細品味，才發現看板後面都是墳（原來真的是給鬼看的！），雖然遮住了猛一看看不到，但知道後還是覺得心裡很毛，刻意掩蓋更是讓人覺得發怒，要是真有人花了大錢買下企*，之後才發現自己住在墳墓邊那多氣。

還看過一個建案叫美麗華富境，仲介在電話裡講當然會聽成美麗華附近啊，說是十分鐘內走得到，後來我實際爬上那個坡發現壓根某摳零*啦，十分鐘應該是他從山上往下走然後還順風，雙腿快速交錯著褲襠都要磨出火來了，才有辦法在十分鐘走到吧；在我看來騎摩托車都要十分鐘了，仲介的時間觀念真的跟別人不同啊，重點是只要實際走一遭就會被踢爆的謊他也要說，這是何苦呢當大家是傻的嗎。

其實我連同棟有兇宅的大樓都看過，因為隔局非常方正地點也棒，開價便宜所以還沒看的時候我就感覺它有鬼。仲介倒是很誠實的說同棟有發生兇案過所以價錢可談（所以真的有鬼！），現在只要是跟仲介買房子，都會簽一張什麼東西，就是有兇案的賣方都有告知義務，不講的話買方事後發現可以退的，但不知道如果不是同一間有沒有義務一定要講。可這種事兒就是這樣，你不知道都還好，一旦知道同棟有粗過歹擠*，坐電梯時就覺得脖子涼涼，晚上睡覺還覺得有人在拉你的腿恐怖額*。

最後分享一下朋友的說法，她說「周杰倫只花了兩千七百萬還好吧」，我想縮我這朋友花別人的錢倒挺大方，什麼叫「只」花了兩千七百萬啊，不管人家多會賺錢那明明也不是小數目，用來買一間打開窗子就看到亂葬崗的地方真的超生氣的啊！而且不是排列整齊的墳墓耶，是被寫成亂葬崗耶！應該被埋得亂七八糟有的還浮在地面上吧（廿五摳零*）。

聽說那些墓現在都被申請遷走了，可是電塔如果拆走了電磁波會一起走，墳墓如果

拆走了鬼應該會留下來（為什麼），而且還因為家不見了只好四處飄，不管怎樣都讓買方美送。最後周媽敗訴了我覺得算意料中事，從來只聽過兇宅可以理賠沒聽過旁邊有墳墓也能賠的，所以買房子前要前前後後左左右右附近都晃一圈看給它清此*，小心駛得萬年船啊～

| 羞昂的
錦囊小語 | 周杰倫就這樣亂花掉了兩千七百萬，所以我們跟他財富的差距算是有減少一點點，只要想到這個不覺得很勵志嗎。 |

惱人的
房事

之前看康熙來了在講房東這個話題，女明星潘慧如說她從不把房租給情侶，因為情侶會把房子弄很髒，是說有什麼髒法是情侶才能創造出來而單身者無法的呢，意指是情侶們會亂噴東西這樣嗎，會不會有點扯啊。但這個政策也有失誤的一天，有次她把房子租給一個沒有男友的女生，女孩子總給人比較愛護東西感，加上沒有男人來亂噴（到底噴什麼！）應該能安心，孰料她沒男友但有無數個性伴侶，被警衛作證說常常帶不同男人回家，據說後來仲介去看打開房門就有腥味飄粗乃*沙發上還有揮之不去的白印子，我想這應該是誇飾法啦，如果到一開門就有腥味的境界，那抬頭會看到一堆鐘乳石掛在天花板（世界這麼大，有人射程比較遠也是常有的事），走著走著還會因為太溼滑跌一跤吧。本來以為這世上只要沒房子得租屋的人會困擾，原來房東也有煩惱的啊。

其實在我買房子前本來打算租屋的，因為手頭上沒多少自備款覺得應該買不到房，於是很認真的看分類廣告找了幾間雅房看。在下從小住在家裡，突然看到那種一個房間的居所都覺得太不可思議了，沒有獨門獨戶感覺隔音很差，在房間裡幹嘛都會被室友聽見吧，另外大家把自己的內衣褲曬在一個公用陽台上安心嗎，會不會被有心人士採到檢體去做什麼事（洗乾淨不就行了）；感覺還會被房東偷看我洗澡（再怎麼說鄙人穿著衣服時看起來不差，等他看到我胴體應該就不會再看第二次了，還氣到把窗戶封死這樣），怎麼想都覺得日子過得好不安哪。

然後我訪問了在外租屋的朋友，她說真正的隱憂其實是髒室友，遇到這種髒東西比遇鬼還恐怖。她住的地方剛搬進去時已經有另一個女生在住，我在想女生能多髒呢再不濟至少馬桶蓋上不會有尿漬吧，她說她一進去就覺得共用的浴室髒到她頭皮發麻，立馬*買了清潔劑想去洗掉廁所一層皮，洗出來的水都是黑的磁磚終於恢復真我的丰采，原本上面都是霉啊。好不容易乾淨了也只維持一小陣子，有天回家她發現馬桶蓋上有水便的痕跡，比尿漬還強大的水便痕，研判是挫賽*挫得太激昂濺起來的帶屎水花。人生自苦誰無屎，下痢是人之常情但總該自己清吧，難怪她說台灣

無法加入世界衛生組織都是她室友害的，遇到不愛乾淨的室友真的超無奈的呀。我另一個朋友是遇到把過的衛生護墊撕起來順手黏牆上的室友，她看到都胃痛了這種東西理應捲起來丟掉吧，我在想會不會是棒溜*時牆上有蟑螂情急之下用護墊把牠定住，意義等同於林正英在僵屍額頭上貼張符這樣。

結論是人生在世無論有房子沒房子都困擾，看來只有中大樂透最解憂了啊（這算哪門子結尾）。

羞昂的 錦囊小語	買不起車又怎樣，至少不用擔心撞到人從此冤魂纏身；買不起房又如何，包租婆還要擔心房子被人種了鐘乳石呢，沒有就不用掛心，才能真正無牽無掛海闊天空哪～

購物之路
很奸險哪

有陣子我家重新裝潢所以需要買家具我常常在四處逛，看有什麼東西適合溫刀*就會多留意一下，有個東西我注意它很久了，就是無印良品的懶骨頭，感覺客廳放一尊十分休閒又素喜是居家良伴，而且現在還推出了紅色的身為小紅能不買嗎（左手背拍右手心），在網站上看了兩次我都要按下立即購了啊。

然後我發現一個陰暗的祕密，原來它的椅套跟枕芯是分開賣的（震驚），我可以理解椅套另外賣的心情，就是有人可能坐久了家裡的髒了想換，或是需要換個顏色搭配什麼的，這時就會有單獨買椅套的需求，啊嗯勾*買的第一個應該要是一套的吧，芯和套分開賣這是哪招，我差點就要上當了啊嘖嘖嘖。

我把這份靠夭寫在 facebook 上朋友都怪我大驚小怪，他們縮懶骨頭一向如此賣是我太沒見識了，據說無印的電腦椅也是這樣分開賣的，我想電腦椅子硬梆梆的哪有什麼選配件，又沒有椅套可以換到底要分開買什麼，結果答案揭曉竟然是扶手，扶手和椅子要分開購買我真是太驚訝了啊（國劇甩頭），以前看到櫥窗裡會有那種媽抖*身上所有東西都分別標價的，這我百分之百可以理解，但以後看到一張展示的椅子也不能掉以輕心，因為它的扶手和身體有可能是分開賣的，這樣的社會真的很險惡大家不覺得嗎。

之後我買了一個電視，壁掛架也是要另外購買的我已經沒那麼驚訝了（聽縮這很平常，我問別人不附壁掛架嗎人家還送了我一個大白眼呢），然後我看到一個很喜歡的床頭小櫃子，是進口的標價竟然只要 NTD1200 哦簡直非常親切，可是從亞美利堅漂洋過海來的呢只要一千二不買甘厚*？

我貼給朋友看他也覺得好便宜呀，這個長相這種價錢不買名字倒著寫，結果我要下標時才花現，原來一千二是它的頂蓋的價錢，明明就是一個看起來很完整的東西，但身體和頂蓋是分開算錢的，而且你不可能不買頂蓋，不然它就像個垃圾筒一樣上

面是空的這樣，一個完整性這麼高的組合竟然是要分開買的，這樣叫人怎麼接受。

經過這些風浪，以後就算發現吃牛肉麵時酸菜是要加價購，我眉毛也是不會挑一下的，因為本座早已看盡人生百態了啊……（菸）

羞昂的 錦囊小語	這麼說來為師的有一次去洗頭，結帳時發現比標價貴上一百多，問了小姐才知道原來所謂的洗頭是只有洗不幫吹，加了吹髮的確是要加一百多沒錯。你看，我連這種當都上過，所以電視機前的你不要再埋怨購物運差了，因為不太可能比我差的啊……

廣告的
意義

之前有個新聞出來，說名媛孫芸芸代言平價沐浴乳廣告，沒想到卻被網友譏沒說服力，不信她會用便宜的沐浴乳洗澡。看完我仔細思考了一下，覺得廣告不就是廣告嗎，難道大家會相信張曼玉都有在用歐蕾、李嘉欣喜歡用萊雅保養皮膚、而狄鶯家的鸚鵡會跟她縮*妳感冒了？那應該只是做做樣子吧，人類有必要這麼相信廣告嗎？網友還很有才情（←看得出我在巴結網友吧，實在不敢得罪他們啊）的找出之前孫芸芸受訪的資料，找到她說會用一整瓶的林鳳營全脂牛奶洗澡，先倒在澡盆裡用水龍頭水柱拍打，起泡後再下去泡澡這件事，來指控她說謊代言不實，其實貴婦根本某摳零*用平價沐浴乳安捏*。奇怪的是之前孫芸芸自己在家吸塵，和孫芸芸穿著禮服在家洗衣服的廣告就沒被說什麼，大家何苦要這麼介意她是不是真的在用平價沐浴乳保養美背呢？

看到網友這麼火大我很認真的想過一輪，想縮我有沒有覺得哪個廣告很不合理過。

比如像孫芸芸會在家吸地板這件事我可以勉強相信，侯佩岑的媽媽偶爾會把她扛起來，只為了要表示她老歸老但身上鈣質超多體力五告*勇，這種好像也還好，就是一種母女間的小小休閒活動，雖然總覺得叫媽媽扛自己不太有孝*（還是因為侯佩岑很輕，如果我逼我媽扛我就算是一種謀殺了），但呈現出來的就是母女感情好這件事，這種廣告的真實性在我看來也不算太低。但像蔡依林會騎歐兜賣*在街上蛇來蛇去*實在太難讓人信服，私以為她跳彩帶舞一路跳去目的地也比她騎摩托車去合理些（為什麼），我就是會覺得她跟機車完全無法劃上等號啊～

這麼一說難怪廣告常用生面孔，比如某某房屋廣告看起來一臉老實相的仲介先生（聽說他真的是該公司的員工，但在當仲介前當過媽抖*），晚上做夢都在說有開放式大廚房，像這類擬真情境的廣告，如果用了大家都熟悉的面孔那真實度就很低。要是今天是找王力宏來演仲介，那一看就知道是演的，而讓陌生男子來詮釋，雖然理智一點的還是會知道那是臨演，但感情脆弱點的人會相信他是賣屋先生，

畢竟也沒人認識他誰知道他真實身份是什麼。說到這不得不分享一下我個人覺得超沒說服力的廣告，是很久前一個保險公司的，他們找來五月天演剛進公司的保險菜鳥，本來業績一直某厚*，但因為幾個人感情好又團結又認真打拚，最後變成超級業務員還上台領獎，這類情境廣告找藝人來演不是太怪了，誰不知道他們其實是五月天呢～比克拉克的同事看不出他就是超人還扯啊。又像那個很紅的不老騎士廣告，如果是找石英和洪雷之類大家認識的老先生來演，那感動度當場就降低八十趴*了吧。

還有些廣告會讓我覺得很不對勁兒，比如前陣子有個雞精廣告，是用兩隻白老鼠在游泳，最後有喝雞精的率先抵達終點而沒喝的游到半路就翻肚。姑且不論雞精對老鼠來說是不是也有著強筋健骨的功效，那兩隻壓根就是動畫老鼠超明顯的，這樣的說服力實在很弱啊（搖小指），比孫芸芸用澎澎洗澡還弱吧。還有一種是實在傷害到我感情的，像女藝人拍瘦身廣告，本來就是瘦子那種可信度超低我本來就不會認真看待；可之前有個本來胖的女藝人變好瘦，穿很少在廣告裡一直搔首弄姿還包著極少的布料上遍各個綜藝節目，那個就著實讓我心動了好幾下，有站在貨架前研究那產品研究良久差點要賣血去買了（實在不便宜啊……），萬萬沒想到隔不久該名女星出了一個減肥書，寫她的減肥血淚史教大家怎麼減重這樣，難道她不是吃那個錠然後躺在家裡就瘦了嗎！如果是這樣花大錢買減肥食品的朋友不會覺得很衰小*嗎？

最後我一直覺得廣告的意義，只是讓大家知道市面上有個新產品，順便看看俊男美女很心曠神怡安捏，至於他們現實生活中有沒有在用，真的不用太去計較啦～

羞昂的錦囊小語｜結果前陣子新聞出來，原來蔡依林真的會騎摩拖車出門約會，在此跟Jolin致歉我誤會妳了；然後聽說芸芸代言的平價開架商品她自己也真的有在用，原來天后和貴婦也是人啊（啊不然呢）。

店裡的鏡子
不可信

我一向覺得專櫃小姐是不可信賴的，因為妳無論穿什麼她都說實在太好看了想騙妳買，會有這個體認是多年前有次我和友人克萊兒一起逛街，她穿了一件非常凸顯小腹的裙子，穿上去後下腹簡直鼓到發亮了可她明明不是胖子啊！但專櫃小姐還是鬼遮眼般的說真好看，那刻我有覺得櫃姐的良心可能都放在家裡吧沒帶來扇班*，這種欺師滅祖的話怎麼說得出口啊。

之後我就把專櫃小姐的話當耳邊風，凡事還是要自己照鏡子用心體會才成。

啊嗯勾*道高一尺魔高一丈，有可能店家也發現客人不再相信小姐了，於是改用不誠實穿衣鏡這招來騙人。何謂不誠實穿衣鏡呢，就是照下去人會比較瘦的鏡子。你有沒有覺得衣服在店裡穿都好好看回家穿就很普通，除了店裡燈光美氣氛佳外，最大原因是因為他們都使用了把人比例拉長的鏡子，讓客人照下去覺得穿這件衣服好瘦啊，於是馬上掏出卡來刷下去，殊不知一走出店裡的鏡子前馬上被打回矮胖原形，整個中了店家的計。

前兩天我出門買衣服，試穿到一蘇*洋裝覺得真是無比修飾，說到修飾我覺得這是很多介紹衣服的部落客喜愛的詞兒。當她們說了這件很美那件很燒又一件很心機後，通常就會出現很修飾這個詞，但有時看看照片覺得還好啊，如果那樣叫很修飾那不修飾時看起來有多胖。後來我慢慢覺得「很修飾」就像美食家說「那味道在舌尖漫舞」一樣，就是他們想不到要說什麼時說的話啊～～

回到無比修飾的洋裝上（跳一下）。

但那是在店裡鏡子中的我，我想在世人眼中應該不是這麼回事兒，遇到這種時候通常我會請人幫我用手機拍全身照，看照片才是準的。可這間店不給拍照啊可惡，我問小姐縮這鏡子有問題吧我很明顯的變瘦了啊，小姐頓了一下說這是因為斜著擺吧

這鏡子沒問題的。那個摸們*我心中的陳小雲有指著她唱「哩ㄟ*良心到底在哪啊啊啊裡～～」這種謊也說得出來當客人是傻的嗎？

她可能看出我心中的 O.S. 於是對我指了後面，說那邊還有一面正一點的鏡子叫我去試試，我想那鏡子沒被動手腳我才不信呢，最後我是在一個玻璃門那裡照了一下，我在照時小姐還說這是門哦，我想說廢話我當然知道這是門，然後回她可這個比例比較正確吧，妳們的鏡子把人照得好瘦啊。

總之請大家千千萬萬不要相信店裡的鏡子它們全是騙子，還有，如果你灰心喪志覺得生無可戀的時候，不妨去照一下微風廣場地下一樓鞋子區的某面鏡子，它是一個說謊精人人照進去都變媽抖*林志玲照了會變竹竿吧我猜。我上次和江姊逛經過後又巴古*回去再照一次，真是太討人歡心了啊～（捏它小臉）

另外再補充一個小叮嚀：身為一個懶得逛街的女人我很愛看部落客介紹穿搭，而且我腦波弱常真的會買下去，但我發現她們介紹的短洋裝不能買。可能成本問題現在很多賣家都賣過短的洋裝，褲襪的靠近屁股那截不是會比較黑嗎？那些短洋裝是穿上去後稍微一動褲襪比較黑的部份就會衝出來的長度，如果坐公車要拉拉環應該胯下會直接現形吧。不過因為介紹穿搭時是照片所以沒感覺，買回家就會知道那真的不能單穿出門，尤其是圓裙款，因為裙子一圓經過屁股就難免會蓬起來穿上會更短，而那種款式又不適合再搭褲子。下次在看穿搭時記得不要只看局部，試著離螢幕遠一些看她們全身，妳會發現她們穿的洋裝像被縮小燈照到說多怪有多怪啊！

羞昂的錦囊小語 ｜ 去問問微風的鏡子是哪買的自己也買一面回家放在錦囊中（那錦囊要多大！），當感覺得灰心喪志生無可戀時快去照一下，你就是自己的激勵達人！

技術層面
（個鬼）

在下以前是視質感如糞土的便宜至上主義者，買東西時只要不是電器產品，我應該
都會挑最便宜的，電器類因為怕它太爛會爆炸，我才會挑貴一點的但也絕不會是最
貴的型號，誰叫老子就是個愛買便宜貨的人呢（抖腿）。

但我想我的命盤最近不小心走入奢侈宮吧，又或是年紀大了，買東西時開始會在意
質感這件事，也有可能是我參透了一點：就是貪便宜買來的東西常容易壞，與其壞
掉三個便宜貨倒不如多花錢買一個好一點的東西用咔固*。總之就是我開始涉獵一
些以前心目中有錢人才會用的東西了啦（抽雪茄）。

我尤其是喜歡一些貴得有道理的東西，比如我家裝潢後買了兩個 Kartell 的小凳子，
出自菲利浦史塔克（Philippe Starck）的設計，老實說它們不便宜一個要六千（希望
我媽不要看到這一段），會買它除了覺得造型可愛外我最心儀它的技術層面，那椅
子是一體成型的壓克力製成這種產品不好做，更不用說它的透光性有多好，是普通
壓克力產品難以到達的境界～～～（沉醉）

雖然除了工程師說它是骨灰罈外，也有人說它是尿桶或痰盂，或是在上面割個洞還
能存錢，讓別人來我家時方便添點油香就是，但就算別人都誤解它至今我仍然深深
為它沉醉著，因為便宜的東西完全做不出那質感，這類貴得有道理的產品完全打中
我的心。

啊嗯勾*最近我接連踢到鐵板又開始思索人生的意義，鄙人可能把價位高的產品看
太神了，有些東西它就只是貴其實一無事處的。

第一個是無油無水健康鍋，之前聽說這種鍋很威燙青菜不用加水煎魚不用放油的是
利用一個什麼原理可以利用食材本身上的一點點水份或油脂，達到不用放油水的境
界。這麼神的東西人生一定要有一個啊所以有天我就買了。買完一直告訴我娘這有

多神奇，第一天打算用一個燙地瓜葉來示範，結果呢，下面的葉子全黏在鍋底（噴乾冰）。是我買錯東西還是說明是說不用放水沒錯啊嗯勾會沾鍋，這真是我心中的一個謎。後來我終於發現問題出在哪，因為本人目小成性誤買鑄鐵鍋，聽說它可以不太放水，請注意是不太不是不，所以還是要放一點點才不會沾。

第二個是燒開水的熱水壺，一看到它我就心儀了因為它是全金屬造型，一般來說那兩個部份常會是塑膠才不會燙手，能做成金屬又不燙這是一門高深的學問啊（撫鬚）擔藍*我也想過其實會燙這一點，但那壺原價四千多如果還會燙主人那也太過份了。一般壺不過五六百，四千多不應買到這樣養老鼠咬布袋的產品啊！

結果呢，第一次水開時我就大膽的用手去拔蓋子燙到我叫啊娘喂，然後不知哪根筋不對還繼續直接的拿提把，該物提把是兩條金屬條，當場我的手就被烙出兩條烙印，是如果我媽不得已要把我送人，以後可以用來相認的兩條印子吧（是說我也夠大了不需要這樣認），導致現在水開了要泡茶只能墊上兩條抹布才能拿，一條不夠一定要兩條才不會燙到，這樣的東西原價要四千多哦來人哪把它拖出去斬了（丟令牌）！

最後是一個挖冰塊的勺子，好理佳在*那是買來送人的不是我自己用，不然我的手命運也太乖舛了。那天要去友人家拜訪想縮*多少要帶個伴手去，我在店裡挑了半天看中一只一千塊的挖冰塊勺子，一千也許不算太貴的價位但它只是個勺子啊一般勺子只要五十元吧。那又是一個全金屬材質，我又在幻想金屬做到不過冰真是一門高深的學問（再撫鬚），就算它會冰那又如何總比老子被燙到好，和熱比起來冰根本是可以忍受的。

結果隔沒幾天友人先謝謝我送它的東西說它真的很漂亮。我才在想幹嘛沒事要講這個呢，然後他縮但會黏手，不只會冰手哦是會把手黏住來著，友人要不是萬磁王就

是這產品本身設計不良，但哪有可能是前者，所以這樣貴鬆鬆的東西根本一點也不實用啊干＊！

好了我承認有些東西貴得真的沒道理，或是貴婦因為平常都是用瑪莉亞的手，所以冰到燙到根本沒差，我決定繼續回到便宜貨的懷抱，精品太傷我的心了啊（甩門）。

**羞昂的
錦囊小語** | 所以買不起那些精品沒什麼，反正它們也不見得真的實用不過是樣子好看而已，二九九的水壺跟四千多的水壺功能一樣啊反正也只能用來燒開水，又不是說貴的燒出來的水喝了會變漂亮考試都考一百分，就別再為買不起精品自苦了啊（摟）。

賣勾*
盧*啊

俗話說烈女怕纏郎這一點也不假，尤其我是一個耳根極軟無比的人，多盧*幾次就算不想要也可能說好啦好啦。幸好在社會打滾多年我已然練就一身冷漠的工夫，別人看到我冷峻的眼神雞歪*的口氣也比較不敢纏我，而且說來喪氣，因為今天不是要講被男人糾纏的故事，本座長到三十有五還真的沒遇到誰愛我愛得這麼癡狂過，老子只有被電話推銷纏過啊……（鼻酸）

寫到這我突然想起，以前暑假打工時有誤入推銷公司過，差不多只做了一天隔天就不去了，因為那行為我不能接受……那是間報社，以前的報社很時興打電話問人家要不要訂報，要訂閱的好像可以得到一堆東西，聽起來市價差不多上萬了吧，當然前提是你願意花錢買那些鬼東西啦。大概是什麼奇怪的雜誌一年份，或是在那遙遠的地方的遊樂園的門票，以及美容坊的按摩券，感覺妳一進去會被推銷買產品推到天荒地老的神祕美容坊這樣。

主管先告訴大家一些行銷話術，比如要先說這裡有好康優惠吸引人家聽下去，然後發給大家一人一份名冊上面都是姓名電話，就一個個打就對了，我是個爽快的人，你如果說不要我會說好的那打擾您囉就掛電話，這種態度當然只能不停吃閉門羹吃到我胃脹氣，幾個小時下來主管發現我們之中有位很有天份的女孩兒（對了這工作好像只用女生），於是一聲令下請大家停下手邊的工作全部集合到她前面聽她怎麼盧別人。

這一聽我就發現我不是這塊料，因為她又盧又嗲臉皮還五告*厚，會說「哎呦～再聽人家說五分鐘嘛」、「聽你聲音感覺很年輕啊」、「交個朋友不要這樣嘛，我可以再打電話跟你聊天呀」聽到這我已經想餵她吃磚頭了。最後一句「好想把你的名字寫到訂購單上哦」食指還在給我捲電話線，聽得老子腳心好癢直想一個飛踢過去，此地不宜久留還是快離開吧。

有了這個經驗後我明白了如果沒意願買，那對電話行銷的人只一個原則就是要冷漠，不然一被纏上就慘柳*，就算沒花到錢也花掉時間，就像在荒山野嶺亂撿紅包袋一樣慘哪（因為剛看完冥婚的節目我感觸良多）。遇到那種銀行打來叫我辦卡或買保險或借錢的，一律很冷淡的回我不需要。記得態度一定要冷淡，不然他們九成九會接著講個沒完沒了。跟他說要去開會還會問那開多久之後要再打來，難道他們不知道那只是想甩掉他們的藉口嗎，難道他們沒有覺得大家天天有會開很玄嗎！！（爆炸）。

電話行銷這種事兒我覺得男人好像比較無法抵抗，可能是男生對會ㄋㄞ*的女生完全沒門只好任她擺布，記得我有個前男友有次講通電話講了很久，內容是「因為這禮拜我爸媽怎樣又怎樣」、「最近公司如何又如何」就是感覺有點溼密*，你不會跟不熟的人講的事，這電話還講了不算短的時間，我越聽越覺得玄疑一掛斷就問他那是隨*，他縮*是巨匠電腦，老子心中出現了一大排點點點點點。

因為交往久了，有時我在跟他講話他要嘛在神遊或是太認真看電視嘴還開開的什麼都聽不見，連我問他話他都不太搭理幹嘛跟推銷員講那麼久。他說人家是誠心誠意的跟他閒聊，他不回應太沒禮貌，我心想你根本不打算買課程還浪費人家的時間這才叫沒禮貌，後來陸陸續續的，該位巨匠電腦的行銷員還是不停的打給他，他們講話的內容越來越像熟朋友但他還是沒去過，事隔多年我好想知道他有沒有失手買下課程哦。但我知道他一點也不想參加那幹嘛要浪費別人時間啊。

但說起來更苦惱的莫過於自己的朋友變成電話行銷員吧。

上禮拜我就接到一個前同事，打來寒暄一下後問我有沒有在買股票，我說沒有後她說應該要買，我就覺得事有蹊蹺，果然，她現在在從事買賣零股的生意，說什麼她

們老闆有生技股可以買，機會難得之後多有前途，因為認識的人無法裝冷漠我很為難，就直接跟她說我沒錢啊，她拉長音說哪有可能～我只好說因為我買房子了現在收入都拿去付房貸，她接著問我買哪裡買多少錢一個月要交多少房貸薪水有多少，這種沒禮貌到極點的問題她也問得很大方，電話掛不掉一直追問我財務狀況希望我掏出兩萬塊，我很無種又想趕快結束這次通話，只好說那妳傳資料來看看好了。

事到如今我好恨自己無用，如果她下次再打來我一定要說拎北*有錢但北厝*買，妳他媽別再打電話來了！！（這幾個字打出來好爽快，但我應該不敢講吧因為我臭俗辣*啊～～）

這是一篇
充滿愛心的屁ムㄟ*文

這件事雖然是好事但說來過程挺莫名其妙,自己怎麼會當媽了現在想想還是覺得很離奇。

是說之前半夜趕稿了無生趣,通常遇到這種摸們我不是亂買網拍就是找朋友造一下口業,那天沒看到想買的衣服打開 MSN 友人也不在線上,這時老子也不會跟命運屈服去寫稿的因為我很硬頸。於是我打開嘆浪亂點連結,看看會不會剛好看到什麼有趣的題材可寫,我的 NB 五歲了是 NB 界的老灰呀*開網頁速度超慢,通常我都點了以後開始做別的事,過個五分鐘後再回頭去看剛點了什麼,有時隔太久會忘了這回事兒,因此常會在看到新頁面時很驚慌想縮*這到底哪來的,怎麼會自己出現在我電腦裡恐怖額*~

那天我就是驀然回首發現開了一個家扶基金會的網頁,通常被我開到的連結都是下體新聞類(因為大家一直貼給我啊啊啊),怎麼會有個這麼溫馨的東西想縮該不是老天爺給的 sign,因為我平常口業造太多要贖罪這樣,於是我接收了老天爺的訊息進去點點點,發現這網頁真方便,可以自己選孩子的性別和國籍;還有個選項是可以選孩子的來信要不要幫你翻譯成中文真是太可愛了,台灣孩子一個月一千歪果*孩子一個月七百,但養台灣孩子好像要等到八個月後因為認養人太多。我認真思考後選了個獅子山國的男孩,因為獅子山聽起來很戲劇性(後來才聽說這是血鑽石的發源地)。繼續照著步驟點點點,最後可以選郵局劃撥或便利店繳款或線上刷卡,懶惰如我擔藍*是選線上刷卡,同時間卡都準備好放旁邊了。結果送出去後顯示要等一封信來才能刷,沒多久信來了,竟然要列印一張紙出來傳真刷卡。要印東西出來就不是線上刷卡的真諦了啊,我就是不想印東西才選線上刷卡的啊啊啊(爆炸)。重點是那張東西我還載不下來,只好隔天到公司再處理,結局是我需要填一張落落長的表格。

再重申一次填表格不是線上刷卡的真諦它不是!然後因為表格字太多我腦力無法負

荷至今還未傳出去，實在很怕餓到我兒子，在此希望家扶基金會能提供真正的線上刷卡服務，方便我等懶惰又腦殘的人使用厚嗯厚*啊～～～

隔天我告訴友人這件事，他驚訝我因為找不到他而領養了孩子，可能為了表揚我的愛心他又貼了很多名牌包包給我，真是人生旅途上不可缺的好朋友。而且後來我有發現那網頁是怎麼來的，其實是有個朋友的噗浪寫「真的好方便」我想看看是什麼東西這麼方便所以點了，原來不是老天爺在暗示我作惡多端要做好事啊真是鬆了十口氣，還是希望家扶基金會能有不要印東西出來的付款方式，嘉惠沒印表機的朋友，還有想認養小孩的朋友可以參考一下，只要花平常出去聚餐加甜點的費用就可以幫助一個孩子挺好的呀～（但要填表格很崩潰就是）

羞昂的錦囊小語 ｜ 有想花錢的情緒時你不一定會犯下大錯，只要進入任何一個公益團體網站，立刻可以把錢花在有意義的地方，俗話說施比受更有福，有時候消費也是一種正面的能量。

結婚紅包
攻略

去參加婚禮該包多少一向是鄙人心中的謎，記得剛出社會差不多十五年前，我娘告訴我不去要包一千二，去婚宴會館差不多包一千六，如果是大飯店喜宴那要包到一千八以上，這些數字我一直謹記在心，不過十幾年來物價波動得厲害，現在是買塊麵包都有可能花掉八十塊的年代，但我心中的紅包價格一直沒隨著物價調漲過，幸好我沒什麼朋友這輩子也沒參加過幾個婚禮，不然就要失禮了啊。

最近友人要結婚了，她一直在擔心婚禮會虧本，我打聽了一下紅包行情，才知道今時今日包紅包沒那麼單純了，行家告訴我不能再以大飯店或會館做區分，真正的好朋友會去打聽該飯店的桌菜約莫多少。平平五顆星有的一桌兩萬六有的最便宜的一桌要三萬起跳，一生一起走的好朋友這時就會把桌菜的價格除以十再加上一點點，而被加上的那一點等同於你給新人多少的祝福（好嚴苛）。

所以包多少真的要斟酌，但我想沒事不會去打聽一桌多少吧，又不知道人家會挑多少的桌菜，所以還是看一般公定價好，以下就是我估*到的金額給大家參考。

紅包金額 (NTD)	與婚禮當事人親疏狀況解析
1200	辦公室要熟不熟的朋友，你不去參加的價格，原來這部份一直都沒漲啊（安心）。
1600	偶爾會吃飯逛街的朋友，要去原來只要 1600 元竟然還是跟十年前一樣，難怪大家都縮*辦婚禮會虧錢。
2000~2600	會談心等級的好朋友，失戀了對方會陪你一起喝酒大哭倒垃圾那種吧我想。
3600	非常親密的姊妹淘或好兄弟。
6000 以上	就是親兄弟姊妹的價錢，看到這我好意外，原來同個爸媽生的也要包紅包啊（震驚），那我姊結婚我沒包真是太失禮了啊（掩面）。

另外我還很震驚一點，就是紅包不能包單數大家都知道嘛，但在婚禮紅包界三千是單數哦！這是參加喪禮的數字，所以萬萬不可包三千（叮嚀）。還有四和八都不能包，因為代表著「死」和「別」，但由於五也不方便包，所以如果你覺得三千多太少，那下個等級就是六千多是想逼死誰啊。

最後的規定就是如果你結婚對方有來，那麼去翻翻禮金簿看他包多少，你要多加一點回敬才有禮貌，原來越晚結婚的人領得越多啊～

以前我是認真的覺得辦婚宴是件賺錢的事兒，但近年來聽朋友縮才沒有，虧錢的機率很大的我想甘五摳零*，然後就聽說一個慘案，友人結婚竟然有朋友包八百帶全家，而且是請在飯店哦！！雖說他是結第二次婚算是理虧，但如果是假朋友大可不去幹嘛非去不可，是真朋友的話不應該這樣讓人虧本啊。

據說收禮金的小姐拿到還搓了一下以為鈔票黏住了，確認真的是八百後她也很震驚，這人也太沒禮貌了吧！

而最近結婚的朋友遇到另一種令人恐慌的狀況，因為結婚消息難免會走漏，就有那種半熟不熟她根本也沒發帖子給她的人找上門來說要去。我心想這人未免人太好，像我如果在 facebook 上發現有半熟不熟的朋友要結婚，應該三個月內都不敢回他連讚也不敢按，深怕對方發現世上有我順勢炸一下，直到看到對方上傳婚禮當天的照片我才會卸下心防（是的，我就是這麼沒出息，不然怎麼能當活到三十七歲只包過五個婚禮紅包的人呢（撥瀏海））。

結果那人說：「不過我話先說在前頭，溫刀*一次都會出動三個人，要幫我留三個位子哦！」

我想縮三個人要包多少，三千六嗎，那對新人來說還是不夠，可那朋友真的是不太熟，四和五不能包總不可能包到六吧，油電雙漲誰要為了一個不熟的朋友結婚開*六千呢？這種人真的很恐怖，仗著自己結了也不會被報復什麼事做不出來，想想結婚明明是件開心的事但卻要為了怕虧本苦惱也太慘惹*吧。

**羞 昂 的
錦囊小語**

結婚像標會，如果你能撐到越晚結，那麼這輩子包出去的紅包就會再加一點利息錢回來給你，所以遲遲結不了婚的朋友不要怨嘆晚婚不必羞恥，你們其實才是禮金簿界的大贏家。

其實這樣
比較省錢（摟）

不知道在座的姊妹們有沒有遇過傳說中的一夜七次郎？可能是因為我年紀很大才交過男友，而男友年紀都更大了體力有限的關係，所以我從沒見過這樣的男人以為他們只活在傳說中。在我的幻想世界裡這種郎應該很惱人吧，誰有那個美國時間跟你一個晚上來了又來來了再來啊，光用想的老子都要破皮了啊（我年紀大了身體虛呀沒辦法）。

事實上以前我一直以為那只是個形容男性勇猛的詞兒，現實生活中根本沒有人能一夜來七次，直到有次和友人聊天提起此事，她翻白眼說有啊她就遇過，是我交過的男友都太弱了吧，我才訝異世界這麼大我所知道的真是太少了，想到那個誰說過一句話，我所學的不過是沙灘上一粒多彩的貝殼，身為胯下天后那裡到底還是有我不明白的事，那一刻我體會到人永遠不能自滿，越飽滿的稻穗頭垂得越低哪（撫鬚）。

這麼說來鄙人好像連兩次郎都沒遇過，反正剛好我的人生觀也是覺得這種事適可而止就好，有必要這麼在意一夜能有幾次嗎，這實在沒意義啊。就像狂砍殺父仇人三十刀一樣，其實厲害的人砍一刀對方就屁了*，硬要捅捅捅的捅到三十刀就是把自己累個半死，更何況捅到最後對方其實早往生了根本也不會痛，何苦呢你說是不是。可是男人就是會在乎次數的動物，在意到有的還會逞強說出：等等讓我休息一下再來一次，明明也沒有逼他要 again 哦，說真的這聽起來超心酸的我都要噴淚了，重點是真的休息下去往往就不小心睡到明天了，是有必要硬撐嗎。

今天看到一個新聞，剛好可以幫諸位一次郎打打氣，你們要知道其實上帝關了你的門是有打開你的窗的。有位色男子在網路上約女學生進行援助交易，本來兩人都講好了兩小時做兩次交易價三千元，是說我今天才知原來次數也會計價啊，這種感覺真是差，就像進了錢櫃不但被規定小時數還被規定歌曲數點超過了不行一樣，難道不是包妳兩小時這期間愛幹嘛就幹嘛嗎？兩小時來兩次壓力也有點大啊。結果因為沒開房間而選擇車震害男主角過度興奮草草結束（你看這就是男人啊，早結束還要

找藉口），並且沒有辦法再舉起第二次惹，所以最後兩人協議以兩千元成交。你看，當個快樂的一次郎是不是真的省很大，一千塊可以看場電影吃個火鍋買本好書，胃和心靈雙雙得到了滿足可以說是精神上的富豪啊，何必在乎有沒有多捅幾下捏*。

不要讓世俗的眼光拘泥了自己，唯有放開一切自由飛翔才能享受到真正的海闊天空。年輕人哪～當你老了回過頭探討自己的人生，記得的可能是那一場舒適的春雨或某一部發人深省的電影或夏天的遊樂園嬉笑的回憶，決不會是哪個晚上多捅了幾下，再者就算多來六次也不能寫入履歷表的強項裡，所以一次郎們不要看低自己啊。

做生意的
Know How

最近在看一本書叫《待人處事指南》，裡面提到買東西時的失心瘋症頭，有些時候是因為自己有點想要又不會太想要的那件，一放下來就被別人拿起來賞玩，這時想要它的信念會增強一百倍，原本可有可無的東西會變成我要我要老子今天要定了！（拍桌）這心情本來我不懂，但最近突然領悟到他說的非常對。

事情是這樣的，有天我在路邊看到一件小孩衣挺可愛，想縮*要不要買給我姪女穿呢，拿起來比劃一下又覺得大小不知道合不合，畢竟嬰兒的 size 是所有人心中的謎，常感覺合的衣服穿起來都差好多，所以我把它放下來專心的冥想孩子的身形，還沒想出一線曙光呢，那件衣服就被一位太太拿起來，看了三十秒後掏錢出來帶走柳*，那個摸們*我好恨哪（捶牆）。

說也奇怪，在當下沒感覺非買不可的衣服，回家後我一直想著它晚上睡覺還夢到，若是要說人生有什麼遺憾我會肯定的說沒買到它吧。

難怪坊間傳聞現在生意不好做，所以仲介在帶客戶看房時，會故意把很多組人馬都約在同一個時段，造成大家都很想買的假像。

這麼說來我還有一次是排隊在外面等看屋，排到第三輪才進得去，而且一次三組人馬耶，進去前我有很多綺麗的幻想想縮這房一定棒呆了，結果進去看根本也還好，啊嗯勾*想看還得排隊，又會覺得爛是不是我個人的偏見其實它是好房呢；更逼人的是三小時後仲介還打來縮什麼張先生很想買叫我要快點動作，搞得我好焦慮啊。

最後房子我當然沒買，畢竟那是要考慮很久的東西，但衣服就不一樣，事後我三不五時就會繞去那攤子，想看看那件緣盡情未了的衣服會不會再出來。

有天又看到它了好驚喜，依舊拿起來比劃了一下，這才發現其實也還好嘛，這幾個

禮拜幹嘛這麼想它是被下降頭了吧。拿著衣架我正在沉思時，有位路人拉著衣服的下擺也觀賞了起來，我愛它的心情立馬*乘以三十倍跟老闆說包起來吧，回家後看看又覺得普普，現在想想那人會不會是老闆的親戚,，任務是每天在攤子邊看別人拿起來的衣服，用來騙我這種意氣用事的人哪。

羞昂的錦囊小語

有句話說人家打了你的右臉那左臉也湊上去給他打吧，我想說人家要是搶了你想買的東西，那就讓給他吧。君子有成人之美，懂得捨就會得到更多。

展覽＝陷阱，
大家要小心蛤*～

有天經過世貿中心，看到有個地方人山人海大家都在填什麼資料的樣子，仔細一看原來該處正在辦什麼精品名牌大展，貌似折扣打很多，只要填資料繳回就能免費入場，看來大家都很想買名牌呀。

但仔細想想真正的精品根本不會淪落到那裡被人低價買走吧，這種展覽一進去就會發現那根本是爛貨的集散地，可怕的是東西只要聚集在一起變成一個展，那麼就會給人哇塞真踏馬的*便宜不買很可惜的感覺；加上會場會有廣播這攤在辦搶購那攤又在跳樓大拍賣，不趕快去很快就被別人買走讓人心理壓力好大，導致常一回過神來手上就多了很多購物袋，這一切都是商人的陰謀。

是說以前我也沉迷於電腦展過，就覺得剛好要買 3C 用品時去那晃一圈感覺可以撿到很多便宜，但有次我在電腦展期間去光華商場買東西，才發現它們跟本和電腦展一起降價了，所以去會場跟人前胸貼後背的擠在一起搶東西真是不智之舉，而且那種時刻真的很容易瘋症發作買到不必要的東西。

比如我有一位朋友是個三十出頭的男生，有陣子他離婚了人生很低潮還告訴大家婚姻真是好可怕，他決定當個飄泊的自由人什麼的，那時為了希望他快快走出傷痛加上大家不想花時間陪他，於是就想了一個省事的方法建議他去玩一下網路交友療婚姻傷。

他在網路上認識了一個女孩子，認識沒到三個月吧，有天他跟我說他要結婚了我下巴都掉地上了啊（此為誇飾法）（啊不然呢）。啊不是才在說自己害怕婚姻嗎，況且還沒過三個月他的前一段婚姻算是屍骨未寒，又要進去是基於在哪跌倒就要在哪爬起來嗎我不懂啊；加上對方年紀比他大還有個國小的兒子，也不是說這樣的人不能娶但總要思考一下吧，認識不到三月感覺還沒思考透徹啊（戳他太陽穴）！

結果他無奈的說他其實也不想的，全是因為有天他們經過世貿中心，剛好在辦婚紗大展，女生嘛哪個不愛看禮服呢，就盧*他說我們進去逛一下好不好，並搭配一個頭放在他肩膀上轉的動作，他想反正閒著也閒著又不用錢他們就進去了。進去後看到有優惠的婚紗方案是老闆跑路去那種優惠哦，禁不起女友又拿頭殼在他肩上轉所以腦波一弱就下訂了；等他警醒過來咬一下自己手臂發現不是夢，手上已然拿著刷卡簽單他等於已經訂婚了，連現成的兒子都有了啊（震驚），於是他就不得已的又結婚惹。

你看逛特賣展沒有好下場的這故事很警世吧，還有新莊五股傢具名床展明明是店不是展，而且拜託你可不可以不要再蓋我台了啊，很討厭看電視看到一半廣告跳出來啊～～

**羞昂 的
錦囊小語**　你也會因為失心瘋發作買錯東西悔恨終身想拿菜刀剁掉自己的小指過嗎，快從無盡的悔恨中站起來吧，因為你一定沒有文中這位謝先生錯得離譜啊～謝先生如果你有看到這本書的話快跟我連絡，我很想知道你的閃電婚姻過得好嗎。

老掉牙笑話
存在之必要性

不知道各位常逛書店的知識份子有沒有注意到，書店都會有一區是要培養人們的幽默感，或是教人如何打好人際關係，又或是主題是希望大家可以天天笑口常開，然後內容是一堆老掉牙的笑話。大多數的看完不但不會想笑，還會翻白眼翻到看到腦漿這樣，感覺是二十年前巴戈和胡瓜在講的（背後還要配罐頭笑聲），反正不是時下年輕男女們會想聽的東西，每每看到那種書我都會想是要賣給誰啊。

可最近我看到一個新聞，簡直是不好笑的笑話書裡小故事的劇場版，活生生的在現實生活中花生*……

話說雲林地區有三名中年色胚結伴去有越南女子陪吃的小吃店，說到這，偏遠的深山中常有些意味不明的小吃部，大門緊閉玻璃又很黑感覺是既神祕又赤激*，我想就是這類地方吧。裡面的越南女子跟他們說只要花一千五，就可以讓他們瞧瞧生小孩的地方，我猜邊說有邊給個神祕的眼神邊抖動腰枝邊拍著他們的肩（好忙啊我說）。

然後急色攻心的男人們馬上把錢開下去因為這錢不能省，生小孩的地荒*人類生命的起源那個神祕的黑洞阿一鮑魚裡的鮑魚還是活生生的能不看能不看嗎（左手背拍右心），孰料付了錢被越南妹帶出場後，直接帶隊去婦產科說：「這裡就是生小孩的地方。」

此時沒看到鮑魚的男人們就像被潑了一盆大冷水，但被騙不可恥可恥的是他們還想討回公道，一般遇到這種事不是摸摸鼻子認了嗎畢竟也真的很害羞，萬一傳出去還要做人嗎，鄉下地方比較有人情味，大家都會很關心鄰居所以這種事傳的特別快呀～可他們氣到回店家去理論還想告女子詐欺，這不是太太太丟臉了嗎。

我想如果這三位色胚平常有在涉獵爛笑話書的話，應該就不會這樣賠了夫人又折兵

了吧，所以這種書還是有存在的必要性的。還有，我很納悶為什麼要花錢看生小孩的地方，只是看一眼場面不是很乾嗎，如果是十八招有些表演項目也罷，但他們只是看一下啊，看一眼花 NTD1500 也太不值得了，錢花下去至少要摸一下吧。三位色胚連這種錢也願意花，我真的好看不起你們哪～（搖小指）

羞昂的
錦囊小語

古有云讀萬卷書如同行萬里路，就算是爛笑話書裡也有事可以應用在生活中的，所謂書中自有黃金屋就是這個意屬＊。小朋友們要多多讀書，不可以輸給山區暗摸摸的小吃店裡的越南阿姨哦（摸頭）～

那些莫名其妙
的婚紗照

我一直覺得拍婚紗照是件莫名其妙的事，可能因為看到朋友拍的約有九成九都跟本人差很多。根本不像自己的照片還要花很多錢去拍，拿到厚厚一本不但佔地往後的人生要去翻它的機率還極低無比，你說花大錢去拍婚紗照是不是件親痛仇快的事？

而且拍的過程還很累，之前我陪朋友去拍過，要在荒郊野外換裝，及在人來人往的地段忍受路人的注目禮裝甜蜜，還要在車子裡化妝補妝換髮型，我甚至一直在她裙子底進進出出的為了幫她換白紗內裡，到底誰規定結婚一定要有照片給來賓看的啊（翻桌），真是煩死人了啊！！（說得好像我剛拍完一樣）

可是我想大部份的女孩兒都對拍那個有甜美的幻想吧，所以婚紗公司越來越多，除了一家家開大家還要在同中求異，所以努力找些新名堂。以前我聽過有人開著卡車把沙發和水晶燈運到森林裡，把燈吊在樹上拍我覺得好瘋（更怕綁不好砸到頭），最近則開始流行組婚紗旅行團，就是拉團出國邊玩邊拍出國外的美景安捏，畢竟台灣可以拍照的景點不夠多，已無法滿足新人們要跟別人不同的期待。

會說這個是因為最近看到朋友的結婚照，是兩人騎在馬上穿著大漠兒女服飾親像*在演還珠格格，這是繼有陣子流行鳳冠霞披古裝婚紗後（重點是很多新人故意男穿女裝看了豪*～怒啊），我個人覺得排名第三莫名其妙的東西。那第一名是隨*呢，是以前一位公司同事，她模仿 Janet Jackson 那張知名的，只穿牛仔褲裸著上半身，後面有人伸手蓋住她乳房的照片，裸體讓老公用手遮住她的奶。拍就算了力道還不拿捏好，男生疑似太用力把女生的奶擠成方的真難看；方奶也就算了還拿來當謝卡，這真的太過份了啊！！！

然後說到謝卡它也是世上難解的謎團之一，送那個的意義何在我不明白。以前如果是託朋友代包紅包，可能會收到一張紅色感謝小卡上面寫收到多少，就是收據ㄟ意屬*；現在偶爾會收到寫在謝卡後面的收據，但謝卡通常是參加婚禮的人在拿的東

西，所以很顯然的，它存在的目的不是當收據用。但如果是要謝謝別人，我並不覺得拿到別人的照片有什麼謝意在裡面，總之我是不太拿謝卡的，如果看到有人各種都拿一張（謝卡常有三五種花樣），還會覺得他很不會想，這東西要怎麼處理啊。

其實以前我也會拿，婚禮結束後把朋友的謝卡好好的收在抽屜裡，但從來沒有拿出來回味過，沒用就算了，有天覺得抽屜好亂想收一下，看到謝卡留了很佔地丟了又很怪，有朋友頭像的東西就這樣丟了不太好意溼*吧，收垃圾的人如果看到有人在垃圾堆裡也會覺得很怪吧，就這樣內心糾結著，從此後老子再也不拿那種東西了。

說到這，之前看過一個新聞說現在連告別式都會送謝禮，其中以印有往生者頭像的馬克杯最受歡迎，看到後我心想大家是瘋了嗎，這八成是店家新聞稿吧，誰想使用死去親友的產品啊，懷念有其它方法吧。我告訴朋友後，他縮他收到一個史上最難處理的告式禮品，是往生者的全彩遺照一張 A4 大小，因為他跟那個人說熟也沒有那麼熟拿到後感到很棘手，留下來看了很毛丟掉又不太尊重，更怕丟了以後隔天發現它又出現在家裡，燒掉或碎掉後沒兩天那張照片又若無其事的躺在抽屜中，這可怎麼辦才好，這贈禮不是相當惱人嗎。

後來朋友告訴我，謝卡其實是婚紗店的廣告來著，就是如果別人覺得你婚紗拍得美賣也不用去問婚禮那天忙昏頭的新人是在哪拍的，只要拿張謝卡上面自然有婚紗公司的地址和電話。原來我們花錢拍婚紗還要幫他們打廣告啊……那老子更討厭謝卡了啊！（撕碎丟海裡）

羞昂的錦囊小語　　家裡抽屜塞滿揮之不去的謝卡的朋友們，你們不要再煩心了，想想我朋友還有不熟的人的遺照啊！！不知道照片裡的人頭髮有沒有長長，想到這不覺得謝卡可親多了嗎，沒事時還可以拿來笑一下啊。

內搭褲
請勿外穿

鄙人一向視潮流於浮雲，倒不是因為穿著很有自我主張，而是節儉成性喜歡買一件衣服穿一世人*，太時尚的東西通常隔個一年就怎麼看怎麼怪，它不屬於萬年如一日的單品我不能接受，所以一直和流行絕緣著。

不過我只是不會買不見得討厭它，直到內搭褲莫名走紅起來，我才開始覺得這種潮流實在害人不淺，大部份的內搭褲都該丟到慈佑宮金爐去燒掉啊。

內搭褲之所以叫「褲」就表示它其實是褲子，可能因為輕薄點所以被叫做內搭褲，但它本質應該還是條褲子才對。

可是不知為何近年來市面上越來越多薄如蟬翼的內搭褲，以前可能是穿起來沒異樣，只有在蹲下時膝蓋頭那邊會透一點，這尚在本人能接受的範圍；後來可能是因為需求量大廠商就追求便宜的關係，它的材質越來越透，是一種一套上就會發現它很透明，根本不配叫做褲子的褲子，該物正確學名應該是沒有包腳的褲襪吧，可有部份女孩兒看不透這點，堅持要拿它當褲子穿。

當它是褲子就算了，至少上面要穿件長版上衣遮一下胯下，該冰*不是蒙娜麗莎的微笑不應該拿來展示啊。可是很多妹的上衣不夠長，於是那陣子走在東區，就常常會看到曝露下體的女孩，因為內搭褲過緊，露出三角地帶時好像在用胯下比耶非常陽光，但那不是應該輕易給人看到的部位安捏*甘厚*？

瘦的就算了，有些是粗腿就更不應該，粗腿的女生可能因為不想讓人看清腿，但穿了褲子下盤更顯厚重所以也流行穿內搭褲遮一下，殊不知穿了後腿型更明顯，就是粗還怕人沒發現，這樣對嗎這樣對嗎（左手背拍右手心）。

但寫這篇時我是打算跟那些曾經被我撻伐的女孩說縮蕊*，我不該因為妳們穿著喜

愛的內搭褲就生妳們的氣。因為我剛剛在路上看到一個男人穿著內搭褲，我才發現就算妳們的又緊又透明，還是比男生穿起來好看多了，是說男人穿什麼內搭褲啊又不是克拉克肯特，看了真的很生氣啊（砸電腦）！

**羞昂的
錦囊小語**

看完這篇後發現自己曾經是透明內搭褲的信徒，走在路上一直用胯下比耶的女孩們妳們也不用自責，想想路上還有一狗票戴無鏡片眼鏡，假睫毛會穿過鏡框飆向天際的女孩，以及有的更超過鏡框上還附哈囉 kitty 的女孩，用該冰比耶或比 3 其實也還好，過去就讓它過去吧（摟），與其活在悔恨當中不如告訴自己從今爾後要把該冰藏好，做個讓父母師長驕傲的人！

貴婦
初體驗

最近需要拍攝一個影片看到腳本有手和腳的鏡頭，見過我手腳的人都知道它們醜得讓人想要去買醉，為了不要讓大家覺得熊厚醉死賣勾活*，我決定去美甲店做一下手和腳，這樣雖然也無法讓它棉*變美啦，但起碼整齊乾淨比較對得起廠商。

以前我從沒給人保養過，想縮這真是個貴婦的休閒活動，就像蔡依林一樣了吧，對於第一次把醜孩子交到人家手中是緊張中帶有羞怯的。

於是禮拜六晚上我走到巷口看起來還算體面的美甲店，老闆說今天約滿了要改天哦。我不死心又找了一家答案是一樣的，雖然說隔天再做也沒什麼不可以，但鄙人性格有缺陷，對於想做的事不能等也不要等我現在就要 right now（手指地）！！

於是在街上晃了一圈想縮天無絕人之路，世上總會有可以馬上做的店吧，終於皇天不負苦心人讓我找到一家沒人的，看起來像個極老派的剃頭店但只做手腳沒有弄頭划*，一進去老闆娘和老闆就熱情的來迎接我，聽口音不是台灣人看四周環境也不很理想。這店其實就是他們家的客廳哪！啊嗯勾*人都進去了不做不太好只好硬著頭皮坐下去。

不知道大家有沒有去過美甲店，講究一點的還有泡腳機，坐在舒服的大椅子把腳先泡在泡腳機裡，機器會吐泡泡讓您的雙腳先做一個小小的 SPA 安捏*，而我去的這家（好像叫阿幸，疑似老闆娘的名字）是讓我坐在十大武器之首的好折凳上，把腳放在 39 元商店都有賣的小盆子裡，盆子可能會漏水因為還套上了一個紅白塑膠袋。

我把腳泡進去後開始想保養也沒那麼奢侈嘛，眼前的一切都很平民甚至有點窮酸哪～此時老闆和阿幸因為一點小事吵起來還順便罵了孩子，我感到自己坐在人家家客廳裡聽人家吵架太尷尬，於是拿起旁邊的雜誌翻一下，畢竟保養是貴婦行為要配上時尚雜誌才行。翻著翻著我對 fashion 感到疑惑難道這就是 fashion 我想我不懂

fashion，下一季的時尚重點也太讓人頭疼了吧。結果看了一下日期是二〇〇五年的，原來不是我不懂時尚而是阿幸已經七年沒換雜誌。姑且不論她保養手腳做得如何，她保養雜誌還真有一套看起來頗新的呢（做人要看光明面）！

阿幸夫妻吵架的原因是她老公一直要改造她的工作檯，東摸摸西弄弄的綁了個粉紅色的架子在上面，結果他們倆對東西怎麼擺起了點口角這樣，私以為這樣的工作檯跟貴婦保養整個背道而馳所以想拿手機偷拍，沒想到拍照時被阿幸抓到了，她很熱情的拍我肩膀說：「是不是覺得我們這個改造很好，想拍下來給別人看啊。」

好不容易來了通電話打斷夫妻兩的吵架，阿幸一邊磨我腳皮一邊跟朋友用擴音聊天，完全不怕人家聽因為她們講的是越南話來著，此時我才注意到桌上有很多越南女子的沙龍照洗成 4x6 還護貝，原來美甲店同時有在做仲介越南新娘的生意是間複合式商店。

她老公在旁邊還是在默默的改造那個小架子，就同一把剪刀一下子剪我肉一下子剪鐵絲進行改造工程，掛上電話後阿幸看了一眼變了樣的工作檯把她改造不能停的老公轟走了，然後跟我說：「真是個搗蛋鬼。」表情不勝嬌媚，我想這就是維持婚姻幸福的法寶啊我又學到一課。

接著阿幸又跟我說她電話那頭的朋友被老公揍了我不知要接什麼，看我無語她自動往下接，說被揍得好慘哪因為她沒工作也沒生小孩，最後提醒我女人一定要經濟獨立不然也要生產賣力才行。沒想到指甲店也能學到人生大道理真是好受用來著。

療程結束她把水盆裡我的腳皮亮給我看說沒想到能刮出這麼多，然後就把整盆直接倒在店門口。這樣亂丟皮屑會不會被有心人士撿去下降頭呢我好擔心。

我手和腳都做了結帳是 NTD650，不知道算貴還便宜啦，但想到自己有為拍片努力過就覺得我好有職業道德啊（挺）。

結果拍完了根本沒拍到手，有場腳的特寫是我要用腳趾頭去按東西，哇ㄟ*大姆趾演得很賣力大家都縮*老子連腳都很有戲是奧斯卡金像腳來著，啊嗯勾導演看了一下螢幕上我的醜腳說：「還是穿上鞋吧。」

馬的我的錢沒花在刀口上，僅以此文悼念我的 650，650 再見柳*～（含淚揮手帕）

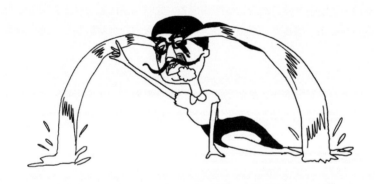

| 羞昂的錦囊小語 | 離鄉背井遠嫁他鄉的阿幸，靠三十九元的水盆和好折凳和沙威隆和指甲刀及一本七年前的雜誌在台灣打拼，這麼克難也撐起了一家店維繫出一段美好的婚姻；相信幾年前的她一定沒想到自己會是間美容沙龍的老闆吧，連時尚派女作家都是她的座上賓呢。路是人走出來的，要天天待在家裡埋怨老公打妳還是要用雙手打拼開創自己的人生，就看自己如何選擇了。 |

微風之夜邀請卡
拉近我與芸芸的距離

大家知道微風之夜嗎，就是微風廣場這家百貨公司一年一度的盛會，那天它們會營業到晚上十二點，邀請一些曾在裡面開過大錢的貴賓去消費，它的魅力在於活動期間內不對外開放，需要有邀請函才能夠進去安捏*，這更能顯出進得去的人的尊榮吧。

以前我跟這些尊榮的事是平行線，但今年不同了，我離它好近好近啊，因為我朋友收到邀請卡大方的借給我看（氣虛），讓我跟孫芸芸的距離拉近了 0.5 公分這樣。

它是一大本目錄裡面夾了鑰匙狀的入場證及一本抵用券，我打開那券發現它們還真大方，普通我們看到的折價券都 100 元的嘛（是吧，老子只收過 100 的），而微風之夜的最低面額是 500 元，然後還有 11,000 元到 25,000 元的整個大氣，我這輩子第一次看到單張就面額這麼大的折價券，不過翻到背面看使用規則是有但書的，就是要要單筆消費滿 200,000 元，是單筆不是一個晚上整館的消費哦（震驚）。我告訴富貴友人她很淡然的說很容易啊這樣，有錢人想的果然和大家不一樣，還有某些店是不能用的，後面標了國賓影城不能我覺得好多餘，因為誰能在影城花到 200,000 元啊！

最後還有一張萬能抵用券是專門在珠寶專櫃用的，規則是買滿 300,000 抵多少買滿 500,000 抵多少到買滿 1000,000 抵多少，1000,000 啊可以這麼輕描淡寫的嗎（口吐白沫）？有錢人的世界真是深不可測我要去陽台吹風冷靜一下。

冷靜完我回來翻了一下那本目錄看看都賣些什麼，結果隨便一個包款都十幾萬，友人指一個看起來沒太出色的包給我看叫我猜多少錢，掀開答案結果是 90 幾萬 90 幾萬啊（左手背拍右手心）！！那個包包揹了應該要會飛吧不然那種價錢真是不可原諒，不過再翻下去我就釋懷了因為後面還有 100 多萬的包，這些包想必是會在妳出門時幻化成人形幫妳打掃家裡吧（包包的報恩來著）不然幹嘛要 100 多萬啊！

翻完那本目錄我的心情已經從隨時都會驚呼轉為平靜喜樂了，價值觀似乎也有點錯亂掉，因為後來我看到一個 40,000 多的包還覺得好價宜啊可以買下去，我想 40,000 元的包是微風廣場裡的 NET，貴一點點但跟真正貴的東西比起來還是便宜安捏。最後的重頭戲是滿額禮，一般百貨公司都會有買滿多少送什麼的活動嘛，微風之夜果然大器，它的滿額禮是 4 天 2 夜兩人倫敦行而且坐商務艙。不過看到要買滿多少時我不小心憤世嫉俗了，因為你要一個晚上買滿 10,000,000 元才能得到它 10,000,000 元啊～～～（掉頭髮）。

是說誰會在百貨公司花到 10,000,000 呢？但我告訴富貴人家朋友時他又很淡然的說如果要買鑽石很容易啊。聽完都想用頭撞牆了我，還有為什麼整篇文章我都用阿拉伯數字呢？因為看目錄時我也是整晚在數個十百千萬十萬百萬這樣，希望讀者們體會我的心情一起來數數兒。不過要準備放大鏡不然應該會算到眼都花了啊（揉眼睛）。

對了差點忘了寫，DM 上有個東西徹底激怒我，是說包包再貴感覺都有點道理，名品之所以能當名品其實都有長處的，它們的皮面工法或金屬的地方跟路邊便宜貨差很多，不信你去拉拉看名牌包的拉鍊，拉起來如沐春風啊就像昨兒個喝了高纖綠茶粉那麼順暢，這是便宜貨不能到達的世界，但這個東西我不能理解：「皇家鯊魚夾十二件組特價 15,980 元」，我一直以為鯊魚夾是自我放棄的女人在用的東西，就算再貴夾起來應該跟便宜的差不多（吧），鯊魚夾牽到北京還是鯊魚夾有必要用這麼貴的嗎？而且買一個就算了還買十二個實在好瘋啊～

羞昂的錦囊小語 | 原來持有微風之夜入場券還是有可能買到鯊魚夾的，就像含著金湯匙出生也不保證人生一定順遂；反之亦然，出身低的只要努力一樣有機會出頭，只要你不要放棄自己。

鱷魚皮包
的故事

前一篇說到微風之夜讓我瞠目結舌的目錄嘛，我忍不住跟貴公子友人說一個包包一百萬真是殺人放火沒天良，想不到他回我：

「因為那是鱷魚皮的！！」

後面加兩個驚嘆號彷彿在嘆我多無知，而且一百算不貴，要是是別牌鱷魚皮包三五百萬也是有的我實在太沒見過世面。聽完他的話我又翻開了 DM 去品味了一下那款要價一百萬的紫色包包，我想除非是那隻鱷天生長成紫色，那個包是純天然的沒染過，不然那個價我還是覺得貴到泯滅了人性，一百萬耶！！

這讓我想到有天富家女友人告訴我她們家從來不吃淡水魚都食用海魚，隨便一條就要兩三千塊那種，聽完她的話我幻想了一下她爸把一條大魚扛在肩上進家門的畫面，因為在鄙人散赤*的心目中，兩三千塊的魚一定一定很大提不動要用抬著吧？我媽在煮湯的魚一條了不起兩百就很大了（而且萬一她用了兩三百的魚還會交待我們要啃到牠片甲不留），大多數時候她都用五六十元的魚煮湯，魚並沒那麼貴嘛所以三千塊的一定很大隻啊！

結果當然不是這麼回事，三千塊的魚不過跟手掌差不多大，悠淺忍*的世界真是深不可測（我對有錢人的距離感跟對外國人差不多了，所以要使用洋腔講以示尊敬）一百萬的鱷魚皮包包用的鱷魚並不是天生紫色的，說穿了牠也只是一般鱷魚啊。

我告訴富家女我去參觀過麻豆鱷魚王的家（我人面好廣），他家大概有兩千多條鱷魚吧多到都往上疊了，可見鱷魚本身不是什麼稀有動物，為何價錢要跟牛皮或羊皮的產品差個十萬八千里呢（差不只十萬啊！）？

她翻了個大白眼告訴我，疊在一起的鱷魚不能做成皮包，因為牠們身上想必傷痕累

累被刮得亂七八糟，再者鱷魚是個兇殘的動物，關在一起就算沒事也都會扭打到一塊不免受傷，所以要做成包的鱷魚是從小被小心的養著的，可能連癢了都不能自己抓（好可憐）（但牠手小本來就抓不到吧），這就是包包之所以名貴的地方呀，是個多年的養成計劃來著！

然後貴公子友人又補充，一百萬算便宜，這種包淺色的更貴，因為本身瑕疵少的才能做成淺色包，有時我們看到顏色很深的，多半是因為皮面不夠好才會選擇染成深色這樣。

原來時尚也是一件很有學問的事，我可以理解但是不能認同啦，最後希望大家看了今天的文章有對貴婦的世界多一層瞭解，有沒有覺得自己跟孫芸芸的距離又拉近了一點呢（某摳零＊！）

| **羞昂的
錦囊小語** | 你不能決定生命的長度但可以決定生命的寬廣度，就算投胎變成鱷魚苦心經營也會是香奈兒裡要價百萬的鱷魚，好勇鬥狠的最後只能拿去辦桌，所以你還在看這本垃圾書嗎？！快放下屠刀去做點正經事吧（戳你太陽穴）。 |

勵志小劇場

人際勵志

勿灰心，勿失意，
一山還有一山低。

天下小姑
一般黑

有天看到一個韓國來的新聞：

「中秋節也是南韓的三大重要節慶之一，是一家團聚和祭祀的節日。不過每當中秋節到來，南韓家庭的婆媳之間就有一本難念的經，因為媳婦看不慣婆婆，而婆婆更看不順眼媳婦。

根據一份問卷顯示：百分之三十點五的兒媳表示，婆婆對小姑偏心時最討厭。比如，一大早就打電話，讓兒媳早點過來，但讓小姑子睡懶覺；而婆婆則是不滿兒媳只寄錢不回家看望；或是整天擺著一副臭臉，面無表情。」

看完後我想縮這不只是南韓的問題，應該是所有要回夫家的人的問題吧，也不是說大家都會討厭丈夫的媽媽啦，只是別人的媽畢竟不比自己的媽，相處起來總是不可能太自在啊。

從以前我就覺得女孩子的人生很哀傷，嫁人後就變成別人家的人了，連過年都不能在自己家過，想到就十分沮喪。我想我媽也有這種心情吧，所以自從我搬離老家後，每年過年回家就會被她奉為上賓，連吃完飯要洗個碗她都會把我趕出廚房，理由是等我以後嫁人有得做了，所以在自己家就別動手了享一下短暫的福吧。

羞恥的是我一享享了好多年也沒有要嫁的跡象，每年過年依然回家攤在沙發上抖腿當小姐，想想那畫面挺欠殺的，如果我弟娶老婆，那我應該就是讓弟媳厭惡的那種小姑吧。

江湖上都說小姑是討厭的角色，這我一點體認也沒有，事實上連交過的男友好像也都沒姊姊妹妹，所以很難想像那個討厭的點在哪。

而專欄作家沒梗怎麼辦，不就是寫寫朋友囉，所以針對小姑這個角色我訪問了一下友人，想聽聽她的看法。結果她說男友的姊姊妹妹太可怕了。

她曾交過一個男友，去到他家後發現他的兩個姊姊斜躺在客廳沙發上，一人躺一張像貴妃一樣在看電視，邊看邊吃花生瓜子，吃完的殼就直接丟地上，聽起來這種行為好像該配上打赤膊，才像在公園樹下聊天的老兵啊～可明明在自己家裡，怎麼會有生活習慣如此豪邁的女人，如果嫁進他家看不慣地上都是殼的話，那天天都要掃地擦地了吧。

這人命犯小姑，還遇過在男友家過夜，結果男方的姊姊因為自己房間太髒了（是說為什麼不整一下呢）想去弟弟房睡一下，誰叫全家只有弟弟房是和室很適合當大通舖；可弟弟當天帶女友回家了當然不想姊姊來擠，於是婉拒了姊姊睡一起的請求。

隔天起床風雲變色，男友家裡開始盛傳著她是狐狸精勾引弟弟，害弟弟個性大變都被她帶壞了，連姊姊都敢忤逆，讓她好驚訝怎麼會這樣，啊明明是妳自己的弟弟趕妳走的我可沒趕妳，怎麼千錯萬錯都變成我的錯捏*。

連衣服穿太好看都會被嫌，不過是穿戴整齊美觀並不是全身名牌那種，也會被說一付愛花錢的樣子是個敗金女吧。反正看什麼都不順眼，見到什麼都有得唸就是。我一方面跟她一起痛罵未來的小姑是斃取*，另方面想說媽呀我好像也是這樣一個賤女人。

話說多年前去參加弟弟畢業典禮，遠遠的看到他跟一個女孩走很近，而且顯然不想被八婆姊姊們發現，所以才會離那麼遠。

但八婆之所以能成為八婆就是我們真的很三八啊，後來趁我弟離開後，我和我姊

故意去那個女生前面拍照偷偷把她也拍進去，回家後放大放大再放大，仔細檢查她長怎樣穿什麼用什麼包包腿粗不粗（再粗也不可能有我粗啊我是憑什麼嫌人腿粗！），甚至鼻頭有沒有肉耳垂大不大這種，應該歸紫陽居士管的事我們都管上了……

沒錯，小姑真的是婚姻中的奸角，但我已經洗心革面了，請舍弟的女友不要討厭我啊～

**羞昂的
錦囊小語**　看起來當小姑比當媳婦好，追求嫁掉並不是唯一的出路，人生路上有很多不同的風景，享受你有的放下你得不到的，才是成就快樂人生的不二法門。

有時生兒子
不如生顆貢丸哪

藝人小S生到第三胎還是女兒，在懷孕時就一直被記者問還要不要生第四胎拼兒子，這還不討厭更煩的是私自站在人家公婆的立場替老人家遺憾，私以為她傳宗接代的壓力是路人給的，說不定人家根本很開心家裡有三千金呢。

我是家裡的第三個女兒，聽說家母美雲生下我時在醫院嚎啕大哭研判是怪自己生不出兒子吧，據說差點要上演跟別人交換小孩的戲碼，為了想要男孩兒連親骨肉都差點不要可見養兒防老這觀念有多根深蒂固。

這個時代民智已經開了，大家應該都知道生男生女是男方基因決定的，可還是會用女方肚子爭不爭氣來形容這點我實在納悶。

家姊溫蒂懷孕時可能因為公婆想要孫子心切，也可能因為她肚子的形狀尖尖照傳統的說法是個男孩兒，所有人都鐵口直斷她懷兒子，直到超音波照出來是女生，大家開始會說「其實女兒也不錯啊。」這種一聽就覺得很憐憫的話，什麼叫其實女兒也不錯女兒明明很棒呀！一直到生產前她婆婆都覺得有可能是兒子，只是雞雞沒被照出來沒到生下來都沒個準這樣，心中有個這是孫子的信念就是；而我媽也會說可惜是女的下胎要拼男，看來老人家的觀念真是不能動搖啊。

傳統觀念兒子最大我多少能理解，畢竟女兒養大了也是別人的，可最近我越來越覺得如果運氣不好生個兒子也有可能是別人的。

以舍弟來說，他自從交女友後就不太常回家了，以前他週一到週五住公司，禮拜五晚上就會回家住讓高堂老母開心一下，可現在有了馬子後差不多只在週末回來吃個飯，飯後在客廳坐一下就走了連在家睡覺都沒有，就是一心往女友家跑。

我朋友的前男友更過份，因為女方家習慣出國過年，於是農曆年時他在家吃完年夜

飯，就頭也不回的飛出國去找女生過年，留下年邁的父母在家擁抱寂寞過一個兒子不在家的年。

大家評評理，如果生到這樣的兒子跟生一顆貢丸差不多吧，反而是女生家裡賺到一個男丁，懇請天下公婆不要再迷信孫子無限好這種事了呀。

羞昂的 錦囊小語	貢丸是新竹的名產，是一個以木棒或機器捶打出來的小圓球，因為在台語中捶擊稱為「摃」，所以正確名稱其實是摃丸來著（咦，這是小常識不是勵志小語）。

和克萊兒
道歉文

人生在世難免會有窮途末路的摸們。比如單身單很久周遭又苦無合適對象時,要拓展人際關係有時也不是件容易的事,此時如果北厭*主動出門社交又不想要玩網路交友,打開人生的錦囊裡面就會告訴你只有一條路,就是逼朋友介紹對象。

我個人覺得這是看穿友情的好時機,比如朋友真心為你好就會介紹一個好一點的貨色給你,不會想說手頭上有一個公的一個母的剛好都很寂寞那就送作堆這麼隨便;要是他真的了解你,那介紹來的對象就會多少有考量到你的需求,考量雙方的個性興趣是不是合拍,有的甚至連薪資或花錢習慣都一併考量進去,這才是一生一起走的好朋友啊(搭肩搖)。

然後我要進入主題了,就是跟吾友克萊兒道歉這件事。

是說之前她單身很久,有天我閒著也閒著看到另一個其實並不太熟的男性朋友也單身,年紀挺相當的,個性雖然我不熟,但也不會差太多吧,大家都成年人了難免知道世上沒有太合拍這件事,年紀到了有些事要睜隻眼閉隻眼不需要太強求啊~所以我也沒管他們配不配,有天就介紹他們倆認識了。吃飯時感覺聊得有一搭沒一搭,結束後也沒互留聯絡方式,顯然的是沒什麼意思。可因為這是本人第一次擔任人蛇的角色很希望能一舉成功,就在網路上一直估狗*那個男生,想多貼一些有趣的資料給克萊兒看,說不定會讓她改觀安捏*。

這一查不得了,我發現該男原來是 Cosplay 狂,被我找到他 Cosplay 的相本看到我頭皮都麻惹。不是說 Cosplay 不好,事實上我偶爾看到有這種活動都還會讚嘆他們真是太用心了吧,很多人不但道具做得到位演得還很認真。啊恩勾*我的這位朋友是走貧窮派,據說 Cosplay 有兩派有一種是有錢派會花錢找專業人士做道具,做得很精美跟真的一樣拿出來超有氣勢;而貧窮派的主張 DIY,比如我那朋友就讓我看到他用吃完的泡麵碗做了一頂帽子,到我想縮戴上去頭不會油油的嗎……這就算

了我覺得節儉是美德，比起來我會比較喜歡貧窮派畢竟開錢應該花在老娘身上，可他還自己化妝我就有點不能接受，比如貴族派是做出精美的面具，那人是直接把面罩畫在臉上。仔細品味下去發現該男連衣服都是用畫的，裡面也不先穿件衛生衣打底就這樣直接畫在皮上所以奶頭位置清晰可見，看完我很沉重的關了相本打電話去跟克萊兒道歉，我竟然想把她和那人送做堆我太過分了啊……

話說回來，之前朋友也有介紹男人給我我有在 MSN 聊一下，但看到照片後我怒不可遏，因為一看就覺得是兩個世界的人。那時我比現在青春多惹（五六年前吧），可對方就是個四十幾歲事業無成的中年人的樣子，大肚子還地中海禿，我本來想叫介紹人來跟我下跪的，後來想想會不會是我的問題其實對方沒那麼糟，我把該男照片傳給別人看後確認真介紹人真的大有問題，實在太不負責了應該被抓去阿魯巴*兩百回還要阿在這種有刺的樹上才能消心頭恨。我後來質問他說你介紹人都沒有用心思量一下的嗎，他縮男未婚女未嫁的況且那人心地很善良啊，還狡辯說我前男友們也沒多帥（前男友躺著又中槍），這人真不是個好朋友啊！

幸好克萊兒今年嫁掉了，就算人生路上有波折她終究是得到了幸福，讓我們一起祝福她（草率結尾幸好夠溫馨，應該可以接受吧）。

羞昂的錦囊小語｜原來 Cosplay 不完全是個貴族的活動，雙手萬能窮人也有窮人的玩法，所以縮 * 路是人走出來的，只要相信自己，就沒有什麼不可以。

伴娘的
條件

前陣子我的摯友克萊兒結婚了，乍聽到這個消息時除了為她開心外，我很擔心一件事，就是她結婚了那我要找誰當伴娘呢。

現在想想我應該是被那個女人擺了一道，從我認識她開始就一直覺得她應該不會結婚，可能是以前她常說自己是不婚主義者或是證書不能保障什麼的話，讓我卸下心防想縮*就算我再怎麼嫁不掉後面還有個墊背的，反正我人生觀是不求名列前茅只要不要最後一名就好。

然後也因此沒有認真交朋友，你知道的伴娘必須未婚，如果我手頭上的女性朋友都結婚了（我三十七歲了這種事很容易花生*哪）那要找誰呢，所以女人老了又嫁不掉就要不能中斷的結交新朋友，而這些年我一直沒有這麼做的原因，就是我早已有伴娘人選那就是克萊兒啊～～

現在她要結婚了所以我有點慌了，這幾天一直在腦中找尋適合當伴娘的名單，但其實也不用找，因為跟我比較密切來往的女性朋友只有三個，其中一個早結婚了一個是克萊兒，而另一個是位貨真價實的大正妹，不是身為好友所以說她長得美的那種感性大於理性的正妹，是去做問券調查發出一百份可能有九十五份都說她是美人的正妹，你說我在婚禮上讓後面跟著一位美女這不是找自己麻煩嗎。

雖然說這很有勵志的意味，就是讓與會來賓想著：
「原來姿色平庸的中年女子也能嫁掉，而正妹再怎麼正也只能在背後幫她提裙子啊！」

也許可以讓某些過適婚年齡還沒嫁的女性感到前途光明充滿力量，啊嗯勾*我還是不想在自己人生中的大日子裡，讓個美女跟在我後面從頭到尾感到芒刺在背啊；最後大家在看婚禮照片時還會讚嘆伴娘真美但對新娘支字未提。

最後我想了半天，終於在朋友名單裡找到一位，覺得她不會在老子結婚那天搶走我丰采的朋友（希望那位朋友不要看到這篇文章），正當我喜孜孜的想縮我終於找到伴娘時，克萊兒一通電話來問我要不要當她伴娘，該不會她也是在朋友名單裡找半天，終於找到一個不會搶她風頭的人而那個人就是我吧！這就是陰人者人恆陰之吧，這結尾好警世啊。

羞昂的錦囊小語｜如果沒人找妳當伴娘絕不是妳人緣差，有可能只是妳長得太漂亮了或是妳屬老虎來著，就算都不是，也要存著一定是這樣的信念，要相信快樂是自己找的，也唯有擁有快樂，才有熱情上進的人生。

小心
騙子啊～

之前有個新聞說有位湯姓男子謊稱痣己*是有錢小開，透過臉書照片篩選貌美的女生下手，以要交往為餌騙人家上床，騙就算了還是誇張的騙術，差不多富少的靈魂和湯先生的交換了，要那些女子先跟湯先本人上床才能跟富少結婚之類的，這麼扯還有人上當哦，這社會是怎麼了啊（心痛）。

啊嗯勾*我要講的不是這個，我承認我很糟糕，因為在看完這個新聞後，我第一個反應不是騙色的忘拔蛋*很要不得該下地獄，而是你不是騙子嗎，怎麼身為老千會呆到看臉書照片來決定女生漂不漂亮，網路照片九成九都是假的啊！！

不知道從何時開始，市面上開始流行網路正妹，這些漂亮美眉在某些族群中的知名度可能還大過藝人，有人把這些咩們*統稱無名正妹，也許是因為她們多是在無名小站部落格張貼自己青春無敵的照片發跡的吧。身為無名正妹一定要有些從高於自己視線水平處拍下來的照片，就像永遠都是姚明在幫她們拍照一樣；照片要不使用美肌模式要不就過度曝光白很白很白，反正大家看起來皮膚都超好。表情方面最好要嘟嘴或扁嘴，並且強調無邪的大眼，還有個大絕招是鼓著腮幫拍照，實不相瞞我痣己*在家偷偷試過擺那些花招 HE 相*（我無恥，我自己掌嘴），照出來的作品只透露出一股不服老的哀傷氛圍，只能說正妹真不是好當的。（因為我既不正又在十幾年前就結束了妹這個身份啊啊啊）

是說在下也很愛看網路正妹照，因為我覺得普通人長得比藝人好看真是太難得了，而且正妹們的相簿多少反映了流行趨勢，對於我這種半個人生都活在網路上的人來縮*，不用收看《女人我最大》也知道現流行什麼真是太棒了啊。像有陣子流行沒鏡片的膠框眼鏡，無名相本裡就可以找到一海票戴膠框嘟嘴的女孩，我可以理解因為拍照有鏡片會反光所以要戴假眼鏡，但這影響到路人也戴無鏡片眼鏡上街真是讓人惱火，睫毛都穿出眼鏡了戴個屁啊，讓人很想假裝在比「耶」然後趁機去戳她們眼珠，這也讓我發現有些東西看照片是可愛的，動起來就超怪搭*。

說到動起來，有陣子綜藝節目會請那些網路正妹上節目，有次看到預告有我看過的妹好開心，就專心守在電視前等她，結果她一現身嚇得我屁滾尿流失了魂（國劇甩頭），因為她的腮幫子好大，像要表演腮幫碎大石那樣壯，讓人很想對著她（的腮）唱「今年我哦來看你們，你們變壯又變高～」那樣壯，究竟在該位正妹（的腮）身上發生了什麼事，怎麼會這樣怎麼會這樣（搖肩膀）。但說穿了她的腮沒變，是我們看她的角度變了，仔細想想我只有從上面往下看過她她還老縮著下巴，這樣的角度是看不到腮的，所以她從頭到尾都有個不尋常的大腮幫，只是照片看不到而已。

所以縮*，用臉書照片篩選漂亮女生這件事風險很大啊～湯姓男子不知道這招很險嗎？但這不應該是本案的重點吧（自己再掌嘴），重點是騙術日新月異大家要跟著Update才不會上當啊。

← 我在國劇甩頭

羞昂的錦囊小語　從正妹照可以知道看事情的角度不同那看到的景色也不同，如果你常覺得同事討厭那麼一定會怎麼看他都不順眼他做什麼都讓你煩心。下次試試換個角度看，每個人一定有他的可取之處我們就專看那一面，久了會發現他人沒那麼糟嘛，連帶著上班心情也變好了哦。

文青的
條件

自從我莫名其妙的踏進藝文界，就發現身邊充斥著文藝青年，進而發現文青有個基本配備，就是他們都愛穿緊身褲，尤其有次我去看我的愛團「1976」演唱會，現場充斥著很緊很緊的緊身褲，讓人看了會情不自禁縮小腹那種緊度。

說到這，我想起小時候好像流行褲管很窄很窄的褲子（那叫 AB 褲嗎），那時我讀國中的大姊是走在時代尖端的女孩，她就把她的制服褲褲管改到很緊很緊，導致每天早上要提早起床穿褲子放了學有時還脫不太下來（因為晚上腳腫了），過緊的衣服還真折騰人哪。

我至今弄不懂究竟是文青都愛這一味，還是只是剛好我遇到的都愛，反正在我的世界裡那是文青標準服飾就是。有天我和友人看著身著極緊褲子的文青，認真的想著他們的老二應該放哪（←是說幹嘛幫別人操這個心呢），像我棉*女生如果褲子緊一點有時下面都會感覺不適，那男孩兒下面多了兩個（或三個）東西（陰郎*到底算幾個……一個裡面裝兩個的東西好難界定啊，這真是我寫作生涯遇到的最大難題），要是褲子鬆鬆讓它們垂著在那叮叮噹還好，穿到超緊的要放哪才對真是我心中的一個謎。

友人覺得應該是放在底下，可我覺得這樣不是像在坐香蕉船嗎，去墾丁遊玩時都會乘坐的一種水上設施，因為圓的東西不好坐又古溜古溜*的（跟那裡的形象不謀而合啊），常常一個甩尾遊客就會跌入海中，這點也正是這個遊樂設施的樂趣所在。文青們要是天天坐自己的香蕉船，那騎摩托車一個大轉彎，不是有跌下車的危險感覺很奸險安捏*甘厚*？

在下則主張應該是放在上面，讓它貼著自己的身體，也就是往下看時會覺得馬眼也正在看著自己這個角度（恐怖額）。如此一來捧溜*時只要褲子拉鍊一打開，老二就會一個跟蹌跌出來，文青則能維持優雅的氣質進行一個放尿的動作，不會說被壓

在緊緊的褲子底下，還要一直掏一直掏把它掏粗乃*，尿完後還要汗流浹背的把它塞回去，因為實在太緊了啊。

結果穿緊褲子的朋友們老二到底都怎麼處置，方便寫信來告訴我嗎～～～還有希望文青同業工會不要封殺我，我認識的搖滾文青褲子真的都很緊啊。

羞昂的
錦囊小語｜不要羨慕別人當得了文青，只要有條緊褲子和膠框眼鏡你也可以是文青！

為什麼要跟
小開交往

有個朋友在 MSN 上敲我，問我可否寫一篇為什麼不要跟小開交往的文章。我認真的想了想老子為什麼這麼硬頸不跟小開交往呢，原因很簡單，就是沒有小開追我啊（趺坐）。

私以為為什麼不要跟小開交往這種事，再怎麼說也要是曾經有被大把大把的小開追求，但都不為所動的人說起來比較理直氣壯，由我說出口就實在太害臊了，就像我說「老子一點都不想領諾貝爾文學獎因為要坐長途飛機去領好累」這種話一樣丟臉，朋友這樣問應該是在挖洞給我跳吧馬的*。但在下還是認真的思考了一下跟小開交往有什麼不妥（←我這人很容易控制啊），小開們的人格上到底有什麼缺失，所以女孩兒們應該要避著小開呢？

我想不通透因為鄙人根本也沒認識過小開，慘到好像連朋友的朋友是小開的都少到可黏，不過我倒想到個例子，是我有個朋友的前男友長得像壞掉的賴銘偉，就是工廠在大量生產賴銘偉時有幾個做壞了還是流到市面那種壞掉，比他胖很多看起來還髒髒的齒縫有卡檳榔渣的感覺，我從來不敢用力看他怕會止不住眼角的淚，想把我朋友攔腰一抱扛在肩膀上帶離那個男人身邊。

這個壞掉的賴銘偉本身並不是小開，最後還踏馬的劈腿了（不過想想也不錯啦）直接讓別的女人懷孕這樣，在下也交往過那種連水果都不肯自己剝開，或是在甩人的隔天就去睡了（老）女上司的男人，他們也都不是小開，所以我覺得男人品性如何跟他有沒有錢好像沒什麼關（吧）（不過有錢容易作怪好像是千古流傳的話嘿）。社會版上也常有窮人殺太太，如果戀情走到最後都差不多，那我寧願跟小開交往看看，起碼被追時應該很風光（吧）（猜的，畢竟拎北*沒被小開追過啊……）老了後一個人坐在昏暗的房間裡（好慘），還能回想一下以前坐過跑車真拉風，被有錢人揍和被拾荒漢揍當下一樣痛但事後的感覺還是差很多。

就像我以前從來不愛帥哥，覺得長相平凡的男生好像比較老實，帥哥總給人花心的印象嗯湯啊嗯湯*，直到有次莫名的被甩了因為對方愛上把郎*，才體認到醜男花心比帥哥花心更噁心（←這是我個人的偏見大家可以用石頭丟我），如果戀情走到最後難免被劈，那我寧願對方是帥的事後回想比較不悲桑*，這跟小開論類似，就是一種男子漢要死也要死在戰場上的心情，以上是個人淺見啦，還有我承認我是以貌取人的渾蛋，這個社會的反面教材，請大家不要跟我做朋友啊～

羞昂的 錦囊小語 ｜ 連壞掉的賴銘偉也可以讓兩個女人一起愛他愛得死去活來，是說人生沒有什麼不可能的事，千萬不要因為外貌自卑要相信自己是最好的，先愛自己別人才會來愛你呀～

擇友條件

前陣子看到一個新聞，是記者在訪問一位剛失戀不久的女明星，問她未來選擇另一半的條件是什麼呢，她說先要孝順父母然後個性陽光，如果還會逗我笑那是最好的了，聽起來是很平常的答案吧，不過我還是認真的思考了一下。

先說說擇偶條件這回事兒，也許是早就超過適婚年齡十年左右了（遠目），本人在被訪問時真的常常被問到這題，研判是因為大家覺得我一直嫁不出去全因條件開太高，所以想聽聽老子到底有什麼不合理的要求導致遲遲無法順利進入婚姻。

其實沒有的，一方面我個性隨和中帶點隨便根本沒列什麼條件，另方面我覺得條件這種事是比較級，光是「對我好」這事兒就分了很多層次難以具像化，它是由很多情況組合而成的，比如有錢人對妳好的方式可能是給妳很多錢花，上班族對妳好的方式可能是盡量陪妳，人會因為對方在某方面特別突出而忽略他在另一方面的表現，一切標準都會因人而異這要怎麼開呢，還有一個重點是愛情這種事遇上了就是遇上了，事先開好條件是沒有用的啊。

然後來談談這位女星開出來的要件，孝順陽光會逗人笑算是很基本，這答案就像聯誼時人家問你興趣是什麼你說看電影聽音樂一樣，是個沒有什麼疑慮的安全牌，雖然我始終不明白為什麼很多女孩子要開會逗我笑這種條件，我本來以為只是說說，意思是她想要一個有幽默感的男人這樣，並不是要有什麼具體行動逗她笑吧，男友又不是浩角翔起幹嘛用力逗人笑啊。

直到我的一個男性朋友告訴我他女友常會抱怨說他都不會逗她笑，我才驚覺這不是一個形容耶原來世上真的有女生很欠人逗，啊是不會自己笑嗎，那用食指搔她腳底算不算是一種逗她的方法，這條件也太煩人了吧。不過更煩人的在後頭，就是孝順啊啊啊～

孝順明明是個美德但古往今來很多事都是因為太孝順而壞了事兒。

比如友人最近就跟已經要論及婚嫁的男友分手了，分手的其中一個理由是男生太孝順，聽起來我朋友是個壞女人吧但其實不是的，問題在那個男的非常聽父母的話到了有點惱人的地步。

比如說他們要買房子，小倆口喜歡的男生的爸爸媽媽都不喜歡，萬事都要問過長輩的意見這就算了，要是這事發生在我身上，我可能會暗自以為爹娘這麼用力插手可見頭款的事也會插一腳吧，不然為什麼意見這麼多呢。

結果最後爸爸選了個中意的就叫兒子去付錢，兩老只管出嘴並沒有想要讚助頭款的意思，奇怪了他們也沒要住也沒要付為什麼意見這麼多，這種事爸媽當然可以給點自己的想法，但要主導一切實在怪怪的啊；重點是做主時沒有衡量兒子的能力，所以讓他買了付起錢來相當吃緊的房子，這就有點過份了吧。

然後兒子已經因為房貸花掉全部積蓄，一個月大部份的薪水也要拿去養房子，另一部份薪水要交給媽媽誰叫他是個孝順兒子，所以兩人出去約會女生就要付錢，這種事偶爾還好長期下來女生難免會擔心，難道要因為孝順，讓你去養你的原生家庭然後我來養你嗎，想著想著越來越不對勁所以就分手了，並且非常慶幸婚前就發現得以快刀斬亂麻。

而另一個朋友就沒這麼好運，她婚前就知道男友孝順還覺得這是現代人難得一見的美德，要是我心裡也是這麼想的吧，誰會覺得孝順不對啊。結果婚後要跟媽媽住這還好，媽媽愛管東管西也可以忍耐就讓讓老人家，但偶爾有什麼摩擦一定會被說「不要這樣她是我媽啊～」事情沒有是非對錯反正媽媽肯定不會錯就是。最可怕的是他們晚上睡覺不能鎖門因為老木要進來幫兒子蓋被，本來以為這是連續劇裡才會

發生的事沒想到現實生活中也有（驚），弄得她神經衰弱下了班都不想回家。

所以說要找孝順的男生嗎（沉思），我是覺得應該是要的但也要適可而止，孝順要酌量啊～

| 羞昂的
錦囊小語 | 現在想想很少女明星在被問到擇偶條件時會說要很有錢吼，所以原來女明星不在乎錢，那麼就代表著普通男生可以去把女明星囉，這真是太勵志了啊（有嗎）。 |

中年轉業的
最佳選擇

每到更換年度的時節，市面上就會有一狗票算命書流年書星座書紫微命盤書問世，以及生肖姓名學塔羅牌等等，甚至有每日運勢這種書出現，是寫出你每一天的運哦，看來國人是真的很關心新的一年運氣如何就是。

這段時間還有一些名人很無奈的會被命理老師拿出來討論，我常納悶為什麼那些老師閒閒沒事要幫別人批流年，我其實並不會特別想知道周杰倫和昆凌明年要不要結婚，或是小 S 何時能生出個兒子啊～

後來比較懂得社會險惡後覺得那些都是打知名度的手段，就是如果真的很幸運被該位大師說中什麼，那事發後我們就會一直在電視上看到他重覆自己多久前就未卜先知預測到這件事，是現代諸葛神算來著；要是不幸沒準，那他們也不會說什麼就默默等新一年來到再捲土重來繼續算，這樣算下去總有準的一個案例，那麼就可以拿來說嘴擠系郎＊柳＊。

在我心中命理大師的預測應該是個要嘛準要嘛不準的事，比如之前聽過有人去算會生兒子還女兒（奇怪了這種事難道不是應該求助於超音波嗎），這種二選一毫無灰色地帶的事算起來才夠勁兒啊，不然聽個模稜兩可的答案幹嘛花錢去問人是不是，而且對方道行高不高也很容易知道，畢竟這種問題總有答案揭曉的一天，要送水果或拆招牌馬上見分曉。

不過今時今日的大師們好像不是我想的那樣了，因為最近看到幾個好像說了什麼仔細想想又沒說什麼的預測，那糾竟＊他們說了什麼，以下請看記者宅女小紅的整理報導。

首先是一個著床新聞，是說某位命理老師以生肖紫微分析去年閃婚入豪門的大 S，今年肚皮會不會有動靜，而他的答案是「因為體質的影響子女運不旺，但仍有懷孕

機會，要小心安胎。」聽完我想縮*什麼跟什麼啦，這話可以套用在任何有性生活的女人身上吧，當然命理大師向來不會把話說死，但這種預測有說跟沒說一樣啊。

另一位大師是說周杰倫明年子女宮有什麼天魁貴人星，他明年要讓別人受孕的機會是非常高的，說他那方面能力很強（精蟲很會佔位子就是），可是顧忌非常多所以不一定會這麼做，看倌是否覺得這個預測聽完後內心一陣空虛；不過向來只聽過性能力強沒聽說過讓人受孕的能力很強，好想知道這種事要怎麼判斷哦（滾來滾去）。

然後還追加一段是周先女友昆凌的，是說她就算懷上也不會宣布，要保住孩子的話要多小心，意思是如果她懷了就是算準了，如果她年頭到年尾巴豆*都很平，那也有可能是背地裡懷上又背地裡不小心掉了，總之這就是一個雙贏的預測，怎麼說都嘛ㄟ通*。

另外還有一種預測是有劇情的，你會覺得事件就在你眼前發生。比如我之前看過一個命理師在預測謝霆鋒和張柏芝會不會離婚，大師是說會，「除非」（命理界最重要的就是這個除非，預測的標準作業流程之一吧）張用兒子當籌碼，並求婆婆幫忙勸合，甚至下跪拜託，那就有可能不會離。

是說她在家裡做了什麼誰知道（ㄟ……話說她在家裡做了某些事大家都知道了）（就是扮女警一類的事），這樣的講法就是如果以後他們沒離婚，那大家腦海中就有張柏芝跪求的畫面，但事實的真相沒人知。

然後之前還聽過一個是阮經天要去當兵時，記者在請大師預測會不會兵變的事（還真無聊啊我說），大師說會不會兵變這件事關鍵在女友，我想這事兒不用問大師我也知道呀。

現在大家有沒有很想去當命理大師呢，感覺提供一點模稜兩可的答案好像也能混口飯吃。然後這行業還有個特性，就是太年輕的沒啥公信力老的咔＊吃香，真的是中年轉業的最佳選擇啊啊啊～

羞昂的
錦囊小語

看到明明都是知名人士的命理大師們，失敗了又捲土重來猜（不，是預測）錯了後不氣餒明年繼續猜（不，是預測），你是否也覺得心中的小宇宙又燃燒了起來？生命不能重來但人生可以改寫，遇到挫折時告訴自己再試一下～用嘹亮的歌聲唱出人生新丰采，只有誓不低頭的人才能在終點發出勝利的微笑！

天下主管
一般黑

之前看到一則報導說，美國研究發現，企業領導人是精神病態者的機率比一般民眾多出四倍。公司內有野心的人之中，每二十五人就有一人有心理疾病，但他們用職場上的高地位、魅力與操縱手段來掩飾過去。心理學家貝比亞克指出，美國近百分之四企業高級主管符合「精神病態」，但這種人不像大眾認為、想像的那種病態化，他將這類人稱為「成功型變態」，其大腦結構和「殺人魔」差不多，可以發揮冷酷無情的特質且不需顧慮到他人感受。

看到這個新聞我真是點頭如搗蒜啊～因為那時我才剛跟主管請假請不到，對主管這個稱號心中充滿怨念，怨到可以徒手捏碎玻璃杯的那種怨念。

但因為我主管真的對我超～～級好（顯示為人在屋簷下不得不低頭），他只是不讓我在要出國那天請假而已，所以今天還是以說別人主管的壞話為主，畢竟我們吃人頭路*的怎麼能講自己主管壞話呢是不是，更何況他人超～～級好，根本沒有壞話可講啊。

我覺得當上主管的人很多有一個迷思，就是覺得下屬＝祕書＝私人助理，所以無論什麼狗屁倒灶的事都叫下屬去做，這種情形以男上司對女下屬最常見。我以前常被叫影印傳真都 ok，畢竟這都是公事而且我奴性很重；被叫妳去跟誰說某某事，那個誰回我什麼，回報後說那妳再去回他什麼什麼的這種也還好，主管就像皇帝，他吩咐事情最好是用傳的傳下去，不要自己講比較威風（雖然我也不懂為什麼，誰叫我不是主管呢），身為下屬當一下信鴿也無妨。我有朋友是需要幫主管繳電話費信用卡等等帳單的，我覺得這種工作也太私人了吧，並不是偶爾不方便時請她幫忙，是根本把繳費當她工作內容，而且主管很上進想在職進修下屬還要幫他寫論文，這下屬命也太苦了。

接下來還有更賺人熱淚的，之前有男性朋友遇到嬌嬌女上司，家裡要搬東西有苦力

要做時，會叫他假日去她家當工人，聽到這兒我以為要不是有加班費，就是會有什麼香豔的事發生因為 A 片都是這樣演搭*，結果都妹有*，只是單純的叫他去搬東西安捏*。還有天他下班了人都走出公司，被女上司用十二道金牌急急摳*回來，只因為她想要吃 pizza 一定要叫他回來叫。看到這必勝客老闆一定很想哭吧，廣告打這麼大電話都唱成歌了竟然還有人不會叫 pizza，這人未免太嬌了啊～～

另外我還聽說有的老闆會偷聽員工講電話，我想到我姊前前前公司的老闆也會，而且他不是偶爾聽或挑人聽，是把全公司的電話都錄成卡帶在車上天天聽，就像天心說：「以前你偶爾喝，現在你要天天喝。」一樣，只要想到這件事我頭皮就會發麻。因為以前我和溫蒂每天早上會通電話，跟對方報告自己拉了多少，我們的便量完全被她老闆聽到了啊（臉紅），或是他只要聽到是我們就快轉了吧。

最後身為復仇系女作家，我一定要說我前男友就是遇到什麼都要他幫的嬌嬌女上司，然後就幫到她桌子底下（或茶水間裡）（或儲藏室）（或下班後空無一人的會議室大圓桌上）（還開視訊！）←有完沒完，所以說我堵南*上司是絕對合情合理又合法的吧。對了我真的不是暗指我公司的主管哦，我主管對我真的超～～級好的，他只是不讓我請假而已（←還在氣）但他人真的超～～級好的啦。（超一定要拖長音才能表達尊敬，我臭俗辣*個性今天真是表露無疑啊！）

羞 昂 的 錦囊小語	看到本文不難發現我是一個臭俗辣吧，你有發現你正在閱讀俗辣的作品嗎，這證明了廢材也有出頭天，人生沒有不可能！（握拳）

專業的名字
很重要

這幾年來我的花名比本名還要有名，會叫我羞昂的人次早已凌駕叫我本名的了，但老實說我非常不喜歡別人叫我小紅，尤其是工作上會遇到的人，一方面是我無法坦然面對自己，身為小紅讓我非常害羞，白天我明明是正經的OL不是那個下西下景*的小紅啊；另方面是總覺得小紅這名子太兒戲了，工作時要取個嚴肅的名字才對。

我一向認為工作要有工作的樣子，應該要是嚴肅且一絲不苟才對，奇奇怪怪的名字會影響專業的形象，除非是要強調親切感的業務，才可以取個大家好叫又不會見外的名字（寫到這我想到那個「請叫我小巢」的廣告，明明是個歐吉尚叫什麼小巢啊（怒）），如果是一般上班族，在跟廠商聯絡時怎麼可以使用外號呢，那實在太怪了啊。

比如我最近才收到一封信，內容是某合作單位的窗口換人了，以後改成某某某來為大家服務，信末寫上請叫我肉圓，看完我想我一輩子都不會找他了吧，因為我無法開口跟總機說「請接肉圓」，想到要談正經事之前要先經過這一關我耳朵都熱了啊。

還有一位小姐我也是能不連絡就不連絡，她的名字叫 gigi，跟梁詠琪一樣的 gigi 也實在太俏皮。她打來都說「我是居舉」聽了我一肚子火（為什麼），一個正正經經的談公事的地方叫什麼居舉啊（翻桌），我回家偷偷試了幾次想把 gigi 叫出專業感都束手無策，最後做了一個人生中最重大的決定，就是無論發生什麼事我都不會打給她有事就寫信，因為我無法承受打電話去要先問「請問是居舉嗎？」，雖然也不是什麼大不了的事但我就是辦不到（攤手）。

但其實以上都不是魔王等級，我遇過一個最扯的，我想她把公事當做在打暗黑這樣。這位小姐在每封公事的信後面都會壓上一個簽名檔，上面的署名是「紫夜憐星」，第一次看到我以為是不小心，正常人不會做這麼奇怪的事吧，約莫看到超過一年後我才沒再幫她找藉口這人真他媽有病，明明是在工作在工作啊（戳太陽穴），

不覺得叫紫夜憐星會讓人覺得妳腦子怪怪的嗎。對了我忘了縮，她除了簽名檔是紫夜憐星外，後面還寫「殘愛★夜憐」，大家評評理不是我反應過度吧，這人真的非常奇怪啊！！

羞 昂 的 錦囊小語	這位紫夜憐星小姐不但名字怪本人也怪，有次我看到她的臉嚇一跳因為她瘦的不得鳥臉頰凹陷眼圈很黑她同事們都覺得此人晚上都在吸毒吧（搞不好人家只熬夜打暗黑破壞神啊）。可最後她因為懷孕辭掉工作回家專心當媽媽，原來怪人也可以進入婚姻的，妳還在為追尋不到幸福而煩惱嗎，要相信連公開稱自己紫夜憐星的人都嫁得掉，妳一定也可以！

靠盃的
考驗

老子縱橫職場十數載，難免會遇見一些職場上的騷擾情事，有沒有到性騷擾這麼嚴重我無法判斷，像是冷不防的被摟一下肩這種我是覺得還好，感覺像長輩對晚輩的鼓勵，重點是肩膀上沒有性感帶被摸一把好像無所謂（是這樣的嗎），摟肩對我乃一塊蛋糕也。

我個人其實比較介意開黃腔這部份，因為我是 ISO 認證通過的接話狂有話不接很干苦*，但在公司恣意的進行黃色笑話接力又不像正經人家女孩兒的行為，所以我比較害怕黃腔這東西。

雖說我不太介意偶爾被摟一下，但之前遇到一個中年主管逢人必摟這就休誇*討厭了。

一開始是鼓舞士氣的摟，有種「這件事對公司很重要，好好做！」的意味；偶爾會有「這件事交給妳囉，妳應該不會讓我失望的。」的那種自己人的摟法；如果有合作廠商在場，就是摟著我說「這事兒交給她來辦，別欺負人家。」的一摟，反正大事小事都會被摟，連在走廊上擦身而過都能被他摸一下肩膀，我看這人有摸別人的強迫症吧。

本來很堵南*的，直到後來聽到跟我要好的同事說，在應酬場合遇到那位摟肩狂，他喝了酒會把手放在人家大腿上，我才覺得幸好我只被摟肩膀，要是被摸腿讓長官發現我腿上脂肪層這麼厚那可怎麼好意思。然後還有另一個受害者被摸過臉，就是在尾牙的場合該男子多喝了幾杯，就摸了她的臉她一臉無奈也不敢做什麼反應，當下有覺得反正受害者不止我一人，心中稍有釋懷了一些些。

有天幾個受害者聚在一起討論那位鹹豬手先生，一人一句講縮*他有摸無類壞透了，此時有位仁兄經過加入大家的談話，作證說那位先生其實是有在挑的長相普通

一點的他不摸，鹹豬手只伸向有點姿色的女同事。當下我們想縮沒吧，不料這時剛好有位在大部份人眼中姿色平庸些的女生經過，立馬*被訪問有沒有糟到毒手她說沒有，這一刻我們這些有被摸的女人突然感到很安心，因為我們的長相通過過考驗了啊～（安捏甘丟*？）

羞昂的錦囊小語　這是一個遙遠的回憶啊（遠目），是說有位導演曾經想找我寫劇本過，那次我們約在他下榻的飯店一樓咖啡廳懇談，談得怎樣不是重點，重點是事後我告訴朋友這件事友人他其實是想上我吧可是並沒有，從頭到尾都是正經的在談寫作的事，然後朋友給我一個憐憫的眼神說妳好丟臉哦，至少是對方有要求妳有骨氣的拒絕了吧，被約在飯店卻連要求都沒要求真的很沒面子啊～～我想我的才華終於超越了臉蛋，才氣縱橫到足以讓人忽略掉眼前的藝文圈張鈞甯，而專心在寫作這塊上，這對於一個半路出家的作者來說是至高無上的肯定啊啊啊（此為凡事要看光明面的示範文，很正面思考吧）。

隨和是
好的嗎（沉思）

不知為何我一直給人一種雞歪*的形象，可能是文章裡常看什麼都不順眼吧，但其實我本人遇到事情非常容易退讓，根本是個軟柿子來著。

之前搬新家時我買了一個床頭櫃，像抽屜一樣可以拉出來，拉出來的上層有玻璃可以放東西這樣。送貨人員在安裝途中不小心把玻璃打破了，然後很抱歉的對我縮*這種情形要去申訴，而且換要換一整套不能只賠我個玻璃，所以他不能馬上把東西帶回去還我個新的，我必須要打電話到總公司請他們處理，可以說是他打破的沒關係，但他這邊不能馬上幫我做換貨動作。

由於他態度實在很好，我又怕講了是他打破的對這位年輕人的職業生涯有傷害，想想玻璃在人生旅途上並不佔有重要角色，那還是算了吧所以也沒去申訴，就讓它缺片玻璃也無妨。

結果我最近想換床頭櫃了要把舊的賣掉，才發現少了配件是個大缺陷，那時真的不應該這麼隨便的。而且類似情形後來有發生，幸好這次我有堅持啊。

事情是這樣的，我把家中廁所改成乾溼分離，做了一個玻璃的淋浴間，我家廁所超小淋浴間更小，但不知為何師傅切了一個好大的門。大家幻想一下小空間裡有個往內開的大門片，那人在裡面開門時就要縮到角落才打得開安捏*。

我本來要求要換，可師傅說玻璃切好了又賣不掉，問我能不湊活著用一下算了，我試了幾次每次都要退到角落加上縮小腹，然後會被水龍頭戳到屁股才打得開；可想想身為女人被戳是常有的事我不想為難師傅（我什麼都沒有只有豁達的人生觀哪），最後考量到我懷孕的姊接來要來住我家，她肚子縮不起來所以還是強硬的請他換個小門來。

事後我非常慶幸當下有堅持，因為我在試開門時是穿著衣服的，但人類在真的使用淋浴間時都馬是裸體，我裸體退到水龍頭時發現那龍頭可能是量身訂做，因為它準準的對著我的肛門，所以如果不換門我每天洗完澡都要被自家水龍頭拜觀音，重點是剛洗完澡龍頭還是燙的啊！！所以人有時候還是不能太隨和啊與大家共勉之。

**羞昂的
錦囊小語**　雖然與人為善很重要但有時也要適當的拒絕，原諒雖是美德，但有可能因為我們一再退讓害錯的人不知自己有錯導致一錯再錯，有一天不小心害黑道被拜觀音可能就被槍殺了，追根究抵竟是因為你當初輕易原諒了他讓他得不到教訓啊。不要再因為偶爾的雞歪自責了，你是為他好的我知道（摟）。

這是一個很
髒的故事⋯⋯（大水沖澡）

我家廁所之前進行小裝修，晚上回家常看到施工區有海尼根空罐（我還以為師傅們都喝維士比套蕃茄汁呢）流理台上也有菸屁股，我在想是不是因為他們老是在工地本來就是亂七八糟每天都要清理的地方，所以很習慣的把垃圾亂丟，反正最後會全部清掉這樣。其實啤酒瓶算客氣的了，更早我家裝修時客廳有小瓦礫堆，有次回家看到師傅直接吐檳榔渣在上面我頭皮一麻，之後就知道如果跟工地感情太深最好不要來看別人是怎麼對待它的，不然真的很矮油*啊～

但我還是會在上班時忍不住一直想我家現在到底被師傅怎麼樣了，師傅有沒有好好疼惜我的寶貝厝*，幸好友人阿寶告訴我一件她家也被人怎麼樣了的故事，聽完我有覺得好過很多，那到底是怎麼樣了呢，就讓我為大家說明一下。

話說她搬家時共六個搬家工人進進出出東西都堆得一團亂。到新家後她正忙亂的摸們*工人A跟她借廁所，她說好啊也沒多想繼續整理自己的東西，整著整著覺得不對，那位先生進廁所十幾分鐘了還沒出來該不會是在大便吧！新家空空如也並沒有放廁紙啊～可她也不敢去問怕壞了人家排遺的雅興，也許這就是造化在弄我吧能怎麼辦呢（兩手一攤）。之後A先生出來了阿寶都不敢跟他眼神對到，免得一不小心會忍不住去想剛剛發生什麼事。

沒多久另一位B先生直接問她有沒有衛生紙因為他想上廁所，可家裡東西都一堆一堆的她一時也變不出來，這時路過的C先生說沒關係啦用水洗一下就好（！），於是B也進了廁所想必是進行一個挫賽*的動作，留下很想衝入雨中問蒼天的阿寶，為什麼工人們同時想在她家大便啊為什麼～～～（抱頭）

B先生進去了一陣子，廁所傳來沖馬桶及開蓮蓬頭的聲音，之後B拿著衣服打赤膊走出來，阿寶臆測他是要洗屁股索性把澡洗了吧，這真是個不愉快的幻想。重點是門才一開B後腳跟還沒離開廁所呢，工人C就從縫裡手刀*鑽進去，我大膽的猜測

他們可能在玩大便接力賽，此時我舉手發問大家是吃了什麼，該不是集體食物中毒了吧？不然很少見過搬家先生在人家家大便的。阿寶縮*大家都吃一樣的便當啊連她也吃了明明沒事。所以我只能研判她新家是個會讓人充滿便意的拉屎福地，利便的氣場很強，便祕成性的阿寶住進去應該很受用。

幾分鐘後一樣的戲碼上演，沖馬桶聲後是一陣開大水沖澡聲，然後 C 打赤膊出來還把原先穿的上衣就鋪在她的塑膠整理箱上曬著。此時阿寶的情緒已然接近臨界點，而大家似乎無法忍受有人打赤膊而自己還穿著衣服，所以集體脫下上衣有的在廁所洗有的在廚房流理台洗，洗完都把衣服掛在她的箱子上。我想不透世上怎麼有這麼荒唐的事，但它還真的發生柳*。

等他們走掉差不多兩、三點，阿寶始終不願意踏進廁所一步，到六點多實在不得已非得使用時，她一掀開馬桶蓋看到裡面有兩塊冥頑不靈沒被沖走的屎屑，一時情緒大爆發拿起刷子用力刷馬桶刷紅了眼，刷到一罐威猛先生都見底了才罷休。

可是（停頓），我提醒她該注意的不是馬桶，畢竟馬桶本來就是用來棒賽*的，裡面有過無數先人們的便實在無需介懷。真正有問題的是沐浴區吧。那區的地上應該有 ABC 三位先生沖下來的屎塊，屎塊這種東西自己的就很親切，但要是是別人的應該會陰魂不散感覺它一直在原地飄，怎麼洗都洗不乾淨啊是不是。話才一說完阿寶立刻崩潰了，而我也覺得師傅丟菸屁股在我家真的不算什麼，馬上就能釋懷的感覺真好，我終於從地上的檳榔渣中解脫了啊～

羞昂的錦囊小語 | 後來我訪問了阿寶，糾纏她數年的便祕宿疾竟然改善了不少，也許是剛搬進去第一天，這場挫了又挫挫了又挫的儀式改變了家裡的磁場打通了她的十二指腸。賽翁失馬焉知非福，擦乾眼淚明天又是嶄新的一天。

新聞讓我
學到好多

我個人挺喜歡看新聞的，它除了讓人知道世界上發生了什麼事外，還常讓我學到很多俗諺，比如很久前有個消息，大意是說有位男子找了個很巨大的援交妹 HE 囉*，由於該妹仔實在太巨大（當然不是指胸部，是歸ㄟ郎*很大一叢*）買春男還是硬著頭皮 He 了下去，這奇景連逮捕他們的警員也嘖嘖稱奇，而且警方辦案就辦案嘛，竟然還充滿私人情緒的問嫖客說：「生做安捏款哩嘛呷ㄟ落 Key*？」（私以為警察太沒禮貌了吧），淫蟲先生回答：「粗瓦郎呷幾雷北腰丟厚。」意思就是出外人只要不要餓著就好，非常時期很多事情湊和湊和凡事不用太講究，吃東西不用山珍海味隨便吃吃頂著先，不要讓胃空空的就可以惹。這話是不是太有道理也太貼切，才幾個字就寓意深遠這就是俗語的美妙之處哪。

最近看新聞我又學到了一個比較難懂的叫做「竹竿挖古井」，光看字面大家有辦法了解嗎我個人是沒有。新聞大意是有位曾姓婦人和弟媳因為照顧婆婆的問題長期不合睦，有天又起了爭執，竟用台語羞辱弟媳說：「恁*厾*說恁是『竹竿挖古井』，才會去找幼齒。」檢方本來跟我一樣不知道意思這題未免太難了吧，可能要摳奧*求救對方也未必答得上來，雖然說聽了前因後果，又想縮*竹竿和古井是一個槓槓一個坑其實大概猜得出是在講哪類事，可這話真的挺深奧的我感覺不出到底是在羞辱誰啊。苦惱的檢察官跑去上了教育部《臺灣閩南語常用詞辭典》網頁查詢，都還查不出這話的奧妙，直到去請教了台語達人才明白，這是在指涉女子陰道鬆垮的話，讓男性做愛時有如細竹竿在古井裡攪動那樣空洞，最後檢方將之以公然侮辱罪起訴。

得到解釋後我雖然明白了但不太能認同，竹竿去挖古井吸管去攪冰塊巫婆拿細勺在大鍋裡煮湯（夠了，舉太多例了），這些問題難道不可能是傢伙太細嗎，憑什麼一味責怪容器太大這很不公平，這樣的俗諺沒有前一個「粗瓦郎呷幾雷北腰丟厚」那麼直覺且唯一，總覺得它應該要有其他解釋才對吧，不是個放諸四海皆通用的準則。於是我去訪問了兩位朋友（老子在某方面求知若渴啊），沒想到大家都直接告

訴我那就是在說女生那邊很鬆啊，想都沒想彷彿國小課本有教那麼肯定，我追問縮難道不可能是竹竿太細嗎（或是古井乾枯也有可能）他們都縮某摳零*，這話就是在講古井太大竹竿是正常 size，有個朋友還表示竹竿其實就像老二一樣粗，所以答案顯而易見就是井太大。

看新聞學會了一個常識希望對大家未來的人生有幫助，但千萬不要拿來罵人可是會被告的（試問不拿來罵人又能拿來幹嘛呢）。另外這新聞裡還有一個更寶貴的資訊非常值得跟讀者分享，就是這案件裡除了大姑罵弟媳是古井被控侮辱外，弟媳也曾帶人持棍棒找曾婦理論（好一個和樂的家庭），所以弟媳告大姑侮辱後大姑立馬*反告弟媳恐嚇，最後弟媳沒被起訴的原因很瞎，就是曾婦在人家持傢伙上門時嘴硬的說：「我不害怕！」就這四個字讓檢方覺得妳不怕啊所以只是一般閒聊吧不構成恐嚇，最後曾婦只是罵人就被告了，而弟媳帶人拿棍子上門理論卻沒事哦，聽完是不是想……點個沒完，這理由真是好瞎啊。

今天教了大家兩個諺語：「竹竿挖古井」、「粗瓦郎呷幾雷北腰丟厚」，和一個重點：以後被威脅時不管怕不怕千萬記得要說我好驚哪*，希望同學們要好好復習學以致用，下課。

羞昂的 錦囊小語	姻親處不好很正常，就維持淡如水一年見三次面就夠了，如果妳有討厭的大姑小姑或欠殺的弟媳不要覺得自己運氣差，看看這個新聞妳會發現更糟的大有人在妳不寂寞，現在和我手拉手合唱一曲〈感恩的心〉吧（並肩搖）。

我們一點
都不怪（吧）　上集

日前看到一個新聞在講日本某網站針對男人不能理解的女生行為進行調查，排出了大約有三十、五十件怪事，然後報上列出了前十怪。身為一個資深的女性（扶眼鏡）我覺得這些行為算正常啊，反正閒著也閒著不如老納就來為大家講解一下吧。

1. 瘦還要更瘦
以前我也不能明白為什麼，但最近我參透了一件事，就是瘦子全身都是骨頭沒有肉，所以她的某處多出一塊就非常容易被注意到。比如我有個朋友真的瘦得不得鳥，也正是因為太瘦了所以她腰內肉多出兩塊超明顯的，可你仔細去測量伊ㄟ*腰內肉遠不及在下的十分之一啊，但長她身上就灰常*突兀，可本座身上大了十倍的那兩塊跟我本身倒是很融合，像蔡康永肩膀上的鳥一樣跟他天人合一，我想就算我身上多長出一個乳房也很難被發現吧，就像森林裡多了一顆樹誰會花現呢，可一片荒地裡長出一個小嫩芽遠遠的就能看到，這就是為什麼瘦子總覺得自己不夠瘦哪裡還很胖一定要減肥的原因。

2. 一個人說好可愛，其他人也一起喊
這有什麼好說的因為那個東西真的很可愛啊！男人看到很辣的女生可能也會叫對方看一下吧，因為歡愉的氣氛會感染咩。我才覺得酒吧裡看運動比賽的男生好瘋，一個叫起來全體會一起叫還跳起來互撞胸部呢，所以我們哪裡怪啊（挖鼻孔）。

3. 集體去上廁所
這件事其實我也不會去做，因為在下是千山我獨行不必相送的茅廁獨行俠（風吹披肩），啊嗯勾*我最近看到一個報導，縮廁所裡常有變態甚至性侵犯，所以女生結伴同行是值得推廣的觀念，一個人去會發生什麼事沒人知道。另外還有一點，男生小便不用廁紙而女生要，我有次就尿完了發現廁所沒紙了好焦慮，這時如果有朋友一起就能解決哇ㄟ*燃*之急（燃哪裡？），所以結伴同行有什麼不好，我還建議各位男生記得提醒自己的姊妹女兒要揪團上廁所以策安全哪。

4. 口是心非

仔細想想口是心非這種事男生女生都會有吧，女生被認為比較嚴重的原因，會不會是我們對於瑣碎事情的記憶力比較強大，比如男女都發生了嘴巴說要心裡不想的事件，但男生過了就過了半小時後立馬*忘光光，可女生常常會在好幾天後依然心心念念，然後遇到個類似事件一不小心就說出口了，此時對方就會說「吼～真這麼想那個時候妳當時幹嘛不講」於是漸漸變成一個男人眼中口是心非的人。事實上口是心非是個性始然和性別無關，只是男人大器過了就忘了咩，與其說口是心非不如說女生比較容易把小事放心上吧。另外記小事這點的同義字就是小心眼似乎也沒多好聽，不過仔細想想，如果男友做了什麼小事讓女生感動我們通常也會記很久，比如我就記得我在二〇〇八年四月六日被路人搭訕了縮*（記這麼清此*好可悲啊），總之記憶強大這種事有利也有弊不該只看難聽的那面是不是。

5. 購物時間超長

雖然現今社會已經沒有什麼男主外女主內，女人一樣在工作賺錢並且身兼家庭主婦的責任（我說的是大部份的情形啦），一般來縮家中的開支都是女主人在管理，大家能吃好料或月底只能吃土，端看女主人對於採買方面的功力，所以縮我們買東西多看多聽多比較有什麼錯（左手背拍右手心），培養謹慎的購物習慣是美德啊～還有我最近陪姊接*採買嬰兒用品有發現一件事，就是女嬰的衣服有豪*～大一區而男嬰衣服只有一點點，在買很多東西時女生的選擇性本來就多一些，所以我們要多花點時間挑也很合理吧是吧。

另五怪詳見下集。（揮手下降）

| **羞 昂 的
錦囊小語** | 每每在逛網拍時我就會想到那句話：天將降天任於斯人也，必先苦其心志勞其筋骨，因為要在幾百萬個商品裡選到一個價錢合理且真正需要的是件多麼困難的事，這是老天爺要付予我們重責大任前的考驗，每次購物都是一個磨練，目的是為了讓我們成為更好的人！ |

我們一點
都不怪（吧）　下集

接續上篇，讓我們接著來探討剩下五個男人不能理解的女生行為（擺手）……

6. 剃光眉毛再畫眉

眉毛是臉上最能表達情緒的器官，因為眼睛鼻子嘴巴沒法天天變，但眉毛可以做到這一點。不管你今天想走衰臉的八字眉路線或精明的劍眉路線或是收妖的一眉路線或是極驚訝的眉毛飛入髮際路線（電視台的購物專家可能就需要一對永遠都驚訝亢奮的眉吧），只要改變眉毛的畫法都能輕鬆做到啊。

以前我公司有個看起來溫婉賢淑的會計小姐，有天我因為太早上班不小心看到她還沒戴上眉毛的樣子，明明是同一個人只是沒了眉毛看起來竟然像東廠錦衣衛釀*陰森森的，結論是眉毛影響世人對我們的觀感至深，試想志玲姊接要是長了蠟筆小新的眉毛還會是第一美女嗎，如果眉毛天生就沒有長得很完美，那把它砍掉重練又有什麼不對。而且十個女生有七個半都有眉毛稀疏的問題，既然上天沒給我們眉毛那只好自己畫囉。這麼說來畫眉明明就是件很勵志的事，代表著人定勝天跟小魚逆流而上差不多了吧，逆轉勝跟林書豪有拚到底哪裡怪了我不明白啊。

7. 每天都化妝

其實化妝跟被毒品控制有異曲同工之妙。是說我有個好朋友看起來正正常常也沒有過度濃妝感，有天我看到她一臉病容臉色蠟黃，想縮是怎麼回事兒感覺像生了重病，前去關懷她時她中氣十足地跟我說沒事啊，她只是今天趕時間沒化妝而已，那個摸們*我才明白一個長期化妝的人，一旦不化給人感覺有差那麼多，所以女孩們畫一天兩天三四天，接下來的日子哪天偷懶不畫就一定會被說臉色難看，就如同被控制住了想停也沒法停啊（兩手一攤）。

還有電視節目不是常在找女明星卸妝嗎，有好多卸過妝的女藝人看起來都跟原來差好～多，然後還會被說化起妝來漂漂亮亮卸了妝跟鬼一樣，常聽到這種話誰敢素顏出門，但天天畫還要被說怪，做人真是好難哪（兩手一攤）。

8. 講話拐彎抹角

古有明訓男人容易痔瘡其實有痔瘡的女人也不少，女人比較含蓄你要多關心她～所以女人拐彎抹角其實是含蓄的表現，直來直往當然也沒什麼不可以，但女性就是要有一層神祕的面紗才引人入勝啊。再者女孩兒就是感性的動物，如果不把話說白但也被對方猜中我們會覺得心中開滿玫瑰花，所以才會這麼迂迴著的男人不懂的啦。

9. 熱衷算命

喜歡算命應該是不安全感造成的（吧）（因為我不愛算命不太清此*啊）（你看，女生也不是人人愛算命的）（還是我其實有老二？）（刮號太多了快進入主題！）。我想算命是一種防患未然的心情，面對未來的吉凶禍福事先知道好事先預防，這其實是一種謙遜的心態，不過再多的我也掰不下去了，這題就這樣跳過吧。

10. 吃飽飯後還能繼續吃甜點

這題一樣難倒我了因為老子也不愛吃甜食，不過如果可以選擇我還挺想要成為愛吃甜食的女孩兒，想想看，一個女生說她最喜歡的食物是草莓蛋糕或馬卡龍，和另一個女生說她最喜歡的食物是雞腿或麻辣鍋，怎麼聽都是前者可愛些吧，連吃完大餐後吵著說想吃塊蛋糕感覺都是嬌滴滴的可人兒啊，原來男生覺得這行為很怪我現在才知道。

好了聽完我的解說希望男性朋友們能理解到，女孩們做什麼事都是有我們的理由的，這些行為一點都不怪啊（是吧）（其實也無法用肯定句）……

羞昂的錦囊小語 ｜ 我有時也會吃完正餐後去吃甜點的，啊嗯勾我不愛滿嘴甜甜的感覺，所以吃完甜點後我又會吃個鹹點來做一個酸鹼平衡的動作，如果諸位男性們覺得自己女友類似行為很怪的話不妨想想在下，我是吃完鹹的再吃甜的吃完甜的又會回鹹的非常忙碌，其實你們的女友也沒那麼怪啊，又要上班又要化妝以後還要幫你生小孩這麼偉大快帶她去吃一個馬卡龍吧。

這是女人人生
不可避免的壓力啊⋯⋯（菸）

去年 S.H.E 的 Selina（任家萱）與阿中（張承中）終於結婚了，不過婚宴結束後，
阿中母親受訪時表示，希望 Selina 能對阿中好一點。看完這個新聞讓人情不自禁想
為 Selina 捏好幾把冷汗，因為從老公母親口中說出的話，很容易被解讀成她對老公
不好；而且這話的前一句是阿中會承擔責任又有情有義，後面接著希望 S 對阿中好
一點，這壓力是不是就更大了你說，連我這個路人背脊都要涼起來了啊～

不過 Selina 請不要憂心（是說老子也未免管太多了），因為這話是從婆婆口中說出
來的，不見得是妳真的對老公不好，而是一般婆婆應該很難會認為媳婦對兒子夠好
吧，畢竟那是她一手拉拔大的寶貝兒子，從小捧在手心的寶貝兒子呀。

雖然我家並沒發生過什麼婆媳問題，印象中我奶奶和媽媽處得挺和睦，但也許是從
小會看亂七八糟的電視節目，我總覺得婆媳間好像應該水火不容才是，因為老一輩
的可能常被婆婆苦毒*，等她們變成婆婆後就再來苦毒媳婦（電視上都醬*演），
形成一個人生的大輪迴這樣。

我思考了一下背後的原因，應該是以前的媳婦比較常是全職主婦，導致婆婆覺得兒
子這麼辛苦養了這個女人，天天待在家就看她什麼都不順眼。而現在幾乎都雙薪家
庭，應該比較少婆媳問題了吧，如果不是同住的其實要打到照面都很難哪。

可我最近發現婆婆給的壓力不一定來自於百般刁難，有時只是很日常的事，但看在
媳婦眼裡壓力也很大。比如我朋友說她回婆家時，總不好意思像老公一樣不做事等
媽媽侍候吧，於是飯前會到廚房去看看有沒有什麼忙可以幫，做些遞遞盤子洗洗菜
之類的工作，但婆婆就會強迫她學習怎麼做出合兒子口味的菜，這個要挑掉那個他
不吃，什麼東西要下多一點因為兒子喜歡。

這麼說來我以前去男友家，看到男友媽媽處理水果的態度也讓我驚嚇過，不是說蘋

果梨子要削皮那種去皮很正常,她會把橘子或柚子全都剝好一瓣瓣的放在碗裡,不然她兒子我男友不會動手。彼當時的我因為 Full of L·O·威·E*,回家還會照著做,因此習得一身分解柚子的好手藝。但難得一身好本領情關也是闖不破(孔鏘老師請下一首小李飛刀謝謝),等該男子跟別人跑了後,我才後悔幹嘛這樣做牛做馬啊,他都不知道在外面怎麼侍候別的女人呢我呸。而且仔細想想我們要討好男友不是靠切水果做好菜,是靠那個啊!母親不可能做的那個啊!!(哪個呢)(在一本富含教育意義的勵志書籍裡不能明說的那個呀(抖眉毛)

還有一種是生孩子的壓力,友人的婆婆一直覺得她生不出個蛋來,明明結婚也沒多久,兩人根本沒想馬上懷但又不能明說有在避孕,婆婆可能會氣到口吐白沫的,所以她被逼著去看中醫調身體,如果吃冰被婆婆看到就死定了。然後就算懷了也不見得如意,檢查出是女娃兒還要被逼著換一家檢查,看有沒有哪一家能檢出是男生這樣。有人則被逼去吃了包生男的中藥,藥局還刮號縮*吃了後終生懷不出女孩(我是覺得聽起來超威風,但聽縮還是生了女寶包*),時代都進步成這樣了,大家也知生男生女是男生那邊主導的,怎麼還會有媳婦兒肚皮不爭氣的想法,這實在不應當啊～

其實時代在變,現在也有被媳婦欺負的婆婆了(這是進步的表現嗎?),婆媳關係真是世上最難解的習題之一,但我覺得這一切應該靠先生化解掉,所以先生們加油吧,都靠你了呀～(拍肩)

請看 VCR
1

羞昂的錦囊小語 | 就算婆婆人很好再怎麼樣也不是自己的媽,面對婆婆總是自在不起來吧,想想嫁不掉也不錯,至少不用面對婆婆啊(摟)

勵志小劇場

日常勵志

廢材也有出頭天，
人生沒有不可能！

歐巴桑評量表

上本書我才寫過一篇文章在講老化自我評量，那時的老化其實是指步入中年的症頭，這兩年來整個覺得自己中年化的很嚴重哪（遠目）。而今天看到一篇在寫歐巴桑化的新聞讓老身心頭一緊，如果那些評量是真的，那我早就是歐巴桑了啊（眼神死）。

新聞說以下七項就是妳已歐巴桑化的鐵證，所以如果不想讓人知道妳是的話請改掉它們吧。

1. 大笑時會拍手

好慶幸第一點我就不會，聽說正港歐巴桑大笑完還會喘氣，這些我都覺得還好啦，我有個朋友在大笑後會告訴我她笑到漏尿了，不是形容詞是真的閃出了一點，這比較可怕吧。

2. 即使對小自己一歲的人也會說「你好年輕哦～」

新聞說十幾歲時差個兩三歲也不覺差很多，二十幾歲時會在意些微差距，等變歐巴桑時差一歲都覺得對方好年輕，這點我覺得好像有這麼一點兒對，最近常覺得身邊的人都好青春哦，即使對方小我三個月都覺得他洋溢青春光彩，不像老身一樣半條腿進了棺材，但明明也沒差多少為什麼會這樣呢（沉思）。

3. 開始避免熬夜，注意養生

以前玩到再晚也覺得隔天很有活力，現在真的是熬不了夜了，我有陣子厲行十一點半上床睡覺的政策，連冰品都不太喝，這是一種妳覺得身體一直在走下坡的 FU *，年輕人不明白的啊～抗老我唯一不敢的就是吃銀杏，雖然說江湖傳言吃銀杏補記性（老了記性有多差沒老過不會明白的），啊嗯勾*聽縮一天吃超過七顆會中毒，可吃著吃著誰記得自己吃了幾顆呢～這很傷害老人家的腦力，所以還是別吃得好。

4. 自言自語安慰自己

這點真是太正確了！！以前我都會聽我媽在碎唸以為她在跟我講話但其實沒有，那時還覺得她好怪幹嘛把心裡的 o.s. 講出來跟台語劇裡的人一樣，殊不知我自己也走到了這一天，有天我在騎車經過坑洞自己一直講「危險危險危險」，過了後還呼了一聲說沒事了，想想跟自己講話想想實在是件悲傷的事啊（拭淚）。

5. KTV 點歌開始使用懷舊金曲的類別

說到這想當年老子可是新進歌曲一整排來一首唱一首來兩首唱一雙的，不知從什麼時候開始新歌我聽都沒聽過而且也不會想去聽，就會想去點一些年輕時的歌出來然後覺得好懷念，之前和朋友去狂點一些王馨平或劉德華以前的歌（小朋友們沒聽過王馨平吧），然後還點〈七匹狼〉出來大合唱（小朋友們也沒聽過永遠不回頭的七匹狼吧）。幸好一山還有一山老，上次坐朋友車他用 mp3 播放出〈倩女幽魂〉的主題曲，人老了真的會很念舊啊～

6. 買東西的標準開始注重質感

這點我存疑，因為歐巴桑不是都很愛買市場一件一百塊的衣服嗎，買了還讓別人猜一件多少，很希望別人說三百九然後再狠狠地說：「不，這一件只要一百。」所以這題我要噴乾冰。

7. 對電視反應過大

幸好本人不太愛看電視所以還好，但我媽真的會跟電視聊天，而且情不自禁地把電視裡的人當自己的好朋友。比如說如果問她新菜是哪學來的，一般會說看電視學的吧，但她會說阿基師教她的，一副一對一教學的樣子但明明不是這樣；偶爾在電視裡的人說了什麼她不能苟同時，也會跟他說「才不是這樣呢」然後試圖導正他們但人家明明聽不到啊。可我覺得是因為歐巴桑在家太無聊一直看電視，所以才會把電視當好朋友這樣，像我媽天天在家看老電影，有天我告訴她董標和大傻往生時，她

整個驚訝到不能自己，是沉默了很久感覺她有跌坐在沙發上的樣子，我想她是真心的把電視裡的人當好朋友的。

以上七點是新聞整理出來的，可我覺得最重點的一點沒被寫到，就是阿桑心情一旦進入靈魂，那羞恥心會盪然無存。以前我家住國小對面，每天早上都會被做早操的聲音吵醒，一到客廳就看到我媽在陽台上跟著小學生做早操，溫刀*才三樓來來去去的路人都她看得一清二楚她也無所謂，我看過一本書上寫阿桑的名言一定是「又不是做壞事幹嘛不好意思！」我覺得很認同啊。然後……然後（哽咽），最近我在學跳肚皮舞，有天下課後還在回想舞步，竟然就一路跳著回家，等回到家時我才驚覺得我變成我媽了啊～～～（抱頭）

好了各位讀者們，如果有以上症頭，只能說，恭喜妳正式進入歐巴桑的殿堂～（開門迎接）

羞昂的錦囊小語 ｜ 與其羞於承認不如勇敢的認了這個身份，當你坦然的接受了自己成為歐巴桑的那一刻，你會發現世上沒有一種生物人生的寬廣度比得上歐巴桑。

老人症頭

我自己在外面住差不多五年了，其實早就習慣了獨居的生活，最近因為家裡要裝修我暫時先搬回媽媽家住，重回有天倫之樂的日子五告*不習慣的啦。

跟媽媽一起生活好處多多，我最開心的就是桌上隨時有水果，想吃什麼只要交待下去（好像皇上一樣啊），皇額娘就會準備好下一餐它一定在桌上。

不過有件事我很不習慣，就是我娘親非常喜歡在電視前睡覺，然後只要我去關電視她就會馬上醒來問我為什麼要關，啊明明她都打呼了是真的睡著了啊，怎麼聲音一停她就醒來真是一個謎。我在網路上說了這件事引起熱烈的迴響，原來人人家裡都有一關電視就醒來的老北*或老木*或老公，說穿了這就是一個相當普遍的老人症頭，是我太大驚小怪了啊。

我想每個階段都有屬於自己的老化症頭吧，想想我也是這樣一路走來的，比如睡不好就垂到臉頰上的黑眼圈，這是年輕時不曾有過的現象，然後漸漸的，我覺得菜市場好好逛啊（掩面），而且我不是去買食材我是去買衣服啊啊啊（羞奔），就覺得那裡的衣服便宜又大方而且賽史*好大，幹嘛一定要去東區精品店買衣呢市場的就好了啊。

但真正讓我覺得事情大條的事件是，有天午休時我去市場買菜，回來在電梯遇到一樣利用午休去買東西的少女同事們，人家手上拿的是藥妝店的提袋或是一杯星巴客（好時尚），而我提了紅白塑膠袋內裝黃豆芽，那個摸們*真的覺得青春離我離去羞恥心也不復存在了。

有個大我十歲的好友跟我縮*這些沒什麼，慢慢的我也會習慣在電視前睡了，有天開始會覺得躺著再也睡不著要坐著咔齁睏*，被人叫醒回到床上時會眼睛明眼睛亮精神好的不得鳥*，一定要回到沙發上打開電視才能瞬間睡著，每個人都會走到這

一步的誰也不要笑誰，想到這我背刷一下的涼了起來⋯⋯

然後我走到客廳去幫老木蓋好被子，聽到她打呼想到這可能就是晚年的我（或五六年後的我），我決定再也不要趁她睡著關掉電視了，希望我的小孩也能這樣對我啊（祈）。

**羞昂的
錦囊小語**　不要埋怨草莓族工作沒凍桃 *，在幾年前你我也是職場前輩心目中的草莓族；也不要靠天照顧家裡長輩麻煩，因為幾年之後我們也都會變成孩子心中的長輩。抱怨是成功的天敵，試著正面思考遠離抱怨，你會發現事情順心多了唷！

老臉的
逆襲

最近老子剛過完三十五歲生日，就是個不折不扣的中年人來著，更可怕的是今年過年我去慈佑宮點光明燈，才赫然發現在神明的心目中，屬龍的哇奔郎*今年是三十七歲啊啊啊！但說來害羞，因為我每次告訴大家我年齡得到的回答都是看不出來，我想我就是個看起來還算有點青春氣息的中年人吧（摸臉）。

其實我最近才慢慢的習慣別人覺得我沒那麼老這件事，因為一直以來我就是個老臉人，差不多在國小三四年級時就生了一張和現在差不多的臉，以前我跟我姊出去人家都會以為我是姊她是妹，十幾二十歲的少女時期，也都會被以為三十了，拎北*老起來等了十幾年，現在終於我的實際年齡超越長相年齡，可說是多年媳婦熬成婆啊～

我應該在小四年級後，就發現自己跟同學不太一樣。在下算是早發育的，那時候就長得和現在一樣高了，加上老穿姊姊們不要的衣服以及渾然天成的老臉一張，彼當時只要是便服日，我走在走廊上必定會有學弟妹跟我鞠躬縮*老師好。

之前圖書館有分國中和國小區，有規定國中生不能進國小的，剛升上國中時大家都會偷偷越區，可每次只要帶著我就必定被盤查，誰叫我生了一張完全不稚氣的臉呢。

但真正讓我嚇到的一次是五專時期，那時我在百貨公司打工，有天有位歐巴桑盯著我看半天，久到我都在想是不是我看起來很會生她要來幫孫子做媒了，不然有什麼理由一位阿桑要這樣盯著我瞧。

結果她講了我媽的名字，問我是不是她家的女兒我說是啊，原來該位阿桑是我五歲前的鄰居，五歲後我搬離老家就再也沒見過面了哦，那時我應該是個會亂撿地上東西吃的小鬼頭吧，到後來變成亭亭玉立的少女（是說可以這樣形容自己嗎）竟然還

能被認出來！寒暄過後她說我跟以前長得一樣呢，我開始幻想五歲孩兒長了一張老臉的樣子，應該是個妖孽來著，謝謝家母不嫌棄把我養大。

但現在一切都過去了（遠目），因為我的真實年齡終於追上臉的年齡甚至超越它了。所以各位老臉讀者們請不要放棄自己，繼續老下去你也會像我一樣，有天大家都會說你看起來很年輕的啊～

**羞昂的
錦囊小語**｜奔郎從老灰呀＊臉老被叫阿姨這樣一路走過來，到現在報出年齡時大家都說哇塞看不出來，所以各位邊緣人請不要自暴自棄，走過生命的寒冬迎接你的就是春暖花開一望無際遼闊的天空。

過期食品
的省思

我平常是不太吃軟糖的，只有過年時會想買一下外面那種秤重包裝的軟糖沒事嚼一嚼，看看日子剛好又快過年柳*，所以這幾天爆發出老字號的乖乖涉嫌把過期的水果軟糖混在正常品中，一起賣到市面上的新聞我有關注一下。看完我想縮這是小朋友吃的東西，過了保存期限不太好吧，小朋友腸胃沒大人好吃壞肚子怎麼得了哦～

聽我這麼一說就應該明白，鄙人是主張大人吃到過期品是無所謂的吧（是這樣的嗎）。我幻想了一下軟糖這玩意兒，它對我來說是沒有保存期限的物種，無論上面打了期限然後又過了多久，我都覺得應該還好吧，它實在不像會過期的東西，只要上面不長出黑點或白毛，吃起來都跟剛出爐的一樣，不像水果會黑掉也不像牛奶會發酸，軟糖這種東西要人家怎麼會注意期限呢，就算大方印出來也沒人會看吧。實不相瞞，在下就是傳說中那個視保存期限如糞土水裡來火裡去的過期食品界的玉嬌龍（好長的名字），勤儉的天性促使我只要東西不要看起來明顯變質，老子都會打落牙齒和血吞下去，事實上我還吃過打開蓋子就酸味撲鼻的放了很久的鹹粥，因為它看起來跟新鮮的差不多，酸味感覺像加了醋很提味，所以我不疑有他地吃了，直到家母看到我在吃才趕忙來阻止，好在隔天我仔細品味我的腸子也沒啥異狀。

而看起來就有內情的東西偶爾我也會放膽吃一下，比如泡菜或辣椒醬，上面明顯浮了一層本來不在罐子裡的東西，我看了一眼就決定把它刮下來底下的繼續吃，因為還剩不少就這樣丟掉太可惜了。還有一次是在冰箱找到放太久的杏鮑菇，那天我才知道原來這東西壞掉是會全身長白毛，感覺好有生命力啊像小白兔一樣。那時剛買房子覺得不能浪費血汗錢，於是我像削白蘿蔔一樣把外面削了心吃掉，後來我媽縮菇類如果生癬萬萬不可吃，因為會產生什麼化學物質歸組壞了了*，所以如果長毛的不是菇類，她也是把壞掉的削掉繼續吃吧，果然是血濃於水的母女啊。

如果東西是放在冷凍庫裡，我還更不會在意地吃下去，因為在我心中冷凍庫凍結了時間，像誤入仙境的書生（好像只有書生才會跑到仙境，比較方便遇到仙女吧）以

為只待了兩天，殊不知人間已經過了五十年，不由得你不信冷凍庫它就是人間的仙境（是嗎）。我家的冷凍庫塞滿了不知何時進去的東西，直到有次發現有顆饅頭進去時是原味白饅頭，躺了一年後出來變蔥花饅頭（長點點來著）；還有放了七、八個月的粽子，蒸來吃後味道明顯不對，我才對冷凍庫的觀念扭轉了一下，原來不是所有東西進去了就青春永駐啊……

此時為了證明玉嬌龍哇奔郎*對過期時品多不介意，我特別去翻了一下冰箱考個古，看看還有什麼清光緒年間的東西躲在裡面。結果我看到半包松露巧克力，這我其實一個月會吃一、兩顆，因為姨媽來前會超想吃甜食我就會拿出來含著，但它究竟是何時買的呢（抓頭）。看了半天我破案了，這包的來頭是有年我和同事約了去看《投名狀》時他帶去的，我估了一下是二〇〇七年上片的，如果生個孩子他現在都上幼稚園柳，而且久不是它唯一的問題，大家有吃過松露巧克力嗎？它美妙之處在於入口即溶，所以它是很容易化掉的產品，一定要放冰箱才會粒粒分明，而那天我們看完電影後我把它放在車子的地上被引擎弄熱了，回家我發現整袋化成一塊大餅，因為它很名貴又實在好吃我捨不得丟，於是很用心的用湯匙一個個挖起來把大餅再變回松露，然後冰起來假裝它從沒變心過。

窩的馬呀*我的腸胃還真是勇健，它可以去參加鐵人三項了啊。不過重點是我不介意吃過期的東西沒錯，但我很介意有人把過期的東西裝新貨賣給我，這行為要不得而且可能會害到腸胃沒我這麼好的人，商人們賺錢也要有良心啊（戳太陽穴）！

羞昂的錦囊小語｜每吃一次過期食品都是對腸胃的磨煉，是提醒它人生有時不能盡如人意低潮時要逆來順受，當順利通過一次次的考驗，那必定會成為更強的胃。

請叫我
部落格界的楊麗花

之前有個女生很紅大家都叫她「憑什麼姊」，不知道讀者們有沒有注意到這件事，為了怕大家不知道我大概解釋一下好了。

事情源自一個電視節目，內容是請一堆素人談自己的事蹟，這集的主題是拜金女王，所以來了一堆自認拜金的女生這樣。備受爭議的主角叫陳小柔，她是個showgirl和展場主持人，因為工作的關係累積了一些死忠粉絲，她在網路開了一個粉絲團並說那裡是許願池，因為她只要在上面嚷嚷自己想要什麼，不到幾天就會有粉絲寄到她家裡。她在節目上表示收到三萬來塊的名牌包都是家常便飯，家裡用的電腦電視也都是粉絲進貢的，而且這一切並不需要她肉償哦，忠心的粉絲只需要她的關心就會繼續對她死忠，連手都不用讓人牽就是了。

看到這裡覺得扯的人可以緩緩，因為接下來還有更扯滴～

比如她打牌輸錢需要賭資，就在粉絲團上寫救救陳小柔，然後就會有人匯錢給她；做活動口渴了人家會送上飲料，但便宜的她是不喝的只喝昂貴的名牌水名牌咖啡；有一次看到一支十六萬的錶說好喜歡，沒幾天竟然就有粉絲送她了（驚！）；之前她說想去法國玩，擔藍*馬上有粉絲要幫她出來回機票可是她不要，不是因為有骨氣而是沒錢去法國也是枉然，買不起名牌看了更難過，於是該男子就又給她十萬零用錢，而她只要當大家想像中的女友，真心的對對方付出關懷，人家就會對她死心塌地。而且她還大方的承認自己是有男友的，所以人家真的是純關心不是想要和她怎樣又怎樣，這些人也未免太好了吧。

這段影片後來被大家瘋狂轉載，每天都有人貼給我吸引我罵她，我看了後當然也覺得扯，但內心深處想縮*這根本是假的吧，綜藝節目不是最愛做假騙人了嗎？

以前我好愛看一個節目叫《分手擂台》，好像是陽帆主持的吧，是讓一些要分不分

的情侶上電視把話說清此*，最後再讓雙方決定到底是分還是不分。這節目超精采的啦，每集都會有人講到要打起來，有時講到有第三者，旁邊的門一打開第三者就上場了。第三者都來了不免有些打架場面，可鏡頭焦點不是他們時都很冷靜，一但變成主 Key 就殺紅了眼把人家當殺父仇人一樣打。

有一集是在講有女友的男人被選到要冥婚（為什麼），女友哭哭啼啼問他為什麼，神祕的門一打開是一對老人捧著女兒的牌位也來哭哭啼啼，讓男人選到底要娶兜擠雷*。還有一次是兄妹戀（看我是如此這般的如數家珍哪～），女方說要和男方結婚但新郎的瘋妹妹一直從中阻撓，神祕之門一開當然是妹妹這不意外，但她穿著白紗禮服拿著捧花出來我都笑了，就算有人搔我胳肢窩加用鵝毛撓我腳底我都不見得能笑得如此開懷，大家說這節目是不是超好看！

而且如果對第四台的那些減肥運動賣藥廣告有注意去看的話，偶爾還會看到打得要死要活的當事人在那當見證人，一看就知道是假的呀。

除了這種一看就是邪魔歪道的節目外，連正派經營的大節目都不見得誠實，比如之前有朋友在綜藝節目當企製，就跟我縮什麼明星挑戰爬一〇一的遊戲，卡麥拉*一關人才回頭怎麼明星不見了，原來沒在拍時馬上進電梯了誰跟你一層一層爬啊，所以說電視節目怎麼能信呢，實在沒必要跟只是想領通告費曝個光的陳小柔過不去啊～

最後回到許願池上（跳一下）。其實我默默覺得我也有自己的許願池陳小柔妳不用太得意，是說有次簽書會，我在許願池裡寫下大家人來就好千萬不要帶台南燻之味的煙燻百頁哦，結果那天我就被台南的百頁淹腳目柳*（撥瀏海）；之前有網友送我某家排隊要排很久的蛋捲，我吃完後驚為天人在我的許願池表示太好吃惹，然後就陸續有人寄到出版社給我，真是有求必應好比石頭公。

一直說吃的很跌股，好像我是神豬一直被餵食，其實我收過一個拉風的東西拉到我現在還在害羞。有次簽書會結束時我把大家送的東西一個個拆開來看，拆著拆著赫然發現有一枚金戒指，只留了條子縮可以給我當嫁妝，當下我有嚇到想縮也太名貴了吧，到底誰送的這怎麼好意溼～～～但另一方面又覺得實在風光，聽說古早時代楊麗花的粉絲都會打金牌送她，沒想到這種事竟然發生在鄙人身上，所以以後請叫我部落格界的楊麗花吧～（撥瀏海）

羞昂的錦囊小語 | 原來我也是憑什麼姊，這證明了只要有心，人人都可以是憑什麼姊！

這法也
太嚴苛了吧

環保署昨天公布「近鄰噪音公寓大廈管理規約」範本增修條文，縮*「跑跳、搬動重物等可能影響他人安寧」面臨三千至一萬五千元罰款。看到這個新聞我很好奇要怎麼執行，因為大部份的台灣人都以和為貴，怎麼會想要去舉發自己的鄰居，害他們被罰錢呢。

其實吵鬧的鄰居真的很惱人，之前我有個朋友就常在抱怨鄰居會大半夜還在家裡跑跑跳跳拖桌子，讓住在樓下的他歸懶趴*火。我仔細想了一下人生中有沒有覺得鄰居吵到我無法忍受過，我發現個人的好像比較少，我總是被大條的噪音激怒，但也無可奈何的那種。比如之前我家一樓是一家賣小小四驅車的店，店裡有軌道每天都有小車在軌道上瘋狂的駛著，聽過的人應該知道那聲音超級吵，家姊溫蒂脾氣壞為此報警過好多次，但每次都不了了之超怒的。

之後搬到一個小學旁邊，除了偶爾休假在家，每隔一小時下課鐘聲一打，會有十分鐘的噪音地獄，不停的聽到孩子們在吼叫，導致上課後明明安靜了，但耳朵裡面還是嗡嗡作響著，分不清是真的有小孩在叫還是幻聽外，每天早上差不多七點多吧，上操場升旗的音樂就會響起，大家冥想一下那個讓小學生跟隨節奏踏步的旋律，老子就是天天聽那個起床的。寫到這不如順便提一下當年勇，在下小時候可是永遠的領隊，因為我對那個節奏哪一下是左腳哪一下是右腳異常的偏執，根本可以照著它走一輩子都不會亂掉，而且我對走著走著會亂了步伐的同學很不能理解，這不是一種靈魂的姿態嗎？哪有可能迷失呢（左手背拍右手心）。所以哇ㄟ*靈魂促使我每天照著那個節奏進廁所洗臉刷牙，再踏步出來穿衣服等上班，我不能忍受自己不踏在對的節奏上我不能。本來以為世上只有我腦波弱才會這樣，沒想到有天發現我媽竟然站在陽台，跟著小朋友們一起賣力的做大會操，原來腦波這種東西是遺傳的，不是我在成長過程中出了什麼錯呀～（安心）

現在我家住在幼稚園旁邊，少了大會操的音樂早上耳根清靜很多，只有白天偶爾會

傳來小朋友銀鈴似的笑聲還算悅耳，而且我喜歡幼童臭拎呆*的講話聲，比起來我娘家就糟糕多了。她家後面是條連腳踏車都很難過的防火巷，背面那戶人家可能住了外籍新娘，天天很大聲的播放著家鄉的歌曲，這種事情聽一天火大聽兩天火大，聽到第三天發現我娘會跟著哼更是火冒三丈，可是要體諒人家思鄉的心情還是算了，如果我嫁到國外可能也會天天聽〈雪中紅〉吧（才不會）。左手邊的人家比較可怕，因為他家常常傳出打小孩聲，不是啪一下那種打，是啪啪啪連續好幾下的打，就像黃師父的佛山無影腳無法只踢一下，一踢就要踢一串那樣，聽到那聲音混合著孩子的哭聲我心都揪起來了，我和我姊常拉長了耳朵在聽他們家的聲音認真考慮要報警，有次我姊忍無可忍，可沒多久又聽到孩子在唱歌好像挺開心。總之這家人已經是我們重點觀察對象，而且這個法條一出來就有正常理由可以報警，不用用到什麼虐童之類的嚴重字眼，只要說他家很吵就可以了，這麼說來這也不失為一個好政策，可以好好的關心心狠手辣的鄰居。

最後不知怎麼收尾，想起朋友說她家大樓有對下西下景*的中年夫妻，HE 囉*時常會發出很大的聲音，哼哼唧唧的很擾人，每回床戰時總在太太的「咩系啊」（要屎了*ㄟ*意屬*）聲中畫下句點（看來我朋友有認真聽啊），她很想去告訴該對夫妻本大樓隔音很差叫床要酌量音量請調小，而我則是聽到咩系啊後靈魂出竅了，想縮如果女生這樣講男生要怎麼回呢，此時另一位見多識廣的友人表示這種情形下男生通常會回「攏吼哩*」安捏*，這麼聽來「咩系啊」和「攏吼哩」雖然答非所問但非常登對像布萊德彼特和安潔麗娜裘莉一樣登對。分享完這個小知識後發現對收尾並沒有幫助，那也沒辦法我努力過了啊，大家原地解散吧～（草率結尾重現江湖）

羞昂的錦囊小語	之前住到一個地方鄰居非常吵，半夜都在大吼害我翻來覆去睡不著索性開始寫稿導致那陣子我交稿情況變得異常良好，是說人有一失必有一得，好或壞都是上天的考驗，唯有少看自己失去的多想想自己得到的，滿足才能讓人得到快樂。

溫情
熱炒攤

說到熱炒攤我就會忍不住手比愛心，這是除了火鍋之外，我最愛的食物排名第二了吧，光看那長長一串的菜單感覺想吃什麼都點得到，就讓人歸身軀*都熱了起來啊（揉身體）。

可說實在的，熱炒攤好像都不太乾淨，桌子黏黏地黏黏是基本的，地上常會有蝦殼或衛生紙團等垃圾，環境還都極吵無比講話要用吼的。在熱炒店和在 KTV 裡差不多，就是你要談心幾乎某摳零*，講國家機密就算大聲吼別人也都聽沒有，因為實在太太太吵了，每次吃完出來都有點耳鳴現象，然後隔天覺得嗓子啞掉，誰叫昨晚講話太用力。我很認真的分析過為什麼，這個環境為何讓人嘶吼，我想是因為這就是個會來一手啤酒的地方（是說菜太鹹嗎？），酒喝多了的人講話就難免會大聲，這桌大聲害另一桌聽不見自己朋友講話只好更大聲，這樣冤冤相報之下造就了店裡擋不住的高分貝。

喝了酒還有另一個可怕的地方，就是醉鬼脾氣普遍比較差，酒精讓人的 EQ 不見柳*，所以常會看見那種海產攤命案，就覺得在這裡人們很容易莫名的看別桌的人不順眼，連一言不合都不用，可能 A 桌的人只是無意的看了 B 桌的人一眼，就被解讀成你這是在瞪老子是吧，手上有傢伙的就砍人了真是恐怖額*～所以在我心中熱炒攤很容易造成枉死，雖然東西好吃，但是個又吵又髒且容易被殺的地荒*。

不過之前在熱炒店看到一件事，讓我覺得這兒也挺溫暖的嘛。那天是有位酒促小姐在跟一桌男客人聊天，一般這種情形多半是男客在虧*小姐吧，要不就酒一瓶瓶的開幫酒促妹拼業績然後趁機要電話，總之就是從事一些豬哥的勾當；剛好當時人不多店裡還算安靜，我就拉長了耳朵偷聽他們講什麼，畢竟耳朵長在兩邊就是要聽隔壁桌聊天的。結果這一聽讓我熱淚盈眶（此為誇飾法），原來小姐在講家裡的事，大意是她奶奶生病住在加護病房，會住進去之中好像有點隱情，牽扯到一些醫療糾紛之類的，只見男客們一人一句安慰的話，還說了「太沒醫德了」、「這是哪家醫

院」等等，大家不覺得很溫馨很感動嗎，差點要搭肩搖高歌「朋友一生一起走，一聲朋友你會懂」了。一般的店（我想我指的是酒店），如果小姐在大家酒興大發時講這些掃興的話題，應該早就被客人說「叫妳們經理出來」，或是「老子花錢可不是來聽妳靠北*靠木*的妳給我喝！」還打她後腦這樣，那天的熱炒攤整個讓我覺得超溫馨的啊。

這兩天又看到一個新聞，對熱炒攤上的情與義又有了更多的認識。新聞裡說有個熱炒攤的女服務生因為頗具姿色於是有個綽號叫林志玲。某天這位熱炒界的林志玲送客人點的炒飯上桌時，那桌客人不但出言刁難還打翻炒飯，讓這位志玲姊姊感到難堪，於是路見不平的客人就拔槍相助，讓人感到情和義值千金。

納悶的是這明明是個有人受槍傷的事件，但我看到網路新聞後的評論人人都按讚說奧客*活該，大家的反應也實在太一面倒了明明有人中槍啊。但看完後我注意到記者寫的幾個字「據了解，該名女服務生雖相貌一般，但綽號『林志玲』」，這話應該是在暗示熱炒攤有多麼溫馨，連相貌一般的女性都會被叫林志玲，簡直是個充滿愛和關懷用鼓勵代替尻ㄙㄟ*的地方真是和樂融融啊～又或者大家只是單純喝太茫了所以喪失最基本的判斷力，究竟哪個才是正解真是我心中的謎。不過寫這篇報導的記者你也太大膽了，熱炒界的林志玲可是有人在罩的，敢說她相貌一般你實在太帶種了呀！

羞昂的錦囊小語　妳是否也發現了，報上常有什麼警花或籃球寶貝或陸戰隊女神或清潔隊小百合稱號的女子，看了照片都覺得其實很普通啊，所以只要選對跑道你也可以當某個領域裡面的佼佼者，如果我去開推土機，應該也會被稱做推土機上的張鈞甯吧。

坐月子
注意事項

上禮拜去朋友家玩，電視亂換台換著換著看到第四台在播《倩女幽魂》被吸了進去，這可是我小時候最紅的電影當年風靡全台灣，也讓王祖賢成為男孩兒們心中的女神，現在三十歲以上的應該沒人沒看過吧。

但重看以前的名片感覺有點不解，小時候覺得好合理的劇情現在怎麼看都覺得破綻百出，導致我和友人隔了兩天還在回味劇情，想縮 * 為什麼書生在讀書讀著讀著房間裡進來一個女生在跳舞，他們會不疑有他的跟她那個然後就被姥姥吃了；又為什麼半夜了男人在河邊洗東西，洗著洗著突然河中間有個女生穿著衣服在洗澡（←怎麼聽怎麼怪），雖然有穿但把自己潑溼讓衣服變成透明的，樣子淫蕩表情嬌羞讓人直覺案情不單純，但男子還是會跟她那個後觸動警報，一不小心又被姥姥給吃了。奇怪了大半夜的身邊出現這樣的女人超可疑搭 *，怎麼大家還會被騙，今時今日這種劇情真讓人無法信服。

結果今天我就看到一個新聞，大意是新竹一位已婚博士生，趁著太太回娘家坐月子時，在網路上結交到一位想到新竹玩要找地陪的女網友，對了，該女的網路暱稱叫「陪陪」一聽就知道不單純（捻鬍），正派經營的女子至少應該叫「蓓蓓」吧是不是。雙方見面出遊後，陪陪說自己不敢一個人住旅館說要到博士生家借住一晚，當天晚上大家分開睡沒花生 * 什麼事，隔天早上博士一起床看到陪陪在磨咖啡豆（聽這畫面感覺她是穿著他的大襯衫裡面沒穿這樣）一時衝動從後面抱住她而她也沒反抗，報上是說兩人就這樣纏綿了一會兒，而我是覺得兩造之間應該是在互揉吧，這種情境感覺揉身體很合情合理安捏 *。揉完後出門遊玩，博士生忍不住擁吻她還把手伸到她的裙子裡，新聞縮他有把手指插入陪陪的私處，陪陪大叫不要，表示自己很不舒服問博士要怎麼處理，然後就報案說自己被性侵柳 *。

看完新聞我覺得這就是現代版的小倩啊，我要收回之前指控劇情不合理的話，因為這種事情原來到現在還一直在發生。就女生莫名其妙自己送上門，跟人家欲迎還拒

的，結果背後根本有陰謀（吧），聽起來很像設局要仙人跳，不然自己主動要去人家家過夜，被從後面抱住也不反抗，最後還跟人家一起出去玩的女孩，實在沒有理由在最後一刻冷靜下來，覺得被這樣對待很不舒服然後要報警吧。

一開始我覺得如果陪陪本身是從事仙人跳一職，應該被摸後要有黑道大哥跳出來敲詐才是，報警不符合仙人跳集團的 SOP，案情實在太膠著了我不明白。和友人討論後她縮會不會是陪陪氣他插錯東西，本來應該用＊＊插人的怎麼可以用手敷衍了事，心裡想你是看不起我還是嫌老娘髒嗎！一氣之下就叫警察惹，我想想覺得好像有點兒道理，差點要投她一票覺得她真聰穎很會猜了。

幸好我有結交更有智慧的朋友，他說因為如果馬上有人跳出來要他給錢，那博士可以去報警表示自己被設局騙錢；可女生只要先報警，先發制人表示她真的是被欺負的一方，之後可以再談和解一樣拿得到錢，而且這樣騙錢可以單獨完成，並不需要再找男生破門而入，這麼一來和解金一人獨得不用跟人分，這招真是高啊嘖嘖嘖～

最後到了下結論的時間。今天除了告誡各位男士，莫名其妙自己送上門來的女人要當心外，還要奉勸產婦們不要回娘家坐月子，真有需要就把娘請來自己家坐吧，反正就千萬別放老公自己一個人放在家會出亂子的，因為男人本身並沒有偵測不合理女人的雷達，再奇怪的事都覺得是天下掉下來的豔遇，一定馬上就被小倩騙了啊啊啊～

羞昂的錦囊小語 | 原來世間有這麼一招自己一人獨立完成一套仙人跳的方法，依賴不會讓人成長，靜下來動動腦，你會發現你能自己完成的事，比想像中要多得多。

投訴記之
美鳳姊我錯了（跪）

請相信我，我本身崇尚得過且過，大多時候都活得很渾噩且睜一隻眼閉一隻眼，只有在每個月的某幾天，約莫是姨媽來前的一個禮拜左右，內心深處的第二人格會出現，它促使我變成正義使者，為了維護社會公義而努力奮鬥著～（海風吹披肩）

因為月亮的影響，我投訴過過站不停的公車，要在它疾駛而去的摸們*記下車牌和時間和司機名字，對一個記性差的人來說非常不容易，但為了社會公義拎北*一定要這麼做。因為月亮的影響，我投訴過百貨公司地下街的摩*漢堡，只因為他們的湯一出來就是冷的。但我去反應，他們縮*這很正常啊有微溫，可老子要喝燙嘴的要喝燙嘴的啊，然後就去填了投訴單。雖然這顯得我很機車，但是為了社會的和諧我還是非投不可。（←明明就只是一個壞脾氣的人，跟社會和諧無關吧）。

因為月亮的影響，我還做過一件對不起美鳳姊的事（掩面）。想當年流行中年人裝小從小演到老，不像現在都是年輕人在扮老，約十年前有部戲裡美鳳姊演高中生（沒想到十年前演高中生的人現在都演阿嬤真是歲月催人老），反正為了強調是個小女孩，造型師讓她戴了一頂極醜無比的妹妹頭假髮。有天我的第二人格看著看著忍無可忍肚子感到熱熱的，於是也傳真去電視台投訴假髮，我承認不是為了社會和諧，只能說姨媽影響我人格至深啊。

前言講完了現在要帶入主題。上上禮拜姨媽來前夕，我的第二人格出沒的時段，我家舉辦家庭聚餐去吃中式合菜，發生了還沒入座店家就把小菜和飲料直接放桌上，最後跟我收錢這種事。當下美送*但我知道也不是結帳小姐的問題，於是很客氣地反應了說這不合理，並且想到之前寫過類似案例，好像端出消基會之類的其實是可以免付的，畢竟我沒點啊。如果我想點飲料，那至少讓我拿我想喝的，而不是放在桌上貌似免費結果要收錢吧。沒想到小姐只說她們店裡一向如此叫我不要為難她，於是老子決定要投訴。

隔天下午打去消基會怎麼打都打不進，好不容易打進了語音，說為免久候，只要等三次電話就自動掛斷（這什麼道理）。於是拎北被掛了兩次，我的第二人格受不了這種羞辱，差點想打電話投訴消基會了但要打去哪呢（沉思）。隔了兩天終於打通，電話那頭是感覺很慈祥的阿姨，聽了原委後她叫我寫存證信，我想縮這種事不能用檢舉的嗎，要我一介草民寫存證信太為難了吧。於是我問阿姨有沒有第二條路，她說等一下她去問問同事。過了一會兒回來說有的，請我寫信去店家，告訴他們菜真的很好吃那天聚餐很愉悅，真的心情太好了啦，唯一美中不足的是小菜要收錢這樣。阿姨再三強調語氣不能壞，千萬要讚他們菜很好吃服務周到，只有這點希望他改善，信尾表示副本有寄給消基會這樣。可我覺得好像少了點什麼，寫封信出去總要有訴求吧，於是我問阿姨不用寫請退我錢嗎，阿姨說不用吧，我們做這件事是期許社會更美好進步又繁榮，而不是為了那三百塊錢。

可我想了想覺得不只是錢的問題，專門寫封信去告訴店家他菜很好吃幹嘛，寫信總要有訴求要有中心精神，要錢就可以當成我的訴求寫出去才有重點，最後阿姨無奈的說想要就寫吧，但一定要記得寫菜很好吃，而且要告訴店家我這麼做是為了讓社會更進步，並且記得註明副本有寄去消基會安捏＊。掛上電話後我一直深陷五里霧中，隔了幾天才想透，原來消基會不是投訴單位，它只是教人可以怎麼對付店家的地方啊～為什麼不能直接投訴呢？真是一個謎。不過事隔多日姨媽她老人家造訪，我的人生登時天開地闊，第二人格沒有再左右我的心智，所以也沒那麼想投訴了。

但還是很想告訴內湖的為＊樓：你們菜很好吃服務也很周到（←此為社交語言），但以後請記得問一下客人想不想付費買小菜和飲料課以嗎～

羞昂的錦囊小語 | 原來消基會的電話不好打，就算打進了，也不是接到投訴就處理，而是會先進行勸說希望你消氣啊。所以店家不用活得顫顫驚驚了，就勇敢的宰客吧。

去另一半家
愛字意*蛤*～

仔細想想我好像挺常交到愛在家裡約會的男朋友，不是兩個人獨自在家乾柴烈火一直翻滾那種約會，而是一家老小都在家的溫馨型家庭約會；雖然說女孩子遲早要變成別人家的人，要進入對方家裡生活連除夕都不能跟自己爸媽過（哭），提早習慣也是不錯，但別人家裡畢竟不比自己家，就算只是坐在客廳看電視也萬分矮油*，更別說進房間這件事了，我只要和男友單獨兩人在房間，就決計不會把門關上，總覺得這樣不太好，怕對方爸媽覺得我們在做什麼事，那多害羞啊（臉紅）。

私以為在別人家最不自在的就是衣著問題，因為不是只坐一個小時，常是一待待上整天那種，在一個很休閒的狀態下要衣著整齊真的很累，誰想在家要衣冠楚楚捏*，在自己家都嘛求一個三點不露就好（家裡要是沒有其他人露個一兩點也沒關淫*）。自己的不便就算了可以忍一忍，可我無法控制其他人的自由，畢竟那是人家家啊，所以我有見過男友的爸爸穿著四角內褲走來走去的光景，而且是很短很短的那種，一個不小心囊部就會從旁邊探頭出來打招呼的短法，我長大後連我爸都不會在家穿的那麼性感了，看到男友的爸爸這樣還真矮油。雖然男生天性豪邁都水裡來火裡去了，好像不應該太拘泥於陰囊外露這種小事（是嗎），可看到路人的就算了，看到熟人的真的很怪，心裡會留下一點陰影，接下來的人生看到帶殼核桃都會心頭一緊。說到這不離題我會暴斃，以前有參加過一次馬拉松，開跑前有個阿公在暖身，在做一個一腿半蹲另一腿伸直的弓劍步拉筋時，只要右腿半蹲囊就會從左邊出來，交換到左腿半蹲時囊又從右邊出來，像淘氣的女孩躲在樹後面跟男友捉迷藏，一下左一下右的探頭出來說「來抓我啊～來抓我啊」如此這般的俏皮，只能說運動之人果然很大器。

除了在別人家看過伯父的陰郎*外，我也遇過男友的哥哥很陽光的洗完澡直接光溜溜走出來，雖然只是從廁所走到五步遠的房間裡，並沒有裸體逛大街這麼誇張，也為了確保我不會看到髒東西，有大喊一聲「不要回頭～～」沒有刻意要展示胴體的意思，可當時心裡還是會有異樣感，想縮*哥哥你該不會在勾引我吧！！這種行為

跟水電工按門鈴後主婦穿薄紗來應門有什麼差別呢。

不過我也有一次不小心勾搭伯父的經驗，那次是住男友家（希望我媽不要看到這段），晚上我穿著浴袍在房間裡，正在思索著只是去兩步遠的廁所棒溜*需要換上衣服嗎，看看浴袍是毛巾布的並不透明好像也還好（是說懶字害了我一生），但我還是站在房門前想了很久很久（有時間想幹嘛不就去換就好），約莫站了十分鐘吧，鼓足勇氣打開門時，同一時間對門的伯父也剛好開門一秒不差，我們看到對方的摸們*又一起很快的把門關上像在拍戲一樣，然後我整個人就像消轟*的氣球全身癱軟，差不多趴在床上動也不動腦筋一片空白半小時以上，因為剛剛實在嚇到，而男友在旁邊打電動根本沒理我。那天我一直到尿意滿到喉嚨才起身穿戴整齊出門去尿尿，邊尿邊想伯父該不會以為我在勾引他吧，他以後會偷看我洗澡嗎？（想太多）

本來我一直只對男友家的異性家人感到莫名的矮油，可那天看到有個新聞說，某少年被女友喝醉的爸爸那個。看第一次我揉了一下眼睛，想說是少女被對方的爸爸怎麼了吧，但仔細品味後發現我沒看錯，真的是少年被女友的爸爸那個（大驚）。所以今天的結論就是不管異性或同性，在別人家還是不要放太鬆，免得出亂子啊～～（叮嚀）

羞昂的
錦囊小語　當個娘兒們多少覺得人生很受限，又不能晚歸穿衣服也要注意遇到被人跟著還會嚇得半死，有時真的很恨自己身為女子。今天看到新聞才知道原來男子也會被那個，這真是兩性平權的另一個里程碑（是嗎）。

居家服

上禮拜看到網路上有一篇在講人類應該要在意家居服的文章我冒了一些冷汗，上面寫如果家有另一半當然要表達完美的一面給他看；又如果家裡只有自己，穿得舒適合宜心情也會咔*舒暢。

看完我無法苟同因為老子最不注重在家穿什麼了，反正沒人看我自己沒事也不會去看，幹嘛要在意呢（挖鼻孔）。

像夏天我在家都穿一個細肩帶背心和一條男性四角內褲，頭髮隨意的綁起來還貼了兩塊瀏海貼在頭頂上，女生應該知道那是什麼吧，就是一塊魔鬼氈可以把瀏海黏在頭頂不讓它掉下來扎眼睛，功能等同於髮圈啦，但不會箍著頭比髮圈舒服多了，我天天在家都貼著它（不，我連出去也貼著完全不在乎邁邁啊）。

有天我在家突然有人一直敲門，一看是兩位*義房屋的業務說有人要買我家，我把頭伸出去說找錯人了吧我沒賣，他們說有的，有人指定要買我這戶要出價了，因為一時三刻說不清楚加上老子利慾薰心想縮有人要出價嗎不如聽一下，所以把門打開跟他們聊了一會兒，後來才知是一場誤會那兩位二百五敲錯門，一回家我照到自己穿著細肩帶背心頭夾鯊魚夾就是個大嬸，穿著男性內褲就算了，裡面的運動內衣比外面的背心還高內衣上的毛球清晰可見前胸還有白色牙膏痕，那兩位年輕男性看到應該從此對女人倒盡胃口了吧，要是台灣結婚率降低都是我害的啊（掌嘴）。

如果入秋冬天氣比較涼爽時我在家是穿一件網友的送陸戰隊 T 恤，它正面寫一日陸戰隊背面寫終身陸戰隊，有天我穿著出門買早餐，賣早餐的老伯一邊煎著蛋餅一邊看到我的衣服眼睛一亮說：「妳也是陸戰隊的嗎！」（感覺他腰桿還挺起來了），我說不是啦，這是人家給的，他不死心聲如洪鐘的說：「可是我看妳體格很像！」

踏馬的*這不是一個對黃花大閨女的恭維之詞啊，比人家稱讚我看起來很會生還叫

人沮喪，那個摸們*我好後悔穿著陸戰隊服出門趴趴走啊。

結論是網路文章說得沒錯家居服也要講究的啊，還有我真的不是陸戰隊的，我看起來很像爬過天堂路的人嗎，早餐店老闆你為什麼不相信我啊（搖肩膀）。

羞昂的錦囊小語　本來我有立志再也不去那家買早餐，可是忍沒一個禮拜又因為它們蛋餅實在好吃而屈服了。在社會生存要緊的是有自己的一技之長，有了專才就有不可替代的被需要感，也就是人的價值所在。所以年輕人，努力尋找並創造自己的價值吧，如此一來你也會是某人心中不可取代的那個人啊（拍肩）。

公司
無限好

最近收到一個網友的留言……

他縮*他在公司整理垃圾桶時，看到裡面有兩個小小的藥瓶，上面寫著：牛鞭，速效，勃動力等字眼；而適應症是性冷感、無高潮（不是難或快，是無呢！）、陽痿早洩、房事過度、畏寒肢冷、舉而不堅、堅而不久之類的。最後他問我為什麼有人上班要吃這種藥啊？我想這問題應該只有當事人知道吧。

但這讓我回憶起，有次我在公司的廁所看到驗孕棒的盒子，那時想縮這種事不是應該在家做嗎，公司的廁所只是讓員工大小便的地方，不應有這麼帶感情的用途吧。

然後我仔細思考了一下，這位網友的同事應該也不是想在公司壯大他的下體，本官研判他只是不好意思在家丟，所以把東西帶到公司丟，就像我有時也會想把帳單帶到公司用碎紙機碎掉一樣，有些東西就覺得丟在家裡垃圾筒怪怪的啊。

話說在下就是一個疑神疑鬼的人，我總覺得丟到垃圾筒裡的東西，很有可能會被收拾的人看到那多不好意思。尤其我家是有管理員收垃圾的，要是直接丟垃圾車裡倒還好，反正車子開走就一拍兩散了，但我可是每天要和大樓管理員見面的啊，要是被看到我丟了什麼害羞的東西那多不好意溼*。

所以有陣子我家就堆了些淘汰的內衣褲，因為不好意思丟出去又不知拿它怎麼辦只好就堆著了（後來有人說可以剪碎再丟，私以為這不失為一個好方法給大家參考一下）。另外還有一個黃花大閨女家不應該有的東西，就是那個裝了體液的小長塑膠袋，還有它的外包裝，那個金屬色的方形小袋子，後來我連內褲都敢丟了但這關實在過不去，怎麼能讓人家看到我家丟出那玩意兒，想到我耳朵都熱了啊啊啊～

於是我想到個好方法，就是把它們用衛生紙包起來後，再用封箱膠帶綑成一個小球

再丟，這樣一來就算垃圾放外面被野貓翻開，我陰暗的祕密還是不會被挖出來。
現在想想那時應該把它也帶到公司丟吼（但會不會沒收好流了滿包包感覺好臭），
我有個同事天天帶家裡的貓屎到公司丟，那我丟那個小長袋其實也還好啊。

**羞昂的
錦囊小語**　換個角度看公司你會覺得它很棒，想想公司不但發你薪水給你冷氣吹讓你喝水用冰箱，還提供了大家一個不需購買專用垃圾袋的場所，公司真是人間的快樂天堂。所以別再埋怨了，從今天起用愉快的心情哼著歌去上班吧，戴上玫瑰色的眼鏡看世界，什麼事都可以很美好呀！

女明星的
特異體質

之前看到一個蘋果動新聞，內容是有陣子沒曝光的女明星徐至琦帶大家參觀她的家。但她的家不是重點，重點是她消失了一陣子回來，擁有了一個我目測有四十五度角，尖到像捏麵人捏出來的尖下巴，尖到ㄟ盪*鑿壁借光的超尖下巴，尖到讓人以為她是 V 怪客的妹妹的那種尖下巴，這太可疑了啊。

看到那麼邪門的東西記者當然會問，身為女明星當然也會回答沒的事。我常覺得女明星們裡是不是沒鏡子，不然就是把大家都當傻瓜，明明已經整到看起來人工到了極點還是嘴硬縮*沒有，山根那麼高皮膚那麼好下巴那麼尖蘋果肌那麼堅強，這一切都是媽媽生得好加上自己會保養安捏*，肉毒打多了臉不太會動，就會說是顏面神經失調；被拿出以前和現在照片比對看起來根本不同人，就說因為化妝方式改變了安捏，反正絕對沒有進行整型絕沒有，理由也幾乎千篇一律的是「我怕痛」。關於天外飛來的尖下巴徐小姐也有進行抗辯，說是因為人胖了臉頰也胖了起來所以就顯得下巴超尖這樣。

臉胖起來胖到多長出一個下巴這種事常有，胖到下巴變尖還真的不多見，只能說女明星的體質真的太屎悲朽*了。

之前有位女明星，在出國遊學後胸部默默長大，不知道唸的是什麼可以讓奶這麼充實看起來好飽，伊ㄟ*理由是去米國吃了很多起司，吃著吃著胸部就二度發育柳*，可她別的地方都沒長肉只長在奶上，真是運氣太好了呀。還有另一位網拍媽抖*被說以前平胸 A 奶現在豪乳 F 奶是去隆乳把，她的理由也是變胖了，別的地荒*都不胖獨獨只胖在奶上是因為她請了很好的按摩師，所以把肉都堆到胸前這樣。我想到我有個朋友，去美國玩了一個月也是因為吃太多高熱量的東西，回來一量胖了十公斤褲子都穿不上，普通人當然不若女明星這麼好運可以全都胖在乳房，所以女明星們的體質真的太棒了啊。

其實我覺得讓自己變漂亮去整型沒什麼不對，尤其是女明星本來就是靠臉走江湖的（不對，有某些是靠奶走江湖，所以無論多冷只要看到她乳溝都晾在外面）；硬不想承認自己是人工臉，希望別人覺得是自然美也無可厚非，啊嗯勾*不知道整的人自己有沒有發現，常常整著整著人會變得有點像，尤其幾年後看會更明顯，比如在我看來那些二十年前的歌仔戲小旦根本都生得同一張臉，所以整前要三思啊～

羞昂的錦囊小語

那天才聽到一個感人的小故事，說有個女孩從高中開始立志要整型，她努力打工存錢一個月存五千就是為了變臉，現在她二十五歲了已經整完她最想整的三個地方整型人生算是劃下句點，重點是她不但變美了也養成儲蓄的好習慣。現在的年輕人常說自己是月光族或窮忙族，如果你也是不妨試著給自己訂一個目標，倒不需要多偉大，像這位小姐是想整型也可以，藉著消費強迫自己養成存錢的習慣，假以時日你會發現擺脫月光仙子身份其實沒那麼難唷！

仿冒的
藝術～

看到一則新聞說，高雄市一家當舖銀樓取名為香奈「爾」，被那國際級的香奈兒告上法院要求改名；法院認定香奈爾當舖破壞香奈兒的精緻時尚形象，侵害商標權，結果判定香奈爾當舖得改名。

這麼說來我之前在便利商店的年菜預購本裡，看到有家煙燻鵝肉把產品取名香奈鵝，不知道這如果被香奈兒知道了會不會叫它們改吼？

上次也有個新聞說台灣自創的嬌蕉包被超級大名牌愛瑪仕告，理由是他們有款包包是把柏金包的長相轉印到帆布上變成一個帆布包，雖然一看就知道不是同個東西再怎麼目小*的人都不可能買錯（畢竟價錢也差了幾十倍），啊嗯勾*愛瑪仕還是很火的要提告。這多少可以理解，畢竟都是包包看了可能會誤會，但香奈爾是當舖跟香奈兒天差地遠，這樣也侵害到商標權不但得改名還要被罰錢我個人覺得休誇衰。

不知道模仿名牌是中國人特有的習性，又或是其實歪果忍*也愛抄只是我不知道，小時候市場都會賣些假名牌的衣服騙那些歐巴桑買，它們倒也不是做得一毛一樣*來騙錢，其實只是普通的運動服但打上看起來很像名牌的 logo，比如用跟 Levis 標準字一樣的字體打出 Leyis（是說都仿冒了幹嘛不仿個大牌子真是我心中之謎，但小時候北投地區好流行假 Leyis 啊）；稱頭點的會用 Prada 字體寫一個 Praba（普拉爸？），幸好價錢很便宜就當一般 T 恤穿我個人是覺得還好，小時候就是媽媽給什麼穿什麼沒在怕丟臉的，只是偶爾心情脆弱時想到曾經穿過 ELLB（正解是 ELLE，但 B 和 E 其實算像的，剛起床時根本分不清啊）和 Lbb 的運動服，還是會覺得挺悲傷的快要過不了自己這一關；而且 Lee 跟 Lbb 真的差很多就算只用眼白看也不會認錯，仿冒的公司在想什麼真的很難懂。

除了假 logo 外還有諧音字那種仿冒法，會不會是因為國字很博大精深，同樣的音有一堆字可以選，又或是有什麼神祕的理由，比如會讓人印象深刻之類的，我感覺

無論是大陸或台灣好像都挺愛取諧音的產品名。比如幾年前很流行一種止瀉藥叫瀉停封，修正液取名流得滑，都是想沾一下知名藝人的光吧，而且謝霆鋒本人一定沒想到自己變瀉藥了而且聽起來還很合理耶ㄟ安捏*；之前延吉街有個火鍋店叫台灣大鍋大，如果跟朋友約在那見面應該會跑錯點，聽起來實在很像發音不標準嘿。然後還有賣茶飲的店叫井茶局和煎茶院、鹽酥雞攤取名炸遍集團，這些名字都算跟在賣的東西很有關，但乍聽之下又不知道其實是賣小吃的。有家檳榔攤叫「精液求精」，用聽的感覺非常勵志有好還要更好的感節，但用看得就讓太太害臊了這什麼名字啊，跟檳榔一點關係也妹有*啊。最近還有一個聽起來很欠揍的麵店叫「帥哥下麵好好吃」，唸出來超害羞搭*（臉紅）。

一路想下來我覺得諧音名好像大多只是想搏君一笑，算不上真有什麼惡意，比起來有種長得像的名字我覺得可惡多了，比如以前看過大陸有個飲料叫「雲碧」，很明顯就是衝著雪碧來的主要是希望大家買錯；冒牌貨同樣用藍不藍綠不綠的包裝以及看起來一樣的標準字體，雪和雲又都是上面一個雨下面好幾橫，就算仔細看也不會發現自己根本拿錯超陰險；我還看過一家店叫做鼎秦豐聽說同樣也是賣小籠包，可能是想吸收一些排不到鼎泰豐或是走著走著突然目睭勾到蛤仔肉*（我幻想了一下這也太難了，蛤仔幹嘛沒事在街上閒晃害人勾到啊）而晃神看錯字的顧客，這種才是真的超奸險一不小心就買錯吧。

寫到最後好想知道，如果有家店叫杏奈兒，不曉得會不會被告哦？

羞昂的錦囊小語　最近市面上有個山寨版的張惠妹，因為長得像如果穿得一樣看之下還真的分不太清，這位偽阿妹靠著模仿走紅甚至還以阿妹的形象拍了精品鐘錶的廣告，是說仿冒如果用心也會有出頭天的呀。

廣告文
的奧祕

現在因為網路發達，大家買東西吃東西前，常會上網蒐尋一下別人的使用經驗，因此社會上產生了一個新興行業——部落客。

不同於電視廣告短短二十秒，或是報紙廣告可能只有幾個重要標語的呈現，廠商會付費找部落客寫文章，就是希望出來的是心得分享，是像朋友縮*「我買了個好東西一定要推薦給你呀」這種溫情感，或是乾脆點直接寫文章教你怎麼用這樣，這就是所謂的廣告文。不瞞大家說我也很喜歡寫廣告文貼補家用（羞），所以以下這則新聞很吸引我注意。

部落客的「廣告文章」形同素人代言，對於所寫的內容也要負責，公平會祭出罰則，針對文章誇大不實、宣稱療效的部落客，公平交易法最高罰兩千五百萬，而民事部份最高罰酬勞的十倍，對於誇大內容恐怕挨罰，美妝部落客最容易踩到地雷，因此也顯得特別低調，只表示未來會更小心，字字斟酌。

我研究了一下這個法規，覺得其實真要開罰似乎不容易，只要當事人打死不承認這是工商服務，那公平會又奈他何呢。再者誇大的定義是什麼，如果我說我吃了什麼減肥藥後，感覺脂肪像慈佑宮的金爐一樣在燃燒，而且還是過年期間香火超旺的，那這種算不算誇大。

說到這，我就是個吃東西買東西前會看使用者分享經驗文章的人，有次朋友生日我想買某牌蛋糕，出發前不免去估*了一下別人對它的評價，結果看到一位美食部落客寫「看到濃郁的內餡，唾液像是神鬼傳奇的馬車一樣快速奔騰出來」、「夾層就像美女在搔首弄姿」，看了我一頭霧水想縮是在公瞎毀*啦，這些形容詞對想買的人來縮一點幫助也沒有啊！那這種算不算誇大呢。

其實我不但喜歡接到廣告邀約（謝謝廠商願意發給我賞我飯吃啊），也常看別人的

廣告文亂買東西，比如去年冬天很流行部落客試用塑身褲襪，我看到都覺得好心動啊，然後驀然回首發現家裡有十條以上，打開櫃子塑身襪就像土石流孃*流出來。重點是有的我穿過後也覺得還好，但好不好穿是各人心中的尺，只能說我的尺和她的尺不同，也不能就指控寫它好的人是騙子呀。還有一次是看部落格穿搭文買了件罩衫，東西來了跟該名部落客寫得差不多棒，只是下水洗過後上面佈滿毛球，可我覺得她應該是沒洗過才推薦的，這只能證明每個人會注意的地方不同，所以要判定有沒有不實廣告太難了啊。

有了以上經驗後，我在試吃試用時會特別注意，如果有覺得不錯的東西，還會再拿給身邊的人用用看，有雙重或三重檢驗，因為每個人會注意的點真的不同。

可上次有個廠商把我逼上絕路了，是說我在試吃某款零食，共有三種口味吧，廠商只給我兩種試吃包這樣，小小包的我覺得美拍呷*，因為太小包我又要細細品味當然馬上就吃光了。

後來他們又寄第三包來，是個更小包的試吃包，如果市面上賣的 size 是小彬彬的話，普通試吃包就是小小彬，而我拿到的算是小小彬的弟弟迷你彬，一包打開來只有三片洋芋片，三片哦！我太驚訝了竟然有只裝三片的包裝，我率先吃掉一片，含了很久細細品味，然後把剩下兩片中的一片掰一半給我姊吃，另一半留下來隔天給朋友吃，為了怕溼氣進到袋子還小心的包緊緊，剩下的一片打算萬一覺得不錯，要寫試用時要拿來拍照的。後來三位試吃者投票表決都說好吃，但我還是想仔細點兒，就拿剩下的一片沿著邊邊吃（怕咬太中間會整片崩壞，就只能從地上黏起來吃了），因為那是新產品還沒上市，廠商又不肯多給真的很整人哪。

還有很多人以為試用品就送我們，那是錯誤的觀念（起碼我沒遇過），像電器用品都是用完就收走，同一個機器會轉給下一個人試用。有陣子不知為何我的紫微命盤

可能走到下面這一宮（有這個宮嗎），短短一禮拜內我接到兩個按摩棒廠商來表示想拿棒棒給我試用（當然不是肩頸按摩棒），沒接的原因除了我跟那東西不熟外（真的！），也實在很怕拿來那支不知道是第幾手，上面會不會採得到女王的檢體（不好意溼*因為她比較紅一時之間我只想得到她，女王拍謝柳*），真的太可怕了啊啊啊～～

**羞昂的
錦囊小語**

據我所知現在有很多小女生立志要當部落客，是說這年頭試用東西也能成為一個行業，想當初我忙於寫部落格時，家母說我沒出息每天在寫那個什麼東西沒錢賺還忙成這樣，但你看我現在多有成就（其實也還好）甚至成為某一界的天后（可惜是胯下界啊歪天天天）。奉勸大家被嘲笑也不要灰心，勇敢朝著自己的興趣前進，有天有可能會擁有意外的人生哪～

烤鴨的代價
上集

二〇一二年九月二十二是我的三鐵紀念日，因為老子在這天正式成為政府立案通過的鐵ㄟㄟ～～人（海風吹髮稍）。為什麼我一介 OL 會參加這種要人命的活動呢，全是因為朋友說宜蘭晶英酒店的烤鴨很有名而我最愛吃烤鴨了，所以就被勸說那不如去參加完三鐵大家一起去吃烤鴨吧我就答應惹*，現在想想還是很納悶。

先來簡介一下三鐵吧，我們參加的是三鐵接力賽，就是一個人負責游泳七百五十公尺，下一棒負責騎車二十公里，第三棒則要跑步五公里一隊三個人接，也有人很生猛是一人負責全部老身真是佩服佩服（拱手）。我們一行人這次報了三隊，其中有設計師有工程師有 OL 有業務員有家庭主婦，最拉風的莫過於大部份的都是平常沒什麼運動習慣的人，以我個人來說，我上次跑馬拉松是七年前吧，本來想賽前練習一下，但天天都在趕稿所以完全沒練到；敝隊的腳踏車手也很帥，他上次坐上卡踏招*是兩三年前之間都沒騎過；還有位負責游泳的人上次參加比賽是游到一半被打撈上岸，這樣光怪陸離的陣容感覺像少林足球隊，我們有的不是過人的體力和必勝的決心我們有的是對烤鴨的一片赤誠，希望這樣能感動三鐵大神讓我們平安到達終點啊（祈）。

第一棒是游泳，大家噗通噗通跳下水感覺很難前進，而身為第三棒不用這麼快去 stand by，我們三隊的三位跑者就趴在休息區小睡，還沒進入夢鄉呢我的隊友就回來柳*（震驚），其實我跟他不熟是朋友的朋友，因為我們缺人游就找來的，後來才知他是超威風的魚式游泳教練，好像是松山運動中心游泳紀錄保持人，並且是那天活動社會組的游泳項目第四名，不知道這樣一位游泳好手被埋沒在這麼差勁的隊伍裡作何感想。後來第一棒陸續回來，那位曾經被打撈的朋友這次靠一己之力游回岸上大家都感到很欣慰，啊嗯勾*她游到一半在湖裡吐了，不知道游在她後面的人有沒有吃到。原來大家常說比賽池超髒因為都是尿這是保守的說法，說不準裡面還有嘔吐物啊～想到這個真是讓我心頭一緊，難怪游泳選手們一上岸就趕快去洗澡。

第二棒是腳踏車，哇ㄟ*隊友就是那位兩三年沒騎過車的仁兄，二十公里騎了一小時不知算不算太慢，只知道在交接處氣氛好緊詹*，選手站了好幾排在路邊等自己的上一棒騎車回來後交接晶片，因為人龍很長場面休誇*亂大家看到隊友都要用吼的把他吼過來，有的找不到人還出動大會廣播找。此時我壓力好大啊，因為拿到計時晶片的人都像箭一樣射出去，馬拉松明明是場體能的挑戰一開始那麼用力安捏*甘厚*？不然就是代表他們實力超群真的可以這樣從頭衝到尾，那我會不會成為全場最後一個回來的人啊（抱頭）。

結果有位前輩跟我說沒的事，交接完就衝只是為了面子，畢竟一開始就慢慢跑像什麼樣呢。等我上場了發現這話不假，因為交接處大家都跑好快拼命衝，可一到轉彎處正式進入賽道到了沒人在看的地方，竟然有一半的人都停下來用走的，這些人也太愛面子了吧……（未完待續）

羞昂的錦囊小語

輸了並不可恥，可恥的是不去嘗試就認輸。像我們這樣一隊老弱殘兵（啊，有三個不是啦，但其它都是哦）憑藉一股對鴨的熱情參加了比賽，雖然沒能得到好成績，但這樣的合作挑戰我覺得是個美好的經驗。誠如比賽前大會說的，只要完成賽事的每個都是鐵人，從今天起我也可以號稱自己是（不中用的）鐵人了啊（傲）。

烤鴨的代價
下集

雖然事前我完完全全的沒練習，但好歹三十年前也是越野賽選手（好遙遠的記憶啊）多少懂得一點點跑步的奧義。也許有些人覺得五公里乃一塊蛋糕也但對我來說是場長程賽，就調整好呼吸頻律慢慢的跑完它吧（握拳）。

之前馬拉松的經驗告訴我，無論多累或前進速度有多慢都要維持一個在跑的狀態，因為一停下來要再起步很難，腳步會變得很沉重嗯湯啊嗯湯*，所以我打定主意要用一個龜速跑完全程。跑著跑著覺得好像還好，比賽場地梅花湖就是一個湖（啊不然呢），我們繞著湖跑一圈至少風景有在變化比較不枯燥，重點是伸長了脖子可以看到終點，沒有終點的旅程才叫人害怕，看得到的可以感受到離大會報告及司令台越來越近這樣，心情上也會比較好一些。

沿路會有發水站，工作人員倒好水遞給選手幫選手加油，就這樣一站過著一站我覺得自己離終點越來越近了啊。雖然累是累但沒到無法忍受的地步，想想五公里其實沒那麼難嘛還是說我寶刀未老，即便跑步是三十年前的前塵往事但跑起來一樣輕鬆啊（甘五搵零*）；又或是我平常有在跳鄭多燕所以體力沒我想的差呢，總之我邊跑邊想著待會的烤鴨，聽到司令台廣播越來越近應該轉個彎就到了，終點處是愉悅的歌聲烤鴨的微笑啊～我催了一下油門要跟著前一個人一起往終點衝，孰料被工作人員比了一下再一圈的手勢，我這才知道原來五公里要環湖兩圈歪ㄎㄎㄎ*，但我剛催了油門現已無油我該如何是好。

發現自己其實才跑一半這點把我的信心擊潰，在第二圈的一開始我就停下腳步用走的誰叫我剛催了油門，走了很久覺得這樣下去不是辦法就會跑個幾步，但跑沒多久又覺得快要屎了還是走一下好了。此時我腦中浮現鄭多燕女士的話，有時跳著跳著她會說：「感覺累也不要休息，fighting！」，常常她在說時我正好覺得累，會被她的話激勵到繼續 fighting，可此刻我參透了那個累不是累跳鄭多燕根本很輕鬆，跑馬拉松才是真它馬的*累啊，累到心裡只有電線幹的幹字，連自問為什麼要放著

寫不完的稿來參加這個不人道的活動我都某花兜*誰叫字太多，此時的體力只能承擔我想出一個幹字多的沒了。

跑跑停停終於到了一半，這時我發現路邊有很多嘔吐的痕跡原來有人會跑到吐啊；然後還有人腳扭到由工作人員扶著走，我還以為出了事會被車送走呢，原來還是要靠一己之力走回終點，於是我斷了假裝扭到這個念頭。繼續小跑步跑到我覺得天國近了，此時有騎腳踏車的工作人員從我旁邊滑過去，是位大叔害我好想掏出乳房借他看請他順便載我一程可惜幾乎他已經騎走了，要是他有裝照後鏡應該可以看到我的胸部在跟他示好吧。

繼續跑好不容易終點快到了，我又聽到了愉悅的歌聲看到烤鴨的微笑了啊～此時回頭發現比我晚出發的朋友緊緊的跟在我後面，聽說他跟了很久可能是怕超過我我會沒面子吧真是個大好人，可是我是恩將仇報的女人啊而且也休息夠了，於是又催了油門往前衝，衝過終點的那一刻心裡想的是想吃烤鴨就直接去吃好了幹嘛要跑這一趟啊幹，不過這些痛苦的回憶都過去了，此刻我是成功跑完三鐵接力賽又吃到烤鴨的女人，媽媽我好成材啊（熱淚盈眶）。

**羞昂的
錦囊小語**

讓我付出這麼大代價的鴨是宜蘭的櫻桃鴨，聽說牠們被養在蘭陽溪旁因為水質好加上飼料還吃的是進口玉米粒非常高級，所以肉質細嫩異常的好吃。想想人生到頭來會覺得有些事情重於泰山有些理由輕於鴻毛，遇到你心中認為值得的就別放過拼了命也要去爭取，而我認為宜蘭的櫻桃鴨很值得！以後就算在地府遇見被我吃掉的鴨也不會不敢面對，畢竟我會為了牠這麼努力過啊～

生活小常識
一則

越來越多候選人開始寫部落格或成立 facebook，可能是想拉近和年輕人的距離吧（雖然我不認為官員們的部落格是自己寫的，應該連留言也是幕僚們幫忙回的（吧）），前陣子甚至聽說媽宗痛*要辦網聚，看來網路族群是候選人必爭之地。

除了愛用噗浪 facebook 等流行的網路工具，我常在電視上看到大官們可能是想貼近青少年，而做了很多莫名其妙的怪事，比如說變裝（在他們心中孩子們都愛變裝嗎？），或是故意口出流行語，啊嗯勾*是幕僚心中的流行語比如很ㄅㄧㄤˋ之類的，明明那是十年前的俏皮話現在根本沒人在說了。但這一切都比不上跳舞讓我討厭，比如之前流行〈sorry sorry〉，就會看到有官員在某些慶祝場合大跳 sorry 舞，或是之後的撥筆撥筆撥筆撥筆撥筆撥筆*啊～每每看到他們跳很好像很勉強又跟不上節拍我就覺得好心酸，搞不好還花了很多時錢練習卻還跳成這副德性，為什麼官員不能好好做官，要去做自己不擅長的事捏*。

但無論如何，當我在新聞上看到媽宗痛的部落格要叫做「馬眼看天下」的消息時，腦袋裡只裝髒東西的在下思緒始終停留在馬眼這兩個字上，然後不爭氣的幻想馬眼它怎麼看天下，是躲在裡面透過拉鍊的間隙，像隱藏式攝影機那樣在暗處偷偷看呢、又或是像潛水艇的潛望鏡一樣，有人在裡面操縱它（誰呢？），伸個頭出來還可以轉方向那樣的東看西看；然後思緒就像脫韁野馬般馳騁在蒙古大草原上，可能要想出二十個用馬眼看天下的方法才能停止，誰快來打醒我吧。老實說我一直以為「馬眼＝男性尿道口」是個很基本的小知識，雖然在下也是近五年才知道的，但在說的朋友表現得像世人皆知的感覺，讓我覺得我是才疏學淺所以雞罵佳栽樣*；這種普遍到不值得一提的事，問出口可能會被人翻一個大白眼問：「妳到底有沒有唸書啊～」，就算被放到百萬小學堂裡，也差不多只是兩年級的程度安捏*。

直到有一天我發現了一件事，才知道原來馬眼洗瞎密*算是個冷知識（或下流無比的知識小朋友可千萬不要學）（來不及我已經講了兩萬遍了……）。

名媛孫芸芸不是有自創品牌的飾品嗎，裡面有個產品叫做馬眼項鍊，強調是她親手設計的。看到的摸們*我實在太太太震驚，想說今天出了馬眼項鍊明天是不是要推出菊花手環呢，這主題也太驚悚了有人想買嗎。我在網路上 PO 出了疑問立馬*就有知識分子來回答我，原來馬眼是寶石界的術語，指的是橢圓形兩頭尖尖的那種切割法，讓寶石形狀看起來就像馬的眼睛一樣。馬眼鑽比圓鑽還要貴，理由是它切割不易耗損又大，如果是一樣的重量，那馬眼鑽看起來會比圓鑽大咔*奢華，是尊榮高貴的代表。所以在名媛心中馬眼代表著雍容華貴；而在一代愚婦哇奔郎*的心中，馬眼則代表著男生棒溜*的地方。當下我覺得這個世界好殘酷，現實條件中樣樣不如人就算了，連腦袋裡的名辭解釋都能比人家髒上好幾倍難怪無法嫁入豪門啊。

最後為了怕字數不夠，我特別去估狗*了一下馬眼為什麼被叫做馬眼，想說來個沿革加強本書知識性。沒想到原來只是因為男性尿道口長得像馬眼就被這樣叫了，這麼簡單的答案讓我好失望，本來想說也太會牽拖*了，明明人眼也是長得差不多這樣，幹嘛假會非用上馬的眼睛不可。後來我細細品味，其實馬類的眼睛好像普遍細又長，也許那種細長感跟該處長得比較像吧，所以才得此小名這樣。←為何連這麼無聊的事，我都要想得如此透徹才甘心呢……

但今天發揚了這個冷知識，讓萬千讀者腦袋和我一樣髒了，想起來還真是身心舒暢啊～

羞昂的錦囊小語　不要怨天尤人不要羨慕別人，芸芸有馬眼又如何，其實你也有的啊，每個人都有屬於自己的馬眼，只是她的在 cartier 的盒子裡你的在褲襠裡而已。

勵志小劇場

愛自以
我的馬眼項鍊
可不是你的馬眼哟 ♥

後記

沒想到這麼快就出第三本書了,最後照例要感謝大家,可是一一點名怕有漏不如不點了,反正我的朋友們你們知道我的心意的。特別謝謝辛苦的編輯們,我知道我的交稿習慣很不好,感謝大家的包容,和我一起走鋼索完成了這本書。

《空靈雞湯》對我來說意義頗大,因為這是我第一次自己取書名感覺好拉風,而且還有馬來貘[註]的加持內容更有趣了。重點是這本書裡新文章的數量比前兩本加起來還多,倒不是我變努力了,而是出前兩本時真的太混所以很好超越,身為傳說中內個*和自己賽跑的人,很開心我又贏了從前的自己。

回想今年我的人生很不同,除了以莫名其妙的孫叔叔之姿當上伊萊克斯吸塵器代言人,以及有可能變成人妻外,我的書還有幸被莎妹劇團改編成了舞台劇,這些事對我來說簡直是不可思議。誰能想到一個工作沒成就書也沒唸好的婦女,能夠靠著自身信念和正面思考(和無語倫比的垃圾話及不知恥字怎麼寫的傲骨),在三十七歲高齡時還能開創出人生的另一片天空呢~

最最感謝的還是所有讀者們,謝謝大家不嫌棄我的老梗及很有既視感的文章,還是願意鼓勵支持我。理論上寫到最後都要來一些威脅大家只看不買會得痔瘡之類的話,可是我不是以前的小紅了我是新新小紅,是正面思考的心靈導師是勵志教主啊。總之還沒買的捧油*快把它帶回家吧,它會是你困頓時的解藥迷航時的燈塔拉不出屎來時的天降甘油球,對人生超有幫助的呀。

註:指繪者 cherng。

附錄 ｜ 羞昂辭彙大全

※ 按詞語的字數分類，由筆劃少至多排列。

【一字】

ㄟ：台語發音，1. 的；2. 表示疑惑或驚訝的語助詞。

ㄋㄞ：台語發音，撒嬌。

叉：馬賽克，隱晦掉詞語中某字。

干：「幹」的變音。

估：英文「google」的簡稱，上網搜尋。

尪：台語發音，老公。

咔：台語發音，比較。

柳：台語發音，加強語氣的語末詞。

趴：百分比，%。

厝：台語發音，家。

恁：台語發音，你。

捏：「呢」的變音。

烙：台語發音，拉。

蛤：台語發音，1. 疑問詞「什麼」；2. 加強語氣的語末助詞。

惹：「了」的變音。

搭：「的啊」的連音。

腮：台語發音，1. 駕駛；2. 打。

豪：「好」的變音。

盧：台語發音，耍賴。

隨：「誰」的變音。

縮：「說」的變音。

虧：台語發音，挖苦。

醬：「這樣」的連音。

額：「唉唷」的連音。

攏：台語發音，都。

蘇：台語發音，件。

釀：「那樣」的連音。

【二字】

ㄟ溫：台語發音，可以。

ㄒㄧㄡˊㄒㄧㄡˊ：台語發音，滑滑黏黏。

七投：台語發音，玩。

大蘇：台語發音，大件。

FU：英文「feel」的連音，感覺。

HE 囉：台語發音，那個。

乃口：台語發音，內褲。

下企：「下去」的變音。

干苦：台語發音，難受。

不辣：台語發音，不辣甲的簡稱，指胸罩。

五告：台語發音，有夠。

內個：「那個」的變音。

天壽：台語發音，原意是「短命」，1. 引申為感嘆，相當於「我的天啊」；2. 可惡。

巴古：台語發音，原為日式片假名拼音的英文「back」，指倒退。

巴豆：台語發音，肚子。

手刀：手掌攤開、四指併攏，呈現刀狀，常用來形容快速奔跑。

月工：肛門。

北厭：台語發音，不屑。

卡稱：台語發音，屁股。

卡蘇：台語發音，要是，如果。

它棉：「他們」的變音。

甘丟：台語發音，對嗎。

甘厚：台語發音，好嗎。

目小：眼睛很小，延伸指人粗心看不到。

立馬：「立刻馬上」的縮寫。

交陪：台語發音，來往。

伊ㄟ：台語發音，他的。

休誇：台語發音，有點。

吃來：「出來」的變音。

地荒：「地方」的變音。

安捏：台語發音，這樣。

有孝：台語發音，孝順。

灰常：「非常」的變音。

米國：「美國」的變音。

老木：台語發音，老母。

老北：台語發音，老爸。

估狗：英文「google」之意，搜尋引擎。

尬此：英文「guts」，膽量。

我棉：「我們」的變音。

把郎：台語發音，別人。

赤激：「刺激」的變音。

咔厚：台語發音，比較好。

咖小：台語發音，腳色，有輕蔑之意。

咖骨：台語發音，筋骨。

妹有：「沒有」的變音。

姊接：「姊姊」的變音。

拍郎：台語發音，壞人。

拍謝：台語發音，不好意思。

拎北：台語發音，直譯為「你爸爸」，常
　　　用來自稱。

炒飯：指性交。

糾竟：「究竟」的變音。

花生：「發生」的變音。

花現：「發現」的變音。

阿木：台語發音，母親。

俗辣：台語發音，孬種。

咩們：「妹們」的變音，指女生們。

哇ㄟ：台語發音，我的。

哇拷：台語發音，表示驚訝讚賞感嘆等意
　　　思的發語詞。

哇洗：台語發音，我是。

屎了：「死了」的變音。

歪果：「外國」的變音。

美送：台語發音，不開心。

美賣：台語發音，不錯。

苦毒：台語發音，虐待。

趴體：英文「party」，舞會。

哩ㄟ：台語發音，你的。

扇班：「上班」的變音。

挫溜：台語發音，小解。

挫賽：台語發音，拉肚子。

消轟：「消風」的變音。

烙賽：同「挫賽」。

衰小：倒楣。

馬的：「媽的」的變音。

唬爛：台語發音，隨口亂說、騙人。

堵南：台語發音，生氣、不滿的情緒。

捧油：「朋友」的變音。

清此：「清楚」的變音。

牽拖：台語發音，推卸責任。

粗乃：「出來」的變音。

陰郎：「陰囊」的變音。

創治：台語發音，捉弄。

喇及：台語發音，接吻。

喜番：「喜歡」的變音。

幾雷：台語發音，一個，一下。

悲桑：「悲傷」的變音。

散赤：台語發音，窮。

棒撒：台語發音，拋棄。

棒賽：台語發音，拉屎。

痣己：「自己」的變音。

登楞：狀聲詞，通常表示驚訝。

嗨桑：粵語發音，開心。

嗨賴：英文「high light」之意，強調、劃重點。

奧客：台語發音，愛找麻煩的客人。

媽抖：英文「model」之意，模特兒。

意湼：「意思」的變音。

意屬：台語發音，意思。

感節：「感覺」的變音。

搞缸：台語發音，費工夫。

會屎：「會死」的變音。

溫刀：台語發音，我家。

湼密：「私密」的變音。

當漏：英文「download」之意，下載。

矮油：台語發音，不舒服。

該冰：台語發音，胯下。

誇詹：「誇張」的變音。

嘟啊：台語發音，剛才。

摳奧：英文「call out」，打電話給某人。

摸們：英文「moment」之意，瞬間、重要時刻。

緊詹：「緊張」的變音。

慶菜：台語發音，隨便。

撥筆：台語發音，保庇。

賣勾：台語發音，別再。

靠天：台語發音，原因肚子餓而哭，引申指抱怨。

靠木：台語發音，原指因母親過世而哭，引申指抱怨。

靠北：台語發音，原指因父親過世而哭，引申指抱怨。

撿角：台語發音，缺德。

擔藍：「當然」的變音。

膩頗：英文「nipple」之意，乳首。

親像：台語發音，就像。

頭劃：「頭髮」的變音。

頭路：台語發音，工作。

觱取：英文「bitch」之意，婊子。

縮看：「收看」的變音。

縮蕊：英文「sorry」之意，抱歉。

賽史：英文「size」之意，尺寸。

壘殘：台語發音，犁田，延伸指摔車在地。

歸ㄟ：台語發音，整個。

難歪：台語發音，難搞。

懶趴：台語發音，男性的陰囊。

寶包：「寶寶」的變音。

癢央：「癢」的可愛說法。

【三字】

一咪咪：一點點。

七追四：左手比七右手比四先左追到右，追到底時換右手比七左手比四由右追到左，如此追過來追過去可以追到嚥氣的那天的一種遊戲。

ＨＥ相：台語發音，照相。

不得鳥：「不得了」的變音。

不速鬼：台語發音，冒失鬼。

不酥湖：「不舒服」的變音。

公瞎毀：台語發音，說什麼。

勾勾纏：台語發音，糾纏。

卡麥拉：英文「Camera」，此指攝影鏡頭。

卡踏掐：台語發音，腳踏車。

尻ㄙㄟ：台語發音，抱怨。

甲伊比：台語發音，跟他比。

伊擠缸：台語發音，那一天。

好佳在：台語發音，幸好。

好驚哪：粵語發音，好怕啊。

老灰呀：台語發音，老先生。

尬一下：指性交。

忘拔蛋：「王八蛋」的變音。

沒法度：台語發音，沒辦法。

沒凍桃：台語發音，沒耐力，不持久。

沒展節：台語發音，沒分寸。

沒路用：台語發音，沒用。

咔蒟睏：台語發音，比較好睡。

彼當時：台語發音，那個時候。

阿魯巴：廣泛流行於男生之間的遊戲，眾人抬起一名被害者，強制打開雙腿，以下體磨蹭硬物。

厚嗯厚：台語發音，好不好。

哇奔郎：台語發音，我本人。

屎悲朽：英文「speical」，特別。

某花兜：台語發音，沒辦法。

某摳零：台語發音，不可能。

歪果忍：「外國人」的變音。

洗瞎密：台語發音，是什麼。

洗瞎毀：同「洗瞎密」但語帶輕蔑或不耐。

美拍呷：台語發音，不難吃。

胎割鬼：台語發音，骯鬼。

氣鼠人：「氣死人」的變音。

臭拎呆：兒童講話含混不清的聲音。

起堵南：台語發音，生氣。

兜擠雷：台語發音，哪一個。

啊嗯勾：台語發音，然而、可是。

悠淺忍：「有錢人」的變音。

甜絲絲：台語發音，甜蜜蜜。

軟高高：台語發音，軟趴趴。

都馬是：台灣國語，都是。

諾諾諾：英文「no, no, no.」，再三否定。

媽宗痛：台語發音，馬總統。

愛宇意：台語發音，要注意。

落落長：台語發音，很久，很長。

嘎咡系：台語發音，得要死。

歐兜賣：台語發音，摩托車。

踏馬的：「他媽的」的變音。

擠系郎：台語發音，一生。

縮粗乃：「說出來」的變音。

歸身軀：台語發音，全身。

攏吼哩：台語發音，都給你。

【四字】

一毛一樣：「一模一樣」的變音。

大吃三斤：比「大吃一驚」更驚訝的「大吃三驚」的變音。

下西下景：台語發音，丟人現眼。

以呆以呆：日語發音，好痛。

古溜古溜：台語發音，滑溜溜。

甘五摳零：台語發音，有可能嗎。

吃人頭路：台語發音，指上班族。

好理佳在：同「好佳在」。

那ㄟ安捏：台語發音，怎麼會這樣。

呷罷盈盈：台語發音，吃飽沒事幹。

糾恐怖ㄟ：台語發音，太恐怖了。

哇馬嗯災：台語發音，我也不知道。

哇粗溫啦：台語發音，好運來了。

歪天天天：綜藝節目經常使用的音效聲。

郎北鬆快：台語發音，人不舒服。

粗過歹擠：台語發音，出過事情。

蛇來蛇去：台語發音，繞來繞去。

都嘛ㄟ通：台語發音，都可以通。

窩的馬呀：「我的媽呀」的變音。

澳沒咬骨：台語俗諺，精液在體內累積過
　　　　　久，影響內分泌對身體有害。

【五字】

Ｌ・Ｏ・威・Ｅ：LOVE。

糾五凍桃ㄟ：台語發音，耐力很強撐很久。

糾某聊ㄟ啦：台語發音，很無聊。

架你鴨甘單：台語發音，這麼容易。

哩公厚嗯厚：台語發音，你說好不好。

嗯湯啊嗯湯：「嗯湯」，台語發音，不可以。
　　　　　　連講兩次為強調千萬不可。

歸組壞了了：台語發音，整組壞光光。

雞罵佳栽樣：台語發音，現在才知道。

【六字】

艋舺的許蓮花：廖輝英小說《油蔴菜籽》
　　　　　　　中的苦命童養媳。

凜腥ㄟ糟咩燈：台語發音，人生的走馬燈。

【七字】

目瞤勾到蛤仔肉：台語發音，「眼睛被蜆
　　　　　　　　肉黏住」，意指一時被
　　　　　　　　某事迷惑，因而看不清
　　　　　　　　事實。

熊厚醉死賣勾活：台語發音，「最好喝醉
　　　　　　　　到死別再活」。

【十一字】

生做安捏款哩嘛呷ㄟ落 Key：
台語發音，翻譯做：「長相這樣你也吃得
下去。」

Beautirul Day 24

空 靈 雞 湯

從胯下界天后到勵志教主，
宅女小紅告訴你這一生不知道就算了啦的 *102* 個人生奧義

作　　　　者—— 宅女小紅（羞昂）	企 劃 經 理—— 鄭偉銘
主　　　編—— 何曼瑄	發 行 人
編 輯 協 力—— 陳琡分	總 編 輯　　　　—— 黃俊隆
封 面 設 計—— 三人創制	總 經 理—— 何彩鈴
內 頁 插 畫—— Cherng	行 政 編 務—— 施靜沂

出 版 者—— 自轉星球文化創意事業有限公司

住　　　址—— 台北市大安區臥龍街 43 巷 11 號 3 樓

電 子 信 箱—— rstarbook@gmail.com

電話／傳真—— 02-8732-1629 ／ 02-2735-9768

發 行 統 籌—— 華品文創出版股份有限公司／ 02-2331-7103

總 經 銷—— 大和書報圖書股份有限公司／ 02-8990-2588

印　　　刷—— 前進彩藝有限公司／ 02-2225-0085

2015 年 11 月 6 日初版五刷

自轉星球 2012 Revolution-Star Publishing and Creation Co., Ltd.

國家圖書館出版品預行編目資料

空靈雞湯—— 從胯下界天后到勵志教主，宅女小紅告訴你這一生不知道就算了啦的 102 個人生奧義
宅女小紅（羞昂）作 - 初版 -- 臺北市：自轉星球文化；2012.10，256 面；20 × 14.8 公分
（Beautiful Day：24）ISBN 978-986-88755-0-0 （ 平 裝 ）855；101018375